Thomas Himmelbauer

Tod bei Güssing

Kriminalroman

Von Thomas Himmelbauer bisher erschienen
Tod in Pannonien
Tod im Gymnasium
Tod am Güttenbach
Tod auf der Weißwandhütte

Thomas Himmelbauer, geboren 1960 in Wien, verheiratet, 2 Kinder. Studium für das Lehramt an Höheren Schulen in den Fächern Mathematik und Physik. Seit 1984 als Lehrer an Allgemeinbildenden Höheren Schulen tätig. 1987 promovierte Thomas Himmelbauer zum Doktor der Naturwissenschaften. Seit 1989 lebt er in Güttenbach im Südburgenland.

Thomas Himmelbauer

Tod bei Güssing

Kriminalroman

federfrei
www.federfrei.at

Marchtrenk, 2015
www.federfrei.at
1. Auflage

Umschlagabbildung:

Lektorat: S. Bähr
Satz und Layout: Verlag Federfrei
Printed in EU

ISBN 978-3-902784-62-9

Herzlichen Dank allen, die das Manuskript durchgesehen
und mir mit wertvollen Tipps weitergeholfen haben.

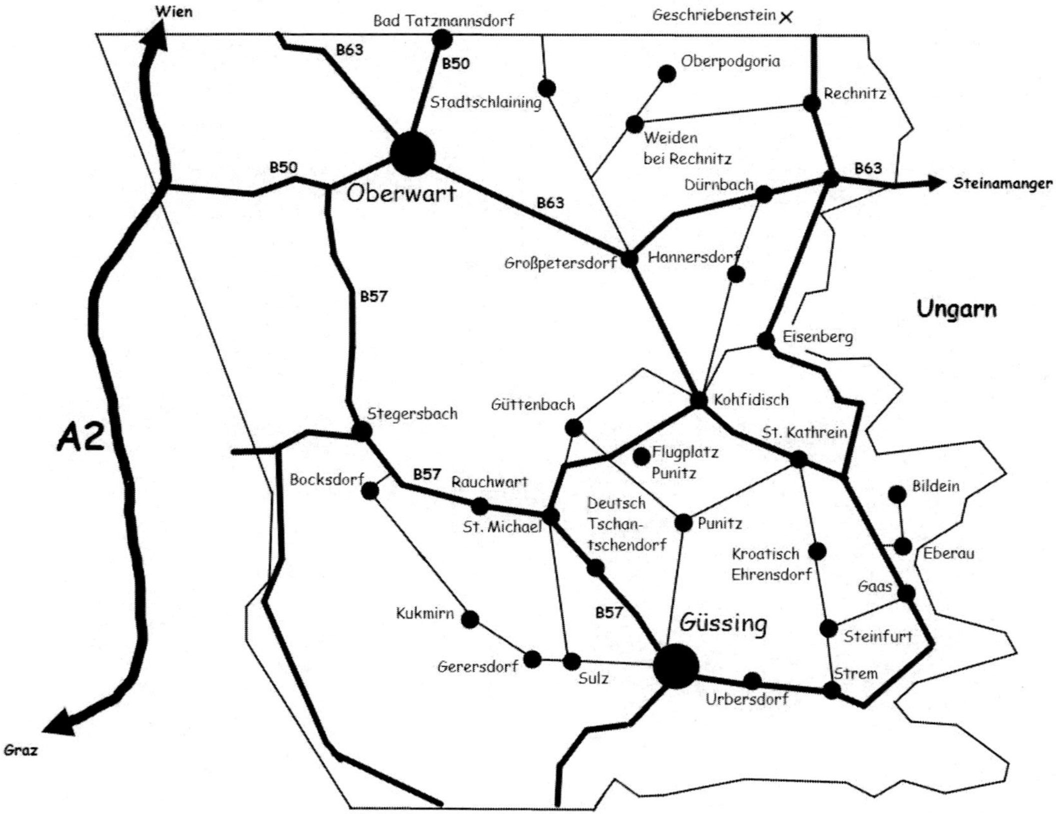
Wien
Bad Tatzmannsdorf
Geschriebenstein
B63
B50
Oberpodgoria
Stadtschlaining
Rechnitz
Weiden
bei Rechnitz
B50
Oberwart
B63
Dürnbach
B63
Steinamanger
Großpetersdorf
Hannersdorf
B57
Ungarn
Eisenberg
Kohfidisch
Güttenbach
Stegersbach
St. Kathrein
A2
Flugplatz
Punitz
Bocksdorf
B57
Rauchwart
Bildein
Deutsch
Tschan-
tschendorf
St. Michael
Punitz
Kroatisch
Ehrensdorf
Eberau
Gaas
Kukmirn
B57
Güssing
Steinfurt
Gerersdorf
Sulz
Strem
Urbersdorf
Graz

Messerscharf hob sich der Vollmond vom schwarzen Nachthimmel ab, deutlich erkennbar die Schatten seiner Krater. Ungetrübt funkelten die Sterne in der trockenen Luft, die der Südwind aus Afrika gebracht hatte. Scheinbar immer größer werdend näherte sich der Mond dem Horizont und in seinem kalten Licht warfen die Bäume und Häuser lange Schatten. So schwer die Hitze untertags auch auf der Landschaft gelastet hatte, jetzt war es über den weiten, ebenen Feldern zwischen Güttenbach und Kohfidisch angenehm kühl geworden. In den riesigen Wäldern jedoch, die sich südlich nach Güssing und Strem erstrecken, blieb die Hitze des Tages gespeichert. Kein Lufthauch bewegte dort die Blätter und in der Stille dieser Nacht konnte man sogar das Rascheln vernehmen, wenn ein Igel durch das vertrocknete Gras schlich.

Gemächlich fuhr er in seinem weißen Golf Cabrio durch das nächtliche Punitz nach Süden. Der Fahrtwind spielte mit seinen langen, blonden Haaren. Am Beifahrersitz lag eine teure Spiegelreflexkamera mit überlangem Teleobjektiv bestückt. Die Radio-Burgenland-Schlagernacht erklang leise aus dem Autoradio. Fast schon am Ende der Ortschaft bog er links ab und fuhr entlang des Friedhofes steil bergauf. Gerne fuhr er auf diesem Güterweg durch die weiten Wälder nach St. Kathrein. Noch hatte er die Bilder vom gelungenen Open-Air-Konzert in Stegersbach deutlich vor Augen. In der Montagsausgabe der »Südburgenländischen Rundschau« würde sein Bericht ganz vorne zu finden sein. In zwei Kurven ging es wieder steil bergab. Links glitzerte die Wasserfläche eines Teiches im Mondlicht, rechts auf der Wiese waren die dunklen Umrisse zweier Rehe zu sehen. Nun führte die schmale Straße langsam ansteigend durch die Wälder. Immer wieder war der Asphalt zum Straßenrand hin ausgebrochen, zahlreich waren die tiefen Schlaglöcher. Langsam lenkte er den Wagen durch die Nacht.

Das Licht eines herannahenden Autos war in der Ferne zwischen dicken, dunklen Baumstämmen zu erkennen. Da nahmen ihm die Scheinwerfer des bedrohlich rasch entgegenkommenden Fahrzeuges auch schon die Sicht. So gut er konnte wich er nach rechts auf den Straßenrand aus. Und obwohl der andere Wagen spät abblendete, konnte er doch ein Münchner Kennzeichen erkennen, als der Wagen an ihm vorbeiraste und mehrere Steine auf sein Fahrzeug schleuderte.

»Ist der verrückt?«, kam es über seine Lippen. Noch vorsichtiger setzte er seine Fahrt fort. Drei Fotos mussten unbedingt in seinen Bericht: die große Bühne im bunten Licht der Scheinwerfer, das begeistert singende und tanzende Publikum und die Band beim Interview.

Nach einer lang gezogenen Linkskurve tauchten die roten Stopplichter eines Autos vor ihm auf. Rasch näherte er sich dem Fahrzeug, denn es stand mitten vor ihm auf der Fahrbahn. Es war ein roter Golf, der die Weiterfahrt behinderte. Er musste anhalten. Dahinter befand sich noch ein Auto, das offensichtlich von St. Kathrein gekommen war. Seine Scheinwerfer erhellten die Nacht. Ein Unfall. Kein Wunder, wenn die Leute so wahnsinnig schnell unterwegs waren. Vielleicht gab es Verletzte, vielleicht musste man helfen. Er stellte den Motor ab, schaltete die Warnblinkanlage ein und stieg aus. Als er an dem roten Golf vorbeiging, sah er einen Menschen zwischen den beiden Autos auf dem Boden. Aufgeregt lief er hin. Der Mann lag auf dem Bauch, das Gesicht nach unten, die Arme am Körper anliegend. Er trug einen dunklen Anzug. War er aus dem Fahrzeug geschleudert worden? Er trat näher heran, bückte sich, sah die Blutlache neben dem Körper und sprach den Verletzten an: »Können Sie mich hören? Was ist denn passiert?«

Der Mann rührte sich nicht und gab auch keine Antwort.

Verhalte dich richtig! Er versuchte sich zu erinnern, was bei Unfällen unbedingt beachtet werden sollte. Die Aufregung ließ aber keine klaren Gedanken zu. Er richtete sich wieder auf. Wo waren die anderen beteiligten Personen, schoss es ihm durch den Kopf. Niemand war zu sehen. Das zweite Fahrzeug war ein BMW.

Die Fahrertür stand offen und der Motor lief noch. Er eilte hin. Niemand saß im Wagen. Er stellte den Motor ab, die Scheinwerfer ließ er eingeschaltet. Es war ruhig geworden, totenstill. Wo war der Lenker des anderen Fahrzeuges? Fahrerflucht? Er lief zum roten Golf zurück. Jetzt, wo er hineinblickte, entdeckte er eine Frau auf dem Fahrersitz, die nach vorne zusammengesunken war, sodass ihr Kopf am Lenkrad auflag. Er nahm sein Smartphone und wählte den Polizeinotruf.

»Peter Drezits, Reporter der ›Südburgenländische Rundschau‹ - ich möchte einen Verkehrsunfall melden - auf dem Güterweg von Punitz nach St. Kathrein – etwa in der Mitte der Strecke – zwei Fahrzeuge – zwei vermutlich schwerverletzte Personen – ja absichern – ich werde mein Bestes tun.«

Drezits lief wieder zum BMW zurück und schaltete auch dort die Warnblinkanlage ein. Dann wandte er sich dem verletzten Mann zu. Bei den Versuchen, diesen in die stabile Seitenlage zu bringen, rollte dessen Körper mehrmals wieder in die Bauchlage zurück. Drezits versuchte es mit mehr Schwung, mit zu viel Schwung, denn der Körper kippte auf den Rücken. Ein blutverschmiertes Gesicht mit orientalischen Zügen, die offenen Augen starr in eine Richtung gewandt, zeigte sich. Drezits blickte kaum hin, dann ließ er sich neben dem Kopf nieder. Kein Atem war zu spüren, kein Puls an der Halsschlagader zu ertasten. Vermutlich war der Mann tot. Sollte er eine Herzmassage machen? Er blickte auf den Rumpf des Mannes. Das Sakko hatte sich geöffnet, und erst jetzt sah er die drei blutigen Einschüsse auf dem weißen Hemd. Der Mann war erschossen worden.

Drezits richtete sich auf. Angst bemächtigte sich seiner. Sein Herzschlag war überall im Körper zu spüren, ein Druck legte sich auf seine Brust und er rang nach Luft. Es war so ruhig hier, so totenstill. Die beiden Warnblinkanlagen tauchten die Szene periodisch in ihr orangefarbenes Licht. Dahinter waren der Wald und die Dunkelheit der Nacht. Wurde er beobachtet? War der Mörder noch in der Nähe? Erst jetzt bemerkte er, dass keines der beiden

Autos beschädigt war. Es hatte also gar keinen Unfall gegeben. Die Frau im roten Golf fiel ihm wieder ein und er lief zu ihr. Drezits öffnete die Fahrertür. Langes, blondes Haar war das Erste, das er im Licht der Türbeleuchtung wahrnahm. Er sprach die Frau an, aber sie zeigte keine Reaktion. Drezits öffnete den Gurt. Vorsichtig schob er die Haare zur Seite, um das Gesicht sehen zu können. Von der Schläfe führte eine dicke Blutspur über die Wangen nach unten auf das Lenkrad. Man hatte ihr in den Kopf geschossen. Im Zurückweichen überwältigte ihn die Angst und er wollte nur noch weg von diesem Ort. Er kannte das Gesicht der Toten. Diese junge, hübsche Frau arbeitete manchmal als Kellnerin im Bikeresort in Bocksdorf, das von seinem Schwager Karl Muss geführt wurde. Sie hatte ihn dort schon öfters bedient und manchmal auch ein paar Worte mit ihm gewechselt. Sie stammte aus Steinfurt und studierte Germanistik in Graz. Ihr Name war Nina.

»Reiß dich zusammen«, sprach er laut zu sich selbst, als er bei seinem Auto angelangt war, »außer dir ist niemand mehr hier.«

Bestimmt waren die Täter mit dem Wagen geflohen, der ihm so rasend schnell entgegengekommen war. Er atmete bewusst mehrmals ganz fest ein und aus. Dann zündete er sich eine Zigarette an und fühlte, wie diese alles beherrschende Angst und die Beklemmung in seiner Brust verschwanden.

Er sah seinen Fotoapparat auf dem Beifahrersitz liegen und wusste, das würde der Bericht seines Lebens werden. Er nahm die Kamera und ging zu den beiden Autos zurück. Als er auf das Gesicht des Mannes scharf stellte, erkannte er ihn plötzlich. Kein Zweifel, es war der ägyptische Investor Nermin Said. Während er wie im Rausch ein Foto nach dem anderen schoss, überlegte er, wie alles geschehen sein könnte.

Nermin Said war offensichtlich stehen geblieben und ausgestiegen. Warum hatte er angehalten? Hatte man ihm den Weg mit einem Wagen versperrt? Warum war er ausgestiegen? Hatte er keine Angst gehabt? Warum war er ohne seine Leibwächter unterwegs gewesen? Drei Kugeln trafen ihn aus der Finsternis und er brach tot auf der Straße zusammen. Dann jedoch geschah etwas, womit der oder die Mörder nicht gerechnet hatten. Noch bevor sie flüchten konnten, kam Nina mit ihrem Golf zum Tatort. Zeugen waren nicht erwünscht. Auch Nina musste sterben. Niemand kennt die Stunde seines Todes, dachte er.

Als Drezits zu seinem Auto zurückging, überlegte er, wie die morgige Schlagzeile lauten sollte.

»Nermin Said bei Punitz ermordet. Ägyptischer Investor stirbt im Kugelhagel seiner Mörder. Junge Südburgenländerin wird Zeugin der Tat und muss auch sterben.«

Als Peter Drezits in der Ferne das Blaulicht der nahenden Polizei sah, legte er seine Kamera in sein Auto und wartete auf ihr Eintreffen. Er sah auf seine Uhr. Es war zehn Minuten vor eins.

Anton Geigensauer wurde aus dem Tiefschlaf gerissen, als sein Handy läutete. Er benötigte einige Augenblicke, um aus seiner Traumwelt in die Wirklichkeit zurückzukehren. Es war Sommer, er war wieder in Güttenbach und Jane lag neben ihm. Die Uhr des Weckers zeigte auf zwei. Geigensauer eilte taumelnd aus dem Schlafzimmer in die Küche und nahm das Gespräch an.

»Anton Geigensauer«, meldete er sich.

»Herr Geigensauer, Regierungsrat Mösle stört Urlaub und Nachtruhe, entschuldigen Sie.«

»Macht gar nichts«, log Geigensauer höflich.

»Wir haben es mit einer unangenehmen Sache zu tun«, fuhr Mösle fort. »Ich bin selber gerade erst aus dem Bett geholt worden und unterwegs ins Außenministerium, wo wir eine erste Krisensitzung halten werden. Der ägyptische Investor Nermin Said ist vor etwa einer Stunde auf einem Güterweg zwischen Punitz und St. Kathrein ermordet worden. Das ist doch in Ihrer Nähe?«

»Ganz in der Nähe«, bestätigte Geigensauer, der unterdessen hellwach geworden war.

»Eine zufällig vorbeikommende junge Frau soll auch erschossen worden sein«, informierte Mösle weiter. »Leider ist ein Journalist als erste Person am Tatort gewesen. Eine APA-Meldung ist im Umlauf, und eine Terrorgruppe aus Ägypten hat sich im Internet zu dem Anschlag bekannt. Geigensauer, Sie sollen sofort die polizeilichen Ermittlungen vor Ort unterstützen. Sie müssen sehr diplomatisch vorgehen.«

»Werden die Grenzen überwacht?«, fragte Geigensauer. »Von hier nach Ungarn fährt man nur ein paar Minuten.«

»Nein, natürlich nicht. Diplomatisch habe ich gesagt.«

»Wie diplomatisch?«

»Sehr diplomatisch. Die Täter könnten aus den höchsten Kreisen Ägyptens Unterstützung haben. Nermin Said war ein Vertrauter der alten, gestürzten Regierung. Geigensauer, Sie verstehen doch.«

»Nicht ganz«, erwiderte Geigensauer, obwohl er ahnte, was Mösle andeuten wollte.

»Noch konkreter kann ich nicht werden«, erwiderte Mösle verärgert. »Setzen Sie sich in Bewegung und sehen Sie den Ermittlern in unserem Sinne auf die Finger. Sonst verhaftet uns noch irgendein Dorfpolizist wahllos die falschen Leute. Der Beamte, der momentan vor Ort ist, heißt Timischl. Er ist bereits benachrichtigt, dass Sie ihm zur Seite gestellt werden.«

»Ich mache mich auf den Weg«, erwiderte Geigensauer.

»Rasch, bitte! Senden Sie mir möglichst bald einen Bericht«, erwiderte Mösle. »Ich werde Sie über die diplomatischen Entwicklungen auf dem Laufenden halten.«

»Verschlüsselt?«, wollte Geigensauer wissen.

»Natürlich, höchste Sicherheitsstufe.«

»Wir könnten abgehört worden sein«, wollte Geigensauer noch einwenden, aber Regierungsrat Mösle hatte ohne weitere Worte das Gespräch beendet.

»Wer war denn das?«, wollte Jane verschlafen wissen, als Geigensauer zurückkam.

»Regierungsrat Mösle aus dem Innenministerium.«

»Von dem habe ich noch nie gehört. Was will er denn mitten in der Nacht von dir«, fragte Jane munter werdend.

»Er ist die Urlaubsvertretung für Drubovic.«

»Was ist denn passiert?«

»Nermin Said ist bei Punitz ermordet worden«, erklärte Geigensauer, in die Hose schlüpfend.

»Der ägyptische Investor, der den Flughafen Punitz kaufen will?«

»Genau dieser.«

Jane war hellwach und sehr neugierig geworden.

»Wer hat ihn ermordet?«

»Ich weiß noch gar nichts«, schüttelte Geigensauer den Kopf.

»Wann kommst du wieder?«

»Keine Ahnung. Ich muss mich beeilen. Timischl wartet schon auf mich. Tschau.«

»Tschau, pass auf dich auf!«, rief ihm Jane noch nach.

Geigensauer trat vor das Haus und war von der nächtlichen Kühle überrascht. In seiner sommerlichen Kleidung beinahe frierend, ertappte er sich dabei, im Wegfahren die Heizung des Wagens einschalten zu wollen. Er hatte Mösles Andeutungen nur zu gut verstanden, aber für Geigensauer war es undenkbar, Ermittlungen aus diplomatischen Gründen so zu lenken, dass ein Mord nicht aufgeklärt würde. Nächste Woche würde sein Chef Jörg Drubovic aus dem Urlaub zurückkommen. Er beschloss bis dahin, Mösle einfach zu ignorieren. Während er Richtung Flughafen Punitz unterwegs war, blickte er nach links über die Felder und sah die Konturen der kleinen Kapelle. Wer hätte ahnen können, als er vor vier Jahren in Güttenbach den Mord an einer ausländischen Pflegerin aufklären musste, dass dies nicht sein letzter Einsatz im Südburgenland sein würde. Er dachte an Hofrat Münster zurück und an die hübschen Zwillingsschwestern aus Rotenturm.

Sie standen etwas abseits des Tatortes im Wald, um ungestört miteinander reden zu können. Geigensauer war ziemlich betroffen, als er feststellen musste, dass er die junge Frau kannte, die ermordet worden war. Es war die Kellnerin aus dem Hotel Bikeresort, wo er vor wenigen Wochen mit Jane zusammen an einer Veranstaltung mit dem Titel »wine, dine & crime« teilgenommen hatte. Im Rahmen eines Abendessens war vom südburgenländischen Autor Andi Topfer der Krimi ›Killertime in Strem‹ präsentiert worden. Geigensauer berichtete von seinem Telefonat mit Regierungsrat Mösle, und Timischl wiederholte langsam die Worte: »Sonst verhaftet uns noch irgendein Dorfpolizist wahllos die falschen Leute.«

Dabei wirkten seine Lippen im Licht der Scheinwerfer, die die Spurensicherung aufgestellt hatte, noch dünner als sonst. Eben wurde der Leichnam von Nina Leitner weggebracht.

»Mösle heißt dieser Regierungsrat«, dabei sah Timischl Geigensauer lange forschend in die Augen, dann fuhr er fort: »Eine junge Frau stirbt, weil sie einen Mord sieht. Da gibt es für mich keine Diplomatie. Ich werde den Mord an Nina Leitner aufklären.«

»Und an Nermin Said«, ergänzte Geigensauer.

»Unabhängig von diplomatischen Überlegungen«, fügte Timischl ernst hinzu.

»Ich werde dich dabei unterstützen«, meinte Geigensauer, dem Blick nicht ausweichend.

»Und Mösles diplomatische Weisungen an dich?«, ließ Timischl nicht locker.

»Bevor ich einen Mörder laufen lasse, suche ich mir eine andere Arbeit«, meinte Geigensauer ernst.

»Hoffentlich bleibt dir das erspart«, sagte Timischl ehrlich, seine Lippen verzogen sich zu einem freundlichen Lächeln und er klopfte Geigensauer auf die Schulter.

»Wie stehen die bisherigen Ermittlungen?«, wollte dieser wissen.

»Nina Leitner und Nermin Said wurden beide etwa zur gleichen Zeit erschossen. Der Journalist Peter Drezits aus Kroatisch Ehrensdorf – er arbeitet bei der ›Südburgenländischen Rundschau‹ - fand die Ermordeten etwa um 0 Uhr 45 und hat sofort die Polizei verständigt. Er war auf der Fahrt vom Open-Air-Konzert in Stegersbach nach Kroatisch Ehrensdorf. Laut seiner Aussage ist ihm auf der Fahrt zum Tatort ein Fahrzeug mit überhöhter Geschwindigkeit entgegengekommen. Er glaubt, ein deutsches Kennzeichen aus München erkannt zu haben. Das könnten natürlich der oder die Täter gewesen sein. Wir haben eine Fahndung nach einem solchen Fahrzeug veranlasst. Bisher ergebnislos.«

»Ich wäre nach Ungarn geflohen«, unterbrach Geigensauer.

»Wir haben auch die ungarischen Behörden verständigt«, berichtete Timischl weiter. »Ich weiß nicht, wie sich Terroristen oder Berufskiller verhalten. Vielleicht flüchten solche Typen gar nicht. In dieser Beziehung habe ich zum Glück keine Erfahrungen. Da niemand die Tat beobachtet hat, wird die Aufklärung nicht einfach werden.«

»Vielleicht hat jemand Vorbereitungen beobachtet?«, warf Geigensauer ein.

»Schwammerlsucher begegnet im Wald Terroristen, die als Jäger verkleidet sind und nicht Deutsch können«, lehnte Timischl diese Vorstellung mit Kopfschütteln ab.

»Sonst nichts Auffälliges?«, wollte Geigensauer wissen.

»Mit den Spuren sieht es eher traurig aus. Nach drei Wochen Trockenheit und Hitze ist der Boden steinhart. Zwei Dinge sind uns aufgefallen. An dem Wagen von Nina Leitner dürfte ein Auto seitlich vorbeigefahren sein. Die Wiese zum Straßengraben hin ist dort von Reifen niedergedrückt worden. Vom Tatort führt ein Karrenweg nach Süden in den Wald. Dort haben wir einige Zigarettenstummel gefunden. Vielleicht ist dort ein Wagen geparkt gewesen und der wartende Lenker hat sich mit Rauchen die Zeit vertrieben.«

»Das ist nicht viel«, fasste Geigensauer zusammen.

»Seltsam ist Folgendes. Nermin Said war ohne seine beiden Leibwächter unterwegs«, sagte Timischl nachdenklich und blickte dabei Geigensauer fragend an.

»Woher weißt du, dass er Leibwächter angestellt hat?«

»Im Juni, als von seinen Plänen mit dem Flughafen Punitz, dem Luxushotel und dem Golfplatz in den Medien groß berichtet wurde, hat er eine Morddrohung erhalten. Ich war deshalb bei ihm und er hat mir seine Leibwächter vorgestellt. Er meinte damals, niemals ohne die beiden das Haus zu verlassen.«

»Wo wohnt er eigentlich?«, fragte Geigensauer.

»Am Ende von Punitz, wo die Straße nach Güssing hinaufführt. Komm, schauen wir uns jetzt den Tatort an!«

Timischl lud Geigensauer mit einer Handbewegung ein ihm zu folgen. Der Leichnam von Nermin Said war bereits abgeholt worden. Mit weißer Kreide waren die Umrisse seines Körpers auf den Asphalt gezeichnet. Genau zwischen der Kreidezeichnung und dem VV-Golf von Nina Leitner zweigte ein Karrenweg nach Süden ab, der tief in den Wald hineinführte.

»Dort haben wir die Zigarettenstummel gefunden«, sagte Timischl, der Geigensauers Blicken gefolgt war, und als sich dieser nun dem BMW näherte, berichtete er: »Peter Drezits hat ausgesagt, dass bei seinem Eintreffen die Fahrertüre offen stand und der Motor noch lief.«

Geigensauer blickte zum VW hinüber. »Am Golf hätte Nermin Said rechts vorbeifahren können. Er hätte nicht stehen bleiben müssen. Wurde er zum Aussteigen gezwungen?«

»Sieht nicht danach aus«, antwortete Timischl. »Die Reifen sind nicht beschädigt. Die Fenster sind aus Panzerglas. Ein Schuss hätte ihm nichts anhaben können. Bedroht, hätte er sicher probieren können weiterzufahren oder umzukehren.«

»Er hatte also keine Angst auszusteigen«, kam es Geigensauer nachdenklich über die Lippen. »Er wollte jedoch bestimmt bald wieder zu seinem Auto zurück, sonst hätte er die Türe nicht offen gelassen.«

Timischl nickte zustimmend. »Der Abstand zwischen dem BMW und dem Golf ist ziemlich groß. Ich vermute, dass Nermin Said nicht wegen des Golfs stehen geblieben ist.«

Geigensauer schaute wieder zum Karrenweg.

»Genau«, setzte Timischl fort. »Es spricht einiges dafür, dass ein Auto aus dem Karrenweg kommend die Fahrbahn blockiert hat. Peter Drezits denkt, dass dies der Wagen war, der ihm so rasant entgegengekommen ist.«

»Durchaus möglich«, schloss Geigensauer. »Ich würde dann aber nicht aussteigen und zu dem Wagen gehen. Schon gar nicht, wenn ich Nermin Said hieße.«

»Keine Ahnung, warum Nermin Said das tat. Es könnte trotzdem so gewesen sein. Dann wird er erschossen, und unmittelbar danach oder fast gleichzeitig trifft Nina Leitner ein und muss auch sterben.«

»Vielleicht kannte Nermin den Fahrer des Wagens, der ihm den Weg versperrt hatte«, dachte Geigensauer weiter.

»Das wäre denkbar«, stimmte Timischl zu. »Ein Freund oder ein Verwandter könnte ihm harmlos erschienen sein. Auf jeden Fall wussten die Täter, dass er hier in der Nacht vorbeikommen würde.«

»Genau das ist aber ein wichtiger Punkt. Woher kam Nermin Said und wer wusste von seiner Fahrt?«, stellte Geigensauer eine Frage in den Raum.

»Nermin Said wohnte mit Frau, Tochter und den beiden Leibwächtern in Punitz. Wir sollten die Angehörigen möglichst bald über die Ermordung informieren und befragen. Vielleicht erfahren wir dort mehr«, erwiderte Timischl, blickte auf die Uhr und ging schon ein paar Schritte voran. Geigensauer folgte langsam nach. Beim VW-Golf blieb Timischl noch einmal stehen. »Nina Leitner wurde aus nächster Nähe erschossen, das konnte mir der Arzt gleich mitteilen. Der Mörder muss ziemlich nah neben dem Wagen gestanden sein. Das Fenster ihrer Fahrertüre muss offen gewesen sein.«

Während Timischl noch mit seinen Beamten ein paar Worte wechselte, ging Geigensauer einem menschlichen Grundbedürfnis nach. Ein paar Schritte Richtung Punitz, vorbei an seinem Wagen, entfernte er sich vom Licht der Scheinwerfer. Er bog in eine

Schotterstraße ein, die vom Güterweg abzweigte. Diese machte schon nach ein paar Meter einen Bogen und führte dann parallel zum Güterweg, um dann wieder in ihn einzumünden. Auch hier hätte man ein wartendes Fahrzeug gut verstecken können. Nachdem sich die Augen wieder an die Finsternis gewöhnt hatten, konnte Geigensauer durch eine Lücke in der Belaubung über sich die Sterne funkeln sehen. Wieder zurück bei seinem Auto, wartete Timischl schon auf ihn.

»Wurden die Angehörigen der jungen Frau schon verständigt?«, fragte Geigensauer.

»Sie ist alleinstehend und bei ihrer Großmutter in Steinfurt und in einer Studentenwohnung in Graz gemeldet. Ich habe eine psychologisch ausgebildete Beamtin zu ihrer Großmutter geschickt.«

Kurz nach drei Uhr morgens marschierten Timischl und Geigensauer zu dem großen Tor in der Mauer, die das Grundstück umgab, auf dem Nermin Said seine Villa in wenigen Monaten hatte erbauen lassen. Noch war es dunkel, aber das Verblassen der Sterne kündigte das Ende dieser kurzen Sommernacht an.

»Als die Lage in Ägypten immer unsicherer wurde, noch vor dem arabischen Frühling, war Nermin Said in die Schweiz gezogen«, erzählte Timischl. »Dort soll er in guten Zeiten sein Vermögen angelegt haben. Zunächst wohnte er in Lugano, dann eine Zeit lang in Baden-Württemberg und nun hat es ihn ins Südburgenland verschlagen. Er liebt diese Abgeschiedenheit hier, erzählte er mir. Seine erste Frau ist jung verstorben. Aus dieser Ehe stammt sein einziges Kind, seine Tochter Nesrin. Seit ungefähr fünf Jahren ist er mit einer wesentlich jüngeren Frau verheiratet, mit Mitra Said, einer Schönheit.«

Sie hatten das Tor erreicht. Glocke war keine zu sehen, auch kein Namensschild, doch Timischl hatte vom letzten Besuch noch die Telefonnummer eingespeichert und schon bald öffneten sich die Flügel des Tores automatisch. Sie traten ein. Der Weg zur Villa wurde von altertümlichen Laternen beleuchtet. Auf einem kleinen Parkplatz standen zwei Autos. Ein Toyota Yaris mit Güssinger Kennzeichen und ein Mercedes Kleinbus mit einem deutschen Kennzeichen aus München. Geigensauer und Timischl nickten einander schweigend zu.

Timischl ging zu dem Wagen hin. Die Fahrertür war nicht versperrt. Er öffnete sie, bückte sich hinein und entnahm dem Aschenbecher zwei Zigarettenstummel. Geigensauer betrachtete unterdessen das lang gestreckte Gebäude, das mit den Säulen links und rechts vom Eingang den Eindruck eines kleinen Schlosses machte. Vor dem Gebäude lag ein kleiner Teich mit einem Springbrunnen, dessen Wasserstrahl in ständig wechselnden Farben leuchtete. Nun eilten die beiden zum Eingang, denn die sich einschaltende Beleuchtung zeigte an, dass sie schon erwartet wurden. Noch bevor sie das Haus erreicht hatten, öffnete sich die Tür und eine schlanke, große Frau mit langen, schwarzen Haaren trat ihnen entgegen.

»Sie waren im Juni schon einmal bei uns, Inspektor Timischl«, empfing sie die beiden Männer, perfekt Deutsch sprechend. Sie hatte ein sehr hübsches Gesicht mit großen, dunklen Augen. Die violetten Lippen hoben sich stark von der blassen Hautfarbe ab. Sie trug ein langes, schwarzes, eng anliegendes Kleid. Geigensauer schätzte ihr Alter auf Mitte 40. Es sah gar nicht so aus, als ob sie schon geschlafen hätte.

»Anton Geigensauer, ein Kollege«, stellte Timischl seinen Gefährten vor.

»Mitra Said.« Mit einem Lächeln um die Lippen reichte sie Geigensauer die Hand. »Was führt Sie zu mir? Ich denke, zu dieser Stunde bringen Sie keine guten Nachrichten«, beantwortete sie sich gleich selbst ihre Frage.

»Ihr Mann …«, begann Timischl und wurde sofort von ihr unterbrochen.

»Ist ihm etwas passiert? Ich warte schon die ganze Nacht auf seine Rückkehr.«

»Nermin Said ist vor etwa zwei Stunden am Güterweg von Punitz nach St. Kathrein erschossen worden. Unsere aufrichtige Anteilnahme gilt Ihnen und Ihrer Familie«, meinte Timischl kühl und kurz, wie wenn er den Satz in einem Ausbildungsseminar gelernt hätte. Mehr Mitleid schien ihm, seit er das Auto mit dem deutschen Kennzeichen gesehen hatte, nicht angebracht. Geigensauer beobachtete Mitra Said genau, doch sie war etwas zur Seite getreten, sodass das Licht über dem Eingang ihren Kopf nicht mehr beleuchtete. So konnte Geigensauer nicht erkennen, wie weit sich ihre Gesichtszüge verändert hatten.

»Kommen Sie bitte herein!«, sagte sie sehr leise.

Geigensauer glaubte, eine kleine Veränderung in ihrer Stimme wahrgenommen zu haben. Sie folgten ihr in die Eingangshalle, aus der links und rechts zwei Treppen in einem weiten Bogen nach oben führten. Nur die in den Fußboden eingelassene Beleuchtung war eingeschaltet, wodurch alle Gegenstände lange Schatten nach oben warfen. Es war kühl wie in einem tiefen Keller. Offensichtlich wurde das Haus klimatisiert. Durch eine große Doppeltüre gelangten sie in eine Art Empfangsraum. Moderne Gemälde schmückten zwei der Wände, vor der dritten stand eine moderne Skulptur. Was sie darstellen sollte, blieb Geigensauer verschlossen. In der Mitte befand sich ein großer, niedriger Marmortisch, um den einige Lederfauteuils standen. Eine indirekte Beleuchtung versetzte den Raum in warmes Licht. Sie nahmen Platz. Mitra warf ihre Haarpracht, die ihr beim Gehen ins Gesicht gefallen war, mit beiden Händen wieder über die Schultern. Geigensauer sah das Glitzern in ihren feuchten Augen und die Träne, die auf ihrer rechten Wange nach unten glitt. Mit einem Mal wandte sie ihr Gesicht ab, ein Zittern ging durch ihren Körper und sie begann zu weinen. Nach kurzer Zeit drehte sie sich wieder zu ihnen.

»Wie oft habe ich mich davor gefürchtet und jetzt ist es passiert. Hat er sehr leiden müssen?«

Sie begann wieder zu schluchzen, hörte aber sofort wieder auf.

»Ich denke nicht. Die Täter müssen die Straße blockiert haben.

Ihr Mann musste offensichtlich anhalten, ist ausgestiegen und erschossen worden. Er war sofort tot«, antwortete Timischl.

»Er wurde so oft von seinen politischen Gegnern bedroht. Haben Sie eine Ahnung, wer es gewesen sein könnte?«

»Nein, wir haben mit den Ermittlungen gerade erst angefangen. Wissen Sie, wo er gewesen ist und warum ihn seine Leibwächter nicht begleitet haben?«, begann Timischl seine Befragung.

Mitra sah Timischl an, dann Geigensauer, dann wandte sich ihr Blick zu Boden und erst, nachdem einige Zeit verstrichen war, antwortete sie: »Ich denke, Sie sollten es wissen. Mein Mann hatte eine Freundin. Er ist in letzter Zeit jeden Samstag am Abend zu ihr gefahren. Er fuhr immer ohne Bewachung mit dem Wagen der Leibwächter, einem BMW, und kam immer vor Mitternacht nach Hause.«

»Kennen Sie die Freundin?«, fragte Timischl nach.

»Ja. Sie heißt Ute von Rainburg. Sie führt in Eberau ein Hotel, das sich auf Rad fahrende Touristen spezialisiert hat.«

»Hotel Bikepoint Pinkatal «, ergänzte Geigensauer.

»Genau. Mein Mann kannte Ute von Rainburg noch aus der Zeit vor unserer Ehe. Er hat mit ihr vor vielen Jahren am Roten Meer zusammengearbeitet. Er besaß dort einige Hotels und sie arbeitete für eine deutsche Tourismusagentur.«

Hinter Mitra Said öffnete sich eine Tür und ein großer, kräftiger Mann trat ein. Er trug schwarze Jeans und ein blaues T-Shirt, das seinen muskulösen Oberkörper deutlich zeigte. Die blonden, längeren Haare wirkten nass, wie wenn sie gerade gewaschen worden wären. Die grauen Augen, über denen die Augenbrauen fast fehlten, blickten hart auf Timischl und Geigensauer.

»Dankon Carpat, ein Leibwächter meines Mannes. Inspektor Timischl von der Polizei kennst du ja, und das ist Herr Geigensauer«, erklärte Mitra sich umdrehend. Dankon Carpat nickte zur Begrüßung wortlos. Mitra stand auf. Weder Geigensauer noch Timischl konnten erkennen, mit welcher Miene sie dem Leibwächter entgegentrat.

»Nermin ist auf der Heimfahrt getötet worden. Man hat ihm den Weg verstellt. Er ist ausgestiegen und erschossen worden. Es gibt noch keine Spuren zu den Tätern«, informierte sie den Leibwächter und bedeckte ihr Gesicht mit beiden Händen, während ihr Kopf sich zu Boden neigte.

Dankon Carpat fasste sie an beiden Schultern und meinte mit leichtem englischen Akzent zu den beiden Ermittlern: »Sie hat immer um sein Leben gebangt. Er hatte so viele Feinde«, und zu ihr fuhr er fort: »Du weißt, er wollte heute nicht beschützt werden.«

Geigensauer wusste nicht so recht, ob er einer Aufführung oder der Wirklichkeit beiwohnte. Wie groß kann die Trauer um den Ehemann sein, wenn er eine Freundin hatte. Dankon hatte Mitra mit »Du« angesprochen und er hatte seine Hände auf ihre Schultern gelegt. Dankon Carpat wirkte nicht wie ein Angestellter, sondern eher wie ein Mitglied der Familie.

Mitra wandte sich wieder den Ermittlern zu. »Dankon Carpat beschützt meinen Mann schon über zehn Jahre lang.«

»Haben Sie noch irgendwelche Fragen an uns?«, wollte Dankon Carpat wissen, der keine Anstalten machte sich zu Geigensauer und Timischl zu setzen.

»Doch, da gibt es noch einige Fragen, die ich gerne beantwortet hätte«, sagte Timischl und deutete mit der Hand an, dass Mitra und Dankon Platz nehmen sollten. Während Timischl sprach, glaubte Geigensauer aus der Eingangshalle ein Geräusch zu vernehmen. Dankon meinte bereits beim Niedersetzen: »Bitte, rasch. Wir würden gerne allein sein.«

»Ich werde Sie nicht unnötig belästigen. Kennen Sie eine Frau mit dem Namen Nina Leitner?«, fragte Timischl.

Mitra schüttelte den Kopf und Dankon meinte: »Keine Ahnung. Nie von ihr gehört.«

»Ihr Auto stand auch am Tatort. Sie wurde in ihrem Wagen sitzend erschossen«, berichtete Timischl weiter.

»Mit der gleichen Waffe?«, fragte Dankon.

»Die Ermittlungen sind erst im Anlaufen«, ging Timischl einer Antwort aus dem Weg.

»Armes Ding. Terroristen oder Auftragsmörder lieben keine Zeugen. Sie war einfach zur falschen Zeit am falschen Ort. Das waren Profis«, schloss Dankon Carpat seine Überlegungen.

»Vielleicht. Wir werden es sehen. Hat jemand von Ihnen diese Nacht das Haus verlassen«, fragte Timischl möglichst harmlos und er bekam nicht sofort eine Antwort. Geigensauer beobachtete Mitra und Dankon genau. Sie warfen sich jedoch keinen Blick zu. Dann antwortete Mitra: »Ich war nicht außer Haus und meine Stieftochter Nesrin ist schon früh zu Bett gegangen. Sie schläft.«

»Ich habe das Haus auch nicht verlassen«, fügte Dankon Carpat hinzu.

»Und der andere Leibwächter«, wollte Timischl wissen.

»Ralph hat heute Nachtdienst«, erklärte Dankon. »Er ist im Dienstraum, wo sich die Monitore der Überwachungskameras befinden.«

»Unmittelbar nach der Tat ist ein Auto mit deutschem Kennzeichen aus München gesehen worden, das mit überhöhter Geschwindigkeit vom Tatort wegfuhr«, sagte Timischl so, als würde er über das Wetter sprechen. Mitra und Dankon schwiegen und wieder hörte Geigensauer ein Geräusch aus der Eingangshalle. Diesmal war er sich ganz sicher. Er drehte sich um, aber es war nichts zu sehen.

»Ein Wagen mit einem solchen Kennzeichen parkt hier vor dem Haus«, fuhr Timischl fort.

»Es gibt mehrere hunderttausend Autos mit einem solchen Kennzeichen«, erwiderte Dankon Carpat ungerührt.

»Gibt es Waffen in diesem Haus?«, ließ Timischl keinen Zweifel daran, welche Schlussfolgerungen er gezogen hatte.

»Natürlich. Alle sind in legalem Besitz. Kommen Sie mit. Ich zeige sie Ihnen«, forderte Dankon Carpat Timischl auf und die beiden verschwanden in der Eingangshalle. Geigensauer blieb mit Mitra Said zurück. Beide schwiegen zunächst, doch dann sagte

Mitra: »Sie glauben doch nicht, dass ich oder die Leibwächter oder meine Tochter meinen Mann ermordet haben?«

»Ermittlungen sind keine Glaubensfrage«, erwiderte Geigensauer. »Was möglich ist, muss untersucht werden.«

Empört drehte Mitra Said ihren Kopf zur Seite und wandte ihren Blick von einem der modernen Bilder nicht mehr ab. Sie sagte kein Wort und auch Geigensauer hatte keine Lust mehr sie anzusprechen. So blieb es still, bis Dankon Carpat und Timischl wieder zurückkamen. Eisig wurden die beiden Ermittler verabschiedet und unbegleitet verließen sie durch die Eingangshalle das Haus. Schweigend gingen sie durch den Garten. Genau zwischen zwei Lampen, wo die Zufahrt fast unbeleuchtet war, löste sich ein Schatten aus dem Gebüsch und eine Gestalt lief auf die beiden zu.

»Ich bin die Tochter von Nermin Said«, rief ihnen eine junge, weibliche Stimme aufgeregt zu. »Sicher haben Mitra und Dankon meinen Vater umgebracht. Meine Stiefmutter hat schon länger ein Verhältnis mit diesem Leibwächter. Nach Mitternacht ist jemand mit dem Wagen weggefahren und gegen ein Uhr wieder zurückgekehrt. Sagen Sie niemandem, dass Sie das von mir gehört haben.«

Geigensauer wollte noch etwas sagen, doch die Gestalt war wieder in der Dunkelheit verschwunden.

»Willst du noch einmal zurückkehren?«, fragte Geigensauer.

»Nein«, erwiderte Timischl ohne zu zögern. »Ich hatte nicht den Eindruck, dass Nesrin ihre Anschuldigungen vor den Augen ihrer Stiefmutter wiederholen möchte. Auch ohne ihre Aussage bin ich hundertprozentig davon überzeugt, dass der Wagen, der hier parkt, von Peter Drezits gesehen wurde. Ich kann es nur noch nicht beweisen.«

»Die Genspuren der Zigarettenstummel vom Tatort und aus dem Auto sollen das beweisen?«, zweifelte Geigensauer.

»Man soll die Hoffnung nicht aufgeben. Manchmal sind die Menschen ziemlich unvorsichtig. Wenn es möglich ist, möchte ich die beiden ohne Nesrins Aussage überführen. Sie ist sehr jung. Wer hasst in diesem Alter seine Stiefmutter nicht? Was würden Nesrins Worte zählen?«

Timischls Stimme klang müde und nicht sehr zuversichtlich. Die beiden setzten ihren Weg zum Gartentor fort.

»Während wir mit Mitra und Dankon sprachen«, erinnerte sich Geigensauer, »hörte ich Geräusche aus der Eingangshalle. Vermutlich hat Nesrin nicht geschlafen oder war aufgewacht und hat unser Gespräch belauscht.«

»Ich habe nichts gehört. Der Akustiker freut sich auf neue Kunden.«

Timischl deutete auf seine Ohren und dann auf die drei Videokameras, die beim Ausgang postiert waren.

»Das Pentagon ist nichts dagegen.«

Geigensauer deutete auf eine weitere Kamera, die er entdeckt hatte. Offensichtlich wurden sie vom Dienstzimmer aus beobachtet, denn das Tor ging auf und sie konnten den Garten verlassen.

»Du glaubst, dass die beiden nicht nur dort waren, sondern ihn auch umgebracht haben?«, fragte Geigensauer, als sie bei ihren Autos angekommen waren.

»Sie könnten es gewesen sein. Es spricht gegen sie, dass sie versuchten, ihre Fahrt zum Tatort zu verheimlichen. Ein Motiv hat uns Nesrin auch gleich verraten«, überlegte Timischl, öffnete die Türe seines Wagens und setzte sich hinein.

»Bis später. Ich komme irgendwann am Vormittag bei dir vorbei. Jetzt brauche ich ein paar Stunden Schlaf. Tschau«, verabschiedete er sich und fuhr weg. Über den nahen Wäldern im Osten begann der Himmel hell zu werden. Geigensauer entschied, Regierungsrat Mösle noch nicht von ihrem Besuch bei Mitra Said zu informieren, denn es war wohl besser, wenn man ihm nicht allzu viele Einblicke in die Ermittlungen ermöglichte.

Alle Fenster in der Küche waren offen und noch brachte der Südwind durch die sich bauschenden Vorhänge frische Luft in die

Räume. Die Sonne brannte von einem wolkenlosen Himmel herab. Ein weiterer sehr heißer Tag stand bevor.

»Du bist auch verdächtig«, sagte Jane lachend zu Geigensauer, der verschlafen seinen Kaffee schlürfte.

»Wieso?«

»Du warst doch auch vehement dagegen, dass Nermin Said den Flughafen kauft und daneben ein Luxushotel mit einem Golfplatz errichtet. Hast du nicht für die Bürgerinitiative ›Rettet das Südburgenland‹ unterschrieben, die dieser zugewanderte Tiroler Alois Oberlugger initiiert hat.«

»Ich habe und ich würde wieder«, bestätigte Geigensauer munter werdend, »oder möchtest du hier in der Früh hinausschauen und auf satten, grünen Wiesen Golfspieler herumfahren sehen.«

Nein, möchte ich nicht«, erwiderte Jane. »Vergiss jedoch die hundert Arbeitsplätze nicht, die dabei neu entstehen würden. Die Politik steht voll hinter diesem Projekt.«

»Arbeitsplätze, Arbeitsplätze«, kam es verächtlich aus Geigensauers Mund.

»Du hast einen sicheren, du kannst leicht reden«, stichelte Jane.

»Du hast Recht. Golfplätze gibt es aber viele, das Südburgenland hingegen gibt es nur einmal und so soll es bleiben.«

»Wenn die Leute keine Arbeit haben und abwandern, bleibt es nicht, wie es ist.«

»Stimmt auch. Trotzdem will ich dieses Projekt nicht.«

»Du hast gesagt: ‚Nermin Said soll wieder dort hingehen, wo er hergekommen ist'.«

»Habe ich das?«

»Ich denke, es war sogar noch weniger höflich. Du bist verdächtig und die ganze Bürgerinitiative auch«, sagte Jane amüsiert.

»Ich möchte sehen, ob der Mord bereits in den Schlagzeilen ist.«

Geigensauer stand auf und schaltete den Fernseher ein. Es war kurz vor neun Uhr. Tatsächlich war der Mordanschlag auf Nermin Said die erste Schlagzeile, die der Sprecher verlas.

»Heute in der Nacht ist der ägyptische Investor Nermin Said auf der Heimfahrt zu seinem Haus in Punitz, Bezirk Güssing, im Südburgenland einem heimtückischen Mordanschlag zum Opfer gefallen. Seine Pläne, den Flughafen Punitz zu erwerben und daneben ein Luxushotel mit Golfplatz zu bauen, haben landesweit für Aufsehen gesorgt. Von den Tätern fehlt jede Spur. Eine ägyptische Terrorgruppe hat sich im Internet zur Tat bekannt. Die Ermittlungen laufen.«

Dazu wurden Bilder gesendet, auf denen man Nermin Said am Flughafen Punitz sehen konnte, als er seine Pläne vorstellte.

»Wir schalten nun zu unserem Reporter vor Ort, zu Max Neuhuber«, fuhr der Sprecher fort. »Herr Neuhuber, welche Details sind denn schon bekannt?«

»Guten Morgen«, meldete sich Max Neuhuber. »Ich befinde mich direkt neben dem Tatort auf einem Güterweg mitten in den großen Wäldern nördlich von Güssing. Hier wurde das Fahrzeug von Nermin Said etwa um Mitternacht vermutlich an der Weiterfahrt gehindert. Er stieg aus und stürzte, von drei Kugeln tödlich getroffen, zu Boden. Noch bevor die Täter flüchten konnten, kam eine junge Frau auf ihrem Nachhauseweg vorbei, musste anhalten und wurde im Auto sitzend erschossen. Zeugen waren offensichtlich nicht erwünscht. Die Ermittlungen laufen. Ob die Spuren zu einem Terrorkommando führen, ist noch nicht absehbar. Die Polizei wollte zu diesem Zeitpunkt noch nicht Stellung nehmen. Hier neben mir«, die Kamera vergrößerte den Bildausschnitt, »steht Peter Drezits von der ‚Südburgenländischen Rundschau'. Er war der Erste am Tatort. Was waren Ihre Eindrücke, Herr Drezits?«

»Zunächst ging ich von einem Unfall aus, doch bald sah ich, dass es kaltblütiger Mord gewesen sein musste. Alles deutet auf Terroristen oder Berufskiller hin«, erzählte Drezits.

»Der Anschlag muss unmittelbar vor Ihrem Eintreffen passiert sein.«

»Etwa zwei Kilometer vom Tatort entfernt ist mir ein Auto mit mehr als überhöhter Geschwindigkeit entgegengekommen. Ich konnte gerade noch einen Unfall vermeiden.«

»Sie vermuten …«, forderte Max Neuhuber Peter Drezits zum Weitersprechen auf.

»Es könnte das Fluchtfahrzeug der Täter gewesen sein. Leider konnte ich in der Finsternis nur erkennen, dass es ein deutsches Kennzeichen besaß.«

Die Kamera schwenkte wieder auf Max Neuhuber.

»Damit gebe ich wieder zurück nach Wien.«

»Sollten sich Neuigkeiten ergeben, dann werden wir zu Mittag wieder zu Max Neuhuber schalten«, setzte der Nachrichtensprecher die Sendung fort. »Der Atomstreit zwischen dem Iran und dem Westen geht in eine neue Verhandlungsrunde …«

Geigensauer schaltete den Fernseher ab und setzte sich wieder zum Frühstück.

»Sie werden bald wissen, dass er bei seiner Freundin war«, meinte Jane nachdenklich.

»Leider.«

Es klingelte und Jane ging zur Türe.

»Anton Geigensauer, wo waren Sie gestern um Mitternacht?«, fragte der mit Jane eintretende Timischl mit breitem Lächeln. Während ihm die wenigen Stunden Schlaf gut getan hatten – er sah wieder richtig frisch aus – fühlte sich Geigensauer müder als vor dem Einschlafen.

»Im Bett«, erwiderte Geigensauer.

»Haben Sie Zeugen?«

»Ja. Meine Frau.«

»Können Sie bezeugen, dass Ihr Mann heute um Mitternacht zu Hause war?«, fragte Timischl.

»Ich habe fest neben ihm geschlafen«, erklärte Jane. »Willst du auch einen Kaffee?«

»Danke. Den hebe ich mir für den Nachmittag auf«, lehnte Timischl höflich ab.

»Ein Mineralwasser?«

»Bitte.«

Timischl setzte sich zu Geigensauer.

»Gibt es sonst etwas Neues?«, wollte Geigensauer wissen.

»Nein, die Gerichtsmedizin hat sich noch nicht gemeldet. Eine DNA-Auswertung dauert. Besondere Spuren sind leider nicht gefunden worden. Zwei Personen haben sich in der Früh bei der Polizei gemeldet. Ein Jäger will gestern am Abend im Wald bei Kirchfidisch während der Jagd eine verdächtige Person beobachtet haben. Er erwartet unseren Besuch in der nächsten Stunde.«

»Ich komme mit. Wer ist die andere Person?«, fragte Geigensauer, den Striezel in den Kaffee tunkend.

»Ute von Rainburg. Was ist mit Regierungsrat Mösle?«

»Den habe ich ganz vergessen«, erinnerte sich Geigensauer daran, dass er sein Handy vor dem Einschlafen einfach abgeschaltet hatte. Er nahm es wieder in Betrieb und mehrmaliges Tüten deutete auf eingelangte Nachrichten hin.

»Fünf ungelesene Nachrichten. Alle von Mösle. Drei Rügen, weil ich in der Nacht nicht mehr zu erreichen war. Nicht zu glauben.«

Geigensauer schüttelte den Kopf.

»Was will die Diplomatie von uns?«, fragte Timischl ernst.

»Wir sollen noch niemanden verhaften«, sagte Geigensauer, auf dem Display lesend.

»Wird vielleicht nicht zu verhindern sein«, meinte Timischl kalt.

»Er betont noch einmal, dass er über alle unsere Erkenntnisse Bescheid wissen will. Innen- und Außenministerium arbeiten hart an einer Lösung«, las Geigensauer weiter vor. »Mösle hat zur besseren und schnelleren Koordinierung eine WhatsApp-Gruppe mit dem Namen ›Nermin Said‹ eröffnet.«

»Geheimer geht es nicht mehr«, lachte Jane. Timischl schüttelte nur ungläubig den Kopf und fragte: »Hast du schon Nachrichten gehört?«

»Ja, vor fünf Minuten. Es war gleich die erste Meldung. Heute Früh schaut die halbe Welt nach Güssing.«

Geigensauer trank seinen Kaffee aus und stand auf.

»Ich hasse so viel Öffentlichkeit«, meinte Timischl gar nicht erfreut.

»Du wirst vor die versammelte Weltpresse treten und die Fragen der wartenden Journalisten beantworten müssen«, stichelte Geigensauer.

»Sicher nicht«, erwiderte Timischl ehrlich entsetzt. »Das wirst du erledigen.«

»Ich? Nein. Mich gibt es eigentlich offiziell nicht«, antwortete Geigensauer. »Vor der Fernsehkamera schon gar nicht. Ich denke, Mösle soll das für uns erledigen. Ich werde es in die Gruppe ›Nermin Said‹ schreiben.«

Timischls Auto war nur kurz in der Sonne gestanden und dennoch hatte es sich stark aufgeheizt. Der schon etwas ältere Wagen besaß keine Klimaanlage und so fuhren sie mit offenen Fenstern aus Güttenbach hinaus und am Flughafen Punitz vorbei. Ein einmotoriges Flugzeug setzte gerade zur Landung an. Die wochenlange Trockenheit war an der Natur nicht spurlos vorübergegangen. Die Wiesen waren braun und verdorrt, die abgeernteten Weizenfelder waren ausgetrocknet und der Wind trieb immer wieder ganze Wolken von Staub über die Felder. Auch das sonst so satte Grün der Maisfelder wirkte saft- und kraftlos.

»Erinnerst du dich noch an Hofrat Münster?«, fragte Geigensauer.

»Sicher«, nickte Timischl. »Man kann ihn nicht vergessen.«

»Angesichts des Mordes an Nermin Said ist es vielleicht nicht angebracht so zu fühlen, doch ich bin sehr froh, dass der Flughafen das bleiben wird, was er ist«, meinte Geigensauer zufrieden.

»Sag das bitte in nächster Zeit zu niemandem!«, beschwor Timischl Geigensauer.

»Natürlich nicht.«

Nach kurzer Fahrt erreichten sie Kirchfidisch, bogen nach Süden ab und fuhren an den Ortsrand. Am Ende der Straße, gar nicht weit entfernt von den Wäldern, die zwischen Kirchfidisch und Harmisch liegen, stand das kleine Haus des Jägers. Es machte einen sehr gepflegten Eindruck. Auch im Garten war jede unerwünschte Kreativität der Natur unterbunden worden. Selbst die Scheiter des Holzstoßes, der an einer Wand des Hauses lehnte, waren mit äußerster Sorgfalt geschlichtet worden.

»Ich glaube, ich kenne Ewald Tusk. So heißt unser Informant. Er arbeitet in der Bezirkshauptmannschaft in Hartberg. Vor einigen Jahren ist ihm einmal ein Moped gestohlen worden. Leider konnten wir weder den Dieb noch das Moped finden«, erzählte Timischl, den Wagen neben dem Zaun einparkend. Als sie ausstiegen, öffnete sich sogleich die Eingangstür und ein kleiner, ziemlich beleibter Mann kam ihnen entgegen und schloss das Gartentor auf.

»Grüß Gott«, begrüßte Timischl ihn freundlich. »Inspektor Timischl, wir kennen einander ja.«

»Anton Geigensauer, ein Kollege. Leider haben wir Ihr Moped noch immer nicht gefunden«, fügte er bedauernd hinzu.

»Nein, welche Überraschung«, sagte Ewald Tusk, lachte über seine Formulierung und bat sie in den Garten. Er führte sie hinter das Haus in eine kleine Laube, wo sie an einem kreisrunden Tisch Platz nahmen. Die großen Blätter des Wilden Weines spendeten einen wohltuenden Schatten.

»Bitte, berichten Sie!«, forderte Timischl auf.

»Gestern am Abend habe ich mich geärgert, wirklich sehr geärgert. Ich bin schon längere Zeit hinter einem Keiler her. Der Kerl lässt sich nicht und nicht erlegen. Sehr intelligent, dieser Bursche. In den Vollmondnächten herrschen hervorragende Sichtverhältnisse. Wenn notwendig, wollte ich diesmal die ganze Nacht abwarten. Ich machte mir Hoffnungen, ihn zur Strecke zu bringen. Tief im Wald gibt es eine große Lichtung, wo ich einen bequemen Jägersitz errichtet habe.« Er deutete mit der Hand zum Waldrand hin. »Ungefähr gegen halb zehn habe ich meinen Posten bezogen. Gegen elf Uhr, es begann gerade richtig dunkel zu werden, sah ich den Keiler nicht weit von mir am Waldesrand im Mondlicht auftauchen. Dann aber hörte ich plötzlich das Geräusch eines Motorrades oder Mopeds. Sofort war der Keiler verschwunden. Der Lärm kam immer näher und dann fuhr die Maschine direkt unter mir am Forstweg vorbei. Am liebsten hätte ich den Lenker heruntergeschossen. Ich dachte an einen jungen Burschen, der einfach eine Abkürzung durch den Wald nahm. In der Hoffnung, dass die Wildschweine noch einmal erscheinen würden, blieb ich auf dem Jägersitz. Zehn Minuten vor halb eins bin ich dann aufgewacht, ich habe auf meine Uhr geschaut. Offensichtlich war ich eingeschlafen. Noch weiter zu warten, war mir zu beschwerlich. Ich ging zu meinem etwas abseits geparkten Wagen und dort hörte ich Schüsse. Der Mann war wohl erfolgreicher gewesen, wenn er auch kein großer Schütze war, ging es mir durch den Kopf.«

»Wie viele Schüsse waren es?«, wollte Geigensauer wissen.

»Es waren drei«, meinte Ewald Tusk bestimmt.

»Danach hörten Sie keinen Schuss mehr«, fragte Timischl.

»Nein, ich bin sofort nach Hause gefahren. In aller Früh in den Nachrichten habe ich dann von der Ermordung von Nermin Said erfahren. Ich bin sofort zum Tatort gefahren. Schon um sieben in der Früh waren dort einige Schaulustige unterwegs. Der Tatort liegt gar nicht so weit von meinem Jägersitz entfernt. Ich bin sicher, dass ich die Schüsse des Attentates gehört habe.«

»Danke für den ausführlichen Bericht. Damit können wir die Tatzeit ziemlich genau festlegen«, lobte Timischl.

»Von diesem Motorradfahrer haben Sie nichts mehr gehört oder gesehen?«, wollte Geigensauer wissen.

»Nein, gar nichts«, erwiderte Ewald Tusk. Einen Augenblick herrschte Schweigen in der Laube, in der es trotz des Schattens unangenehm heiß geworden war.

»Sie meinen, er könnte mit der Tat etwas zu tun haben?«, fragte Ewald Tusk. »Daran habe ich gar nicht gedacht.«

»Wir müssen an alles denken«, meinte Timischl und wollte aufstehen.

»Außer Scheinwerfer und Rücklicht habe ich nichts erkennen können. Dem Klang nach war es ein Moped. Jetzt habe ich ganz vergessen, Ihnen etwas anzubieten«, meinte Ewald Tusk ehrlich entsetzt und griff nach der Mineralwasserflasche und den Gläsern, die auf einem Tablett auf dem Tisch standen, und schenkte den beiden ein.

»Nochmals herzlichen Dank, Herr Tusk. Wir müssen wieder gehen«, sagte Geigensauer und leerte sein Glas mit einem Zug.

»Wenn Ihnen noch etwas einfällt, dann melden Sie sich bitte bei mir«, Timischl reichte ihm die Visitenkarte und die beiden Ermittler brachen auf.

Timischl zweigte vor Kohfidisch rechts Richtung Pinkatal ab und sie fuhren durch die Wälder vorbei an Harmisch nach St. Kathrein. Geigensauer hantierte mit seinem Handy und teilte Timischl Folgendes mit.

»Regierungsrat Mösle gibt um 11 Uhr 30 in Wien eine Pressekonferenz über den Stand der Ermittlungen: Mordanschlag eines Terrorkommandos, Tätergruppe unbekannt und vermutlich bereits ins Ausland geflohen.«

»Eine typisch österreichische Lösung«, bemerkte Timischl verächtlich.

»Sie könnte auch wahr sein«, warf Geigensauer ein.

»Wir werden alles überprüfen. Ein Terrorist auf einem Moped?«, zweifelte Timischl.

»Du glaubst, der Lenker war der Mörder?«

»Vielleicht, ich möchte auf jeden Fall gerne wissen, wer der Lenker war und wohin er wollte.«

Sie fuhren durch das Pinkatal nach Süden. Rechts von ihnen lagen die malerischen Hügel mit den Weingärten und ihren kleinen Kellern. Links ging der Blick weit in die ungarische Tiefebene hinein.

Über den Feldern flimmerte die heiße Luft im gleißenden Sonnenschein. Wer nicht schon im Freibad war, hatte sich im Garten in den Schatten oder in einen kühlen Raum des Hauses zurückgezogen. Die Straßen und Dörfer wirkten wie ausgestorben. In der Ferne war schon das Wasserschloss von Eberau zu erkennen. Das Autothermometer zeigte 35 Grad an und es war erst elf Uhr. Vielleicht fiel heute der Temperaturrekord von Dellach im Drautal aus dem Jahre 1983, überlegte Geigensauer.

Timischl bog nach Osten ab, um nach Eberau zu gelangen. Das Hotel Bikepoint Pinkatal lag am Ende der Ortschaft an der Straße nach Bildein. Neu erbaut stand es hier mitten in den Maisfeldern. Architektonisch war es ein äußerst auffälliger Bau, den Geigensauer schon auf seinen Radtouren bewundert hatte. Das Gebäude war im Grundriss dreieckig, einstöckig und sein Dach war so gekrümmt, dass sich die Form eines überdimensionalen Fahrradsattels ergab. Der Parkplatz vor dem Hotel war beinahe leer. An den Fahnenstangen vor dem Eingang wehten die Flaggen fast aller Länder der EU.

Sie stiegen aus und hörten das Spritzen von Wasser und das Kreischen von Kindern, die sich im Pool neben dem Hotel erfrischten. Timischl zückte sein Smartphone, hielt es weit von sich und fingerte ungeschickt mit seinem Daumen auf dem Display herum.

»Wir haben erste Nachrichten von der Gerichtsmedizin«, informierte Timischl Geigensauer und steckte das Phone wieder umständlich in seinen Hosensack. »Alle Projektile sind vom gleichen Kaliber. Ob sie aus derselben Waffe stammen, wird noch untersucht. Die Einschusskanäle bei Nermin Said verlaufen steil von unten nach oben. Der Schütze muss beinahe auf dem Boden gelegen sein, als er geschossen hat.«

»Vielleicht hat der Täter einen Verletzten vorgetäuscht, um Nermin Said aus seinem Auto zu locken«, überlegte Geigensauer.

»Er legte sein Moped auf die Straße und sich dazu«, dachte Timischl laut.

»Dieser Mopedfahrer lässt dich nicht mehr los. Es könnte aber auch ein Auto quer gestanden sein und der Mörder hat sich davor auf die Fahrbahn gelegt.«

»Natürlich«, stimmte Timischl zu. »Gehen wir hinein.«

Im gläsernen Eingangsbereich empfing sie die eisige Kühle klimatisierter Räume.

»Inspektor Timischl«, stellte dieser sich beim Portier vor. »Wir werden von Ute von Rainburg erwartet.«

Der Portier trug statt einer Uniform eine Fahrradhose und ein Leibchen, auf dem die Route der heurigen Tour de France aufgedruckt war. Er griff zum Telefon und meldete die beiden Ermittler an. Kurz danach kam der Aufzug neben der Rezeption aus dem ersten Stock heruntergefahren, die Tür öffnete sich und Ute von Rainburg trat heraus. Die blonden, leicht gewellten Haare einfach am Hinterkopf zu einem Schwanz zusammengebunden, die Lippen knallrot gefärbt und ihre üppigen Kurven in ein enges, schwarzes Kostüm gepresst, näherte sie sich den beiden in einem attraktiven Gang, der von sehr hohen Stöckelschuhen bewirkt wurde. In ihren dunkelbraunen Augen verloren sich die Blicke der Ermittler wie die Regentropfen im Meer. Nermin Said hatte bei der Wahl seiner Freundin durchaus Geschmack bewiesen.

»Herzlich willkommen im Bikepoint Pinkatal«, begrüßte sie die beiden. »Ute von Rainburg, mein Name. Inspektor Timischl von der Polizei?«

Timischl nickte und sagte: »Anton Geigensauer, ein Kollege.«

»Darf ich die Herren weiterbitten«, sagte sie mit einer tiefen, wohlklingenden Stimme. »Ich schlage vor, dass wir uns in die Giro-Bar setzen. Dort ist es gemütlicher als in meinem Büro.«

Ohne auf eine Antwort zu warten, ging sie voraus und die beiden Ermittler folgten ihr. Überall an den Wänden gab es große Poster, die berühmte Radrennfahrer bei Rennen zeigten. Die Giro-Bar war ein kleiner Raum, dessen Außenwand vom Boden bis zur Decke aus Glas bestand, sodass man ungestört über die Felder, die hinter dem Hotel lagen, bis zu den nahen Weinbergen sehen konnte. Auf einer Wand war eine Landkarte Italiens aufgemalt, die andere war in den Farben der italienischen Flagge gestrichen. Die Sitze der Barhocker waren Sättel von Fahrrädern, die Theke hatte die Form des italienischen Stiefels und Sizilien wurde durch einen kleinen Stehtisch dargestellt.

»Nehmen Sie bitte Platz!«, lud sie die beiden ein. »Darf ich Ihnen etwas zum Trinken anbieten, einen Radler vielleicht?«

»Für mich bitte lieber ein Mineralwasser«, wehrte Timischl ab.

»Apfelsaft gespritzt, bitte «, bestellte Geigensauer.

Die Gläser, in denen ihnen Ute von Rainburg das Gewünschte servierte, hatten die Form von Fahrradtrinkflaschen.

»Nermin Said war gestern am Abend bei mir«, begann Ute von Rainburg in der Meinung, die beiden damit überraschen zu können, doch als sie die unbeeindruckten Gesichter sah, fuhr sie fort: »Sie wissen es bereits?«

Geigensauer nickte.

»Mitra Said hat uns erzählt, dass Nermin mit Ihnen befreundet war«, drückte es Timischl diplomatischer aus, als Geigensauer es ihm zugetraut hätte.

»Uns verbindet eine lebenslange Freundschaft. In jungen Jahren habe ich für ein deutsches Reisebüro am Roten Meer gearbeitet. Dort besaß Nermin Said mehrere Hotels. Wir arbeiteten zusammen und liebten einander. Irgendwie haben wir uns dann aus den Augen verloren, doch dann hat uns beide das Schicksal ins Südburgenland verschlagen. Nermin wollte einen Teil seines Vermögens in die Errichtung eines Hotels und Golfplatzes investieren, ich habe mir meinen Traum vom Bikehotel erfüllt. Wir begegneten einander. Es war noch Glut der alten Liebe unter der Asche vieler anderer erloschenen Beziehungen und rasch war das Feuer der Leidenschaft wieder entflammt.«

Ihre Augen funkelten, sie streckte sich und die volle Pracht ihres Busens war unter dem weißen Top nicht zu übersehen.

»Nermins zweite Ehefrau Mitra hat ihn nur wegen seines Vermögens geheiratet. Sie hat schon längere Zeit ein Verhältnis mit einem der Leibwächter. Nermin plante die Scheidung«, erzählte sie weiter.

»Wann ist er von hier weggefahren«, versuchte Timischl von privaten Schicksalen zu harten Fakten zu kommen.

»Gegen Mitternacht. Es war wesentlich später als sonst. Hier ist der Grund dafür.«

Sie überreichte ihnen einen Briefbogen, auf den einige wenige Zeilen gedruckt waren. Timischl las sie zuerst und dann Geigensauer.

Dreckiger, muslimischer Hund, lass deine schmutzigen Hände vom katholischen Südburgenland, sonst schlachten wir dich wie eine Sau.
Mit tödlichen Grüßen
Sautanz

»Nermin hat dieses Schreiben am Freitag mit der Post erhalten. Natürlich ohne Absender.«

»Gibt es das Kuvert noch?«, fragte Timischl und steckte den Bogen mit der Drohung ein.

»Nermin hat es mir nicht gezeigt. Keine Ahnung, wo es geblieben ist. Er hatte Angst, große Angst. Ich konnte ihn kaum beruhigen.«

»Er ist doch schon öfters bedroht worden«, warf Geigensauer ein.

»Sehr oft. Er hat eine Menge Feinde in Ägypten. An politische Drohungen hatte er sich gewöhnt, doch diesmal war es anders. Er war sich sicher, dass dieser Brief nicht von seinen ägyptischen Gegnern stammte. ‚Der Brief kommt aus dem Südburgenland', sagte er zu mir. ‚Spürst du nicht den Hass? Der Autor dieser Zeilen wünscht sich meinen Tod'. Ich versuchte ihn zu beruhigen. Ehrlich, ich nahm das Schreiben nicht ernst. Leider. Jetzt ist er tot, erschossen wie ein tollwütiger Hund und …«

Es verschlug ihr die Stimme und Tränen flossen aus den dunkelbraunen Augen über ihre Wangen.

»Verzeihung.«

Sie drehte sich von ihnen weg und weinte kurz, wobei sie beide Schultern hochzog. Dann wischte sie sich die Tränen ab, wartete ein wenig, wandte sich wieder Geigensauer und Timischl zu und fuhr fort.

»Keineswegs alle waren davon begeistert, dass Nermin den Flughafen Punitz kaufen und dort sein Luxushotel mit Golfplatz errichten wollte. Es gibt diese Bürgerinitiative ›Rettet das Südburgenland‹ unter der Führung dieses Tirolers …«, ihr fiel der Name nicht ein.

»Alois Oberlugger«, half ihr Geigensauer.

»Danke. Es leben hier eine Menge Menschen, die sehr konservativ sind, die unbedingt alles unverändert erhalten wollen. Dem Hotel Bikepoint stehen auch nicht alle positiv gegenüber. Man kann doch nicht nur Weinkeller aus Lehmwänden mit Schilfdächern errichten.«

Timischl blickte Geigensauer an und, wenn Augen lächeln können, dann taten es die seinen.

»Sie glauben, es könnte jemand aus der Bürgerinitiative gewesen sein?«, fragte Geigensauer ungläubig.

»Es könnte sein, aber ich verdächtige ganz andere Personen«, sagte Ute von Rainburg bedeutsam.

»Und die wären?«, versuchte Timischl erneut das Gespräch zu beschleunigen.

»Zum Beispiel diesen Journalisten von der ‚Südburgenländischen Rundschau', Peter Drezits.«

»Peter Drezits?«, entfuhr es Timischl überrascht. »Wieso Drezits?«

»Er war als Erster am Tatort. Verstehen Sie? Vielleicht ist er nach vollbrachter Tat gleich dort geblieben. Der Kerl ist äußerst raffiniert«, meinte Ute von Rainburg, sich zu Timischl vorbeugend, wobei ihre Augen immer größer wurden.

»Einer ist immer der Erste am Tatort. Deshalb ist man nicht gleich verdächtig. Warum sollte denn Peter Drezits Nermin Said umbringen?«, fragte Geigensauer und wurde dafür von Ute von Rainburg mit einem vernichtenden Blick bedacht.

»Weil Drezits wusste, dass Nermin mit mir zusammenarbeiten

wollte. Nermin und ich wollten dem Tourismus in der Region Güssing so richtig auf die Beine helfen. Mit dem Flughafenausbau hätten wir die Gäste direkt zu uns gebracht.«

»Was sollte Drezits daran stören?«, wollte Timischl wissen.

»Das ist doch sonnenklar«, meinte Ute von Rainburg verärgert, die durchaus fühlte, dass ihre Überlegungen keinen Anklang fanden. »Peter Drezits ist der Schwager von Karl Muss, der momentan das Bikeresort in Bocksdorf führt. Dieses Hotel war früher ein einfacher Dorfgasthof und gehörte den Eltern von Peter Drezits und Martha Muss. Otto und Karl Muss sollen um die Gunst der Wirtshaustochter geworben haben. Martha hat sich für Karl entschieden und übernahm das Gasthaus. Ihnen gehört aber nur die Hälfte, der Rest ist im Besitz von Peter Drezits. So hört man die Menschen hier reden.«

Ute von Rainburg wartete auf eine Reaktion ihrer Gesprächspartner und, als diese nicht sogleich erfolgte, sagte sie aufgeregt: »Im Bezirk Güssing ist kein Platz für zwei konkurrierende Betriebe, die sich auf den Fahrradtourismus spezialisiert haben. Nur einer der beiden Betriebe wird überleben.«

»Außer man arbeitet zusammen«, schlug Timischl vor. »Partnerschaft ist immer besser als Konkurrenz.«

»Nermin und ich haben versucht, mit Karl Muss Kontakt aufzunehmen. Wir wollten ihn in unser Projekt mit einbeziehen. Der E-Mail-Verkehr mit ihm machte uns zuversichtlich, doch auf einmal brach der Kontakt ab. Sicher wollte Martha oder Peter oder auch Karls Bruder Otto keine Kooperation mit uns. Otto arbeitet seit Jahren im Betrieb mit.

»Peter Drezits soll also den Geschäftspartner des Konkurrenten ermordet haben. Wir sind ja nicht bei der Mafia in Sizilien«, lehnte Timischl strikt ab.

»Sie glauben mir nicht? Bitte lesen sie das!«

Sie reichte beiden je eine Kopie von einem Zeitungsartikel der »Südburgenländischen Rundschau« und fügte hinzu: »Wer einen solchen Rufmord begeht, der ist auch zu einem Mord fähig.«

Bikepoint Pinkatal bald moderne Architekturruine?

Während im Nordburgenland der Tourismus mit Gästen, die mit dem Fahrrad das Burgenland erleben wollen, seit Jahren blüht, hat dieser Trend trotz zahlreicher beschilderter Radwege im Südburgenland bis vor einem Jahr nicht wirklich die Massen bewegt. Dann bauten die Gebrüder Muss in Bocksdorf ihr Dorfgasthaus zu einem Bikeresort um und in Eberau errichtete die deutsche Ute von Rainburg ihr supermodernes Hotel Bikepoint Pinkatal, ein architektonisches Wunderwerk, dessen Dachkonstruktion dem Sattel eines Fahrrades gleicht. Das Konzept der Brüder Muss, in familiärer Atmosphäre mit burgenländischer Gastfreundschaft ihre Fahrrad fahrenden Gäste zu betreuen, sie auf ihren Touren zu begleiten und mit bodenständigen Lebensmitteln aus der Region zu versorgen, ist voll aufgegangen. Die Buchungen für den Herbst sind vielversprechend. In Eberau hingegen munkelt man bereits, dass die einzigen Touristen, die das Hotel Bikepoint Pinkatal anzieht, an moderner Architektur interessierte Tagesgäste sind. Oft ist der Parkplatz vor dem Hotel fast leer. Droht eine Hotelruine im Bezirk Güssing?

Nachdem Geigensauer und Timischl den Zeitungsausschnitt gelesen hatten, sagte Ute von Rainburg, die sich unterdessen wieder gefasst hatte: »Ich habe die Zeitung geklagt. Den Ruf wieder herstellen, kann man durch eine Klage nicht. Die Wahrheit jedoch ist, dass das Geschäft mit Rad wandernden Touristen bei mir und Karl Muss nicht zufriedenstellend läuft. Wir waren beide auf die Investitionen von Nermin Said und eine Kooperation mit seinem Projekt angewiesen. Nermin wollte sein Projekt mit mir durchführen. Das wäre der Todesstoß für das Bikeresort gewesen. Es geht um viel Geld, es geht um Millionen. Peter Drezits hat in den Ausbau des Bikeresorts mitinvestiert. Auch sein Vermögen ist in Gefahr. Jetzt, wo Nermin Said tot ist, weiß ich nicht, wie es weitergehen wird. Die Brüder Muss machen seit zwei Monaten an den Samstagen eine Veranstaltung unter dem Titel ‚wine, dine & crime‘, um Gäste anzulocken. Es handelt sich um ein Abendessen mit einer szenischen Lesung des südburgenländischen Krimiautors Andi Topfer. Ich werde nun neue Pläne schmieden müssen, um das Haus zu füllen. Meine Mittel sind sonst ebenfalls bald erschöpft.«

Nachdenklich blickte sie zwischen den beiden Männern auf die fernen Weinberge.

»In Anbetracht dieser Tatsachen werden wir Peter Drezits und Karl Muss natürlich vernehmen.«

Timischl leerte den Rest seines Glases in einem Zug. Offensichtlich wollte er wieder aufbrechen, doch Geigensauer hatte noch ein paar Fragen.

»Könnte nicht ein ägyptisches Terrorkommando hinter der Tat stecken?«, interessierte ihn die Meinung von Ute von Rainburg.

»Das halte ich für sehr unwahrscheinlich«, schüttelte sie verneinend ihren Kopf. »Nermin hatte zwar politischen Einfluss, auch in den höchsten Kreisen. Das ist aber viele Jahre her. Er war kein Politiker, er war vor allem ein sehr erfolgreicher Geschäftsmann.«

Sie richtete ihren Haarschopf neu, da einige Strähnen dem Haarband entglitten waren.

»Mit Politik beschäftigte er sich nur, soweit es für seine Geschäfte notwendig war. Er hatte Feinde, vor allem Konkurrenten in der Hotelbranche. Als deren politische Macht wuchs, fürchtete er um sein Leben und floh in die Schweiz. In jüngster Zeit sorgte er sich nicht mehr um seine Sicherheit.«

»Wozu dann der Aufwand mit den Leibwächtern? Seine Villa gleicht einer Festung«, warf Timischl ein.

»Im Mai erzählte er mir, dass er hier im Burgenland keine Gefahr mehr für sein Leben sähe und erwäge, seine Leibwächter zu entlassen«, antwortete Ute von Rainburg.

»Warum hat er die Leibwächter dann behalten?«, wollte Geigensauer wissen.

»Bald nachdem seine Pläne, den Flughafen zu kaufen und ein Hotel zu bauen, in der Öffentlichkeit bekannt wurden, hat Nermin nach langer Zeit wieder einen Drohbrief erhalten. Dieser Brief …«

»Ich war damals wegen dieser Drohung bei ihm. Sie war in Güssing in einen Postkasten geworfen worden. Nermin Said wirkte ziemlich beunruhigt auf mich«, unterbrach sie Timischl.

»Es war ein Schock für ihn«, fuhr Ute von Rainburg fort. »Nachdem er so lange ohne Angst gelebt hatte, verunsicherte ihn dieser Brief umso mehr. Ich bin fest davon überzeugt, dass dieses Schreiben aus der Gegend stammte. Ich tippte damals auf ein Mitglied der Bürgerinitiative ‚Rettet das Südburgenland'. Warum sollten seine ägyptischen Feinde nach Güssing reisen, um Drohbriefe abzuschicken?«

»Und konnten Sie ihn beruhigen?«, fragte Geigensauer.

»Nein, leider nicht.«

»Sie wissen, dass Peter Drezits ausgesagt hat, dass ihm ein Auto mit überhöhter Geschwindigkeit und deutschem Kennzeichen entgegengekommen war, bevor er den Tatort erreichte?«, forschte Geigensauer weiter.

»Ich habe es in den Nachrichten gehört. Das hat Peter Drezits nur erlogen, um den Verdacht auf Mitra Said zu lenken. Drezits ist sehr raffiniert«, erwiderte Ute von Rainburg, wenig beeindruckt von Geigensauers Informationen.

»Es gibt noch andere Zeugen, die den Wagen gesehen haben«, ergänzte Timischl und hob sein Glas zum Mund, obwohl es leer war.

Ute von Rainburg füllte es wieder an und meinte: »Wenn es Zeugen aus dem Bezirk Güssing sind, hat Drezits diese gekauft.«

»Nein, die Zeugin ist verlässlich«, verriet Timischl mehr, als er wollte.

»Würde Mitra Said als Witwe nicht mehr Geld erhalten als bei einer Scheidung?«, wurde Geigensauer direkt.

»Der Mercedes Kleinbus wurde gesehen«, sagte Ute von Rainburg sehr nachdenklich vor sich hin.

»Ja«, bestätigte Timischl und meinte: »Sie erkennen, es gibt wesentlich verdächtigere Personen als Peter Drezits.«

»Ich verstehe nicht, was Mitra oder ihre Leibwächter am Tatort getan haben könnten. Eigenartig.« Ute von Rainburg schaute ratlos zwischen Geigensauer und Timischl hin und her.

»Sie könnten Nermin Said ermordet haben«, half Geigensauer nach und stand auf. Der sattelförmige Barhocker war nicht gerade bequem.

»Das schließe ich aus«, lehnte sie diese Variante kategorisch ab. »Nein, das ergibt keinen Sinn.«

»Wieso nicht?«

»Im Ehevertrag ist festgelegt, dass Mitra nur ein ganz kleines Erbe erhält, wenn Nermin eines unnatürlichen Todes stirbt. So lebt man länger, hat er lachend zu mir gesagt.«

»Wer außer Ihnen kennt den Inhalt dieses Ehevertrages noch?«, wollte Timischl erfahren.

»Vermutlich nur Nermin, Mitra und ich.«

Es ging bereits gegen Mittag, als Geigensauer und Timischl das Hotel Bikepoint Pinkatal verließen. Die Hitze dieses Augusttages nahm ihnen, die von der Klimaanlage des Hotels verwöhnt worden waren, fast den Atem. Der kräftige Südostwind war heiß, wie wenn er aus einem Backrohr kommen würde. Zwei Pappeln, die links und rechts neben einer nahen Kapelle wie Wächter standen, neigten ihre Köpfe gegen Nordosten. Eine einsame, kleine, weiße Wolke stand über dem Eisenberg. Die Konturen des Geschriebensteins waren im Dunst kaum zu erkennen. Sie beschlossen, nach Winten zu fahren und bei einem Heurigen einzukehren. Die vielen Autos, die vor dem Lokal parkten, zeigten deutlich, dass Sonntag war und dieser Weinkeller einen besonders guten Ruf hatte. Sie fanden gerade noch ein freies Plätzchen im Schatten eines Zwetschkenbaumes. Bei Timischl war es eine jahrelange Tradition, hier Schweinsbraten mit Semmelknödeln zu verzehren und Geigensauer schloss sich an. Ein weißer Spritzer dazu durfte nicht fehlen. Leider gab es ein Heer von Wespen, das hier seinen Hunger stillte. Weder Timischl noch Geigensauer ließen sich von den lästigen Gästen aus der Ruhe bringen. Gesättigt lehnte sich

Timischl zurück und arbeitete wild mit einem Zahnstocher in seiner Mundhöhle herum, während Geigensauer sich seinem Handy zugewandt hatte.

»Was sagt Mösle?«, kam die Frage undeutlich aus Timischls Mund, in dem fast seine ganze rechte Hand steckte.

»Die offizielle Version ist und bleibt ein Terroranschlag«, erwiderte Geigensauer. »Solange es keine gesicherten anderen Erkenntnisse gibt, sollen wir der Presse keine Auskünfte erteilen.«

»Das waren hundertprozentig keine Terroristen«, meinte Timischl bestimmt, die verbrauchten Zahnstocher im Aschenbecher entsorgend.

»Eigentlich habe ich von Anfang an nicht wirklich an einen Terroranschlag…«

Geigensauer vollendete den Satz nicht, denn ein kleiner, dicker Mann mit hochrotem Kopf und einem Glas Wein in der linken Hand trat wankend an ihren Tisch heran und begrüßte sie.

»Servus, Inspektor Timischl. Einen schönen Sonntag«, wünschte er und reichte ihnen seine riesige, weiche, verschwitzte Hand zum Gruß.

»Herr Tarner, Weinbauer aus Gaas«, stellte Timischl vor. »Geigensauer, ein Kollege.«

»Ich bin der Edi. Jeder kennt hier den Uhudler Edi. Verstehen Sie. Jeder. Von meinem Uhudler hat sogar der Arni gekostet, der Schwarzenegger.«

Geigensauer nickte zustimmend.

Edi Tarner setzte sich zu ihnen und zerdrückte mit der rechten Hand eine Wespe, die auf seinem Oberarm Platz genommen hatte.

»Blödes Vieh, jetzt hat sie mich gestochen«, meinte er, ohne weitere Notiz von dem Vorfall zu nehmen. »Habt Ihr nichts zu tun? Da werden zwei Menschen ermordet und die Polizei sitzt beim Heurigen.«

Er sprach dabei so laut, dass sich sofort der ganze Gastgarten für ihr Gespräch interessierte.

»Das waren keine Terroristen, die den Scheich ermordet haben. Den Flughafen-Mufti hat auch kein Südburgenländer erschossen. Das war dieser Tiroler, dieser Bioschafzüchter. Wenn Ihr ihn verhaftet habt, werdet Ihr Euch daran erinnern. Edi hat gleich gewusst, wer es war.«

»Komm Edi, gehen wir heim!«, meinte eine unscheinbare, kleine, schlanke Frau, die herbeigeeilt war.

»Komm Edi, komm Edi!«, äffte er sie nach. »Bin ich dein Hund. Ich war dabei, wie der Tiroler gedroht hat, dass er den Ägypter am liebsten umbringen würde. In Kirchfidisch im Gasthaus hat er das gesagt.«

»Wann war das?«, fragte Timischl.

»Es ist doch interessant, was der Edi erzählt. Zu Pfingsten war das. Das weiß ich ganz genau. Ich war am Kirtag in Güttenbach und auf der Heimfahrt hat mich bei Kirchfidisch so ein Durst geplagt, da bin ich eingekehrt.«

Das Lachen der in der Nähe sitzenden Gäste hörte er zwar sicher, reagierte aber nicht darauf. Die Frau zog ihm am Hemdsärmel.

»Zupf nicht an mir«, meinte er verärgert, stand aber dann doch auf.

»Der Tiroler ist der Mörder. Ihr könnt Edi vertrauen.«

Zu Geigensauer gewandt, meinte er: »Wenn Sie wieder einmal im Südburgenland sind, Herr Geigensauer, dann kommen Sie zum Edi nach Gaas. Dann gehen wir in meinen Keller, da können Sie die besten Weine kosten. Fragen Sie nur nach dem Edi!«

Langsam folgte er seiner Frau, drehte sich aber noch einmal um, hob den Zeigefinger der rechten Hand und sagte: »Der Tiroler war es.«

Sie waren die kleine, steile Straße durch den Wald hinaufgefahren und parkten jetzt oberhalb der Wallfahrtskirche Maria Weinberg. In der großen Mittagshitze dieses Tages waren Geigensauer und Timischl die einzigen Besucher. Während Timischl das Grab seiner Großmutter aufsuchte, weil ihr Todestag war, setzte sich

Geigensauer auf eine Bank oberhalb des Friedhofes im Schatten eines Baumes nieder und blickte an der Kirche vorbei hinunter in die Ebene des Pinkatales. Der Südostwind blies lebhaft durch die Wipfel der Bäume. Hier hätte Geigensauer auch Stunden sitzen und in die Weite blicken können. Er dachte darüber nach, wie die Ermittlungen weitergehen sollten. Nach ein paar Minuten kam Timischl zurück. Der Schweiß rann ihm in Strömen über das Gesicht, obwohl er nur die wenigen Schritte auf dem Friedhof in der Sonne bergauf gegangen war. Sein hellblaues Hemd hatte sich am Bauch dunkel verfärbt.

»Was nun, was tun?«, fragte ihn Geigensauer. »Die Zahl der Verdächtigen wird immer größer.«

Noch atemlos gab Timischl nicht gleich eine Antwort und Geigensauer fuhr fort: »Mitra Said und ihr Leibwächter, der unbekannte Mopedfahrer, der Journalist Peter Drezits, der Biobauer Alois Oberlugger …«

»… oder ein großer Unbekannter«, ergänzte Timischl. Sein Handy läutete mit der Musik aus dem Film »Der rosarote Panther«.

»Inspektor Timischl … danke, es geht so … ziemlich heiß heute … die Ermittlungen gestalten sich schwierig … bis Samstag … in Güssing … ist der Grund des Aufenthaltes bekannt? … Wir werden der Sache nachgehen. Schönen Tag noch.«

Geigensauer blickte Timischl fragend an, doch dieser sah angestrengt nachdenkend an ihm vorbei in die Ferne.

»Oder es sind Terroristen«, sagte Timischl schließlich, sich wieder Geigensauer zuwendend. »Ich habe eben von den Kollegen erfahren, dass letzte Woche in einem Hotel in Güssing drei Männer mit französischen Pässen gewohnt haben. Die Angestellte von der Rezeption meinte, diese hätten ihre nordafrikanische Herkunft nicht verleugnen können. Samstag in der Früh sind die Herren abgereist. Sie hielt sie für verdächtig und verständigte die Polizei. Nordafrikaner sind keine alltäglichen Gäste im Südburgenland. Die Kollegen werden die Pässe anhand der angegebenen Passnummern überprüfen. Dann werden wir weitersehen.«

»Wenn Regierungsrat Mösle von diesen Gästen erfährt, hat er sein Terrorkommando gefunden und stellt vielleicht die Ermittlungen ein«, befürchtete Geigensauer.

»Er muss nicht alles wissen«, gab Timischl gelassen zurück.

Da Geigensauer und Timischl ganz in der Nähe waren, beschlossen sie, bei der Großmutter von Nina Leitner in Steinfurt vorbeizuschauen. Das kleine Haus lag in der Mitte der Ortschaft. Es war ebenerdig mit drei Fenstern, die zur Straße zeigten. Auf der Wiese vor dem Haus waren zahlreiche Blumen gepflanzt, die in voller Blüte standen. Nicht umsonst war der Ort einmal zum schönsten Blumendorf gekürt worden. Da es keine Glocke gab, klopfte Geigensauer fest an. Eine kleine, völlig ergraute Frau – er schätzte sie auf fast 80 Jahre – öffnete kurz danach, schwarz gekleidet, die Türe. Im Rahmen stehen bleibend, einen Rosenkranz in der Hand zeigte sie deutlich, dass sie die beiden nicht hereinbitten wollte. So mussten sie im prallen Sonnenlicht stehen bleiben.

»Was braucht Ihr denn?«, fragte sie unwirsch.

»Wir sind von der Polizei«, erwiderte Timischl. »Inspektor Timischl und Kollege Geigensauer.«

»Ein Inspektor«, sagte sie wenig beeindruckt und musterte die beiden von oben bis unten. »Eine Psychologin war schon hier. So ein junges Ding, eine Frau Magister. Was weiß so eine schon vom Sterben? Sie wollte mir erklären, wie ich meine Trauer bewältigen soll, doch ich habe ihr sofort gesagt, dass sie am besten gleich wieder geht. Ich habe meine Tochter begraben, meinen Schwiegersohn und jetzt werde ich auch noch meine Enkelin zur letzten Ruhe geleiten. Gott allein weiß, wie ich die Kraft dafür aufbringen werde. Ich bete gerade mit meinen beiden Nachbarinnen für Nina. Sie können sich gerne anschließen.«

»Nein, danke«, lehnte Timischl äußerst glaubwürdig ab. »Wir wollten Ihnen nur unser Beileid aussprechen. Wer auch immer Nina getötet hat, wir werden ihn finden und er wird bestraft werden.«

»Das macht sie nicht wieder lebendig. Ich war von Anfang an dagegen, dass sie in diesem Gasthaus arbeitet. Ein anständiges Mädchen verdient sich kein Geld als Kellnerin. Studieren in Graz, so ein Unfug. Hier im Kindergarten hätte sie eine Stelle bekommen.«

Ungeduldig nahm sie die Türschnalle in die Hand.

»Können Sie uns bitte sagen, wo sie in Graz gewohnt hat?«, bat Timischl.

Sie kramte in einer Schublade in einem Kasten neben der Türe und gab ihnen dann einen kleinen Zettel, auf dem die Adresse notiert war. Geigensauer schrieb die Daten ab.

»Sie wohnte dort zusammen mit Katrin, einer Studentin aus Bad Aussee. Sie teilten sich die Kosten. Die Handynummer ist von Katrin«, erklärte sie ihnen.

»Wenn Ihnen etwas auffallen sollte, was zur Aufklärung des Mordes beitragen könnte, dann rufen Sie mich an.« Timischl hielt ihr seine Visitenkarte hin. Sie aber machte keine Anstalten diese zu nehmen, sondern sagte hart: »Das ist Ihre Arbeit.«

»Vielleicht brauchen Sie doch etwas von uns?«, blieb Timischl geduldig und strecke die Hand mit der Karte noch näher zu ihr hin.

»Ihren Leichnam hätte ich gerne in gutem Zustand zurück, sodass man sie aufbahren kann. Die Leute werden noch glauben, dass sie sich umgebracht hat. Die Ärzte der Polizei werden sie ganz zerschneiden, hat meine Freundin gesagt.«

Sie nahm nun doch das Kärtchen.

»Wir werden uns bemühen«, versicherte Geigensauer.

»Jetzt zu Peter Drezits. Ich bin gespannt, was er uns über die Konkurrenz der Hotels erzählen wird«, sagte Geigensauer, als sie wieder im Auto saßen. Die Hitze hatte eindeutig ihren Höhepunkt erreicht. Timischl schaltete das Autoradio ein. Noch immer war der vermeintliche Terroranschlag die Hauptmeldung in den Nachrichten. Bei der Pressekonferenz war Regierungsrat Mösle zu hören, wie er bestimmt feststellte, dass sich Österreich niemals dem Terror beugen werde.

»Der ist gut«, meinte Timischl und für einen Augenblick glaubte Geigensauer, dass Timischl das Theaterstück »Pension Schöller« kannte. Dellach im Drautal hatte einmal mehr das Rennen um die höchste Temperatur in Österreich gewonnen. Die Hitzewelle sollte andauern. Steil bergauf fuhren sie durch Deutsch Ehrensdorf hindurch und erreichten bald die Anhöhe, hinter der Kroatisch Ehrensdorf lag. Das Haus von Peter Drezits lag an der höchsten Stelle der Straße nicht weit entfernt vom kleinen Friedhof. Von seinem Haus aus hatte man eine gute Aussicht auf die Hügelkette, hinter der das Pinkatal lag.

Peter Drezits öffnete ihnen offensichtlich überrascht und nur mit einer Badehose bekleidet das Gartentor.

»Verdammt heiß heute«, erklärte er seinen Bekleidungszustand und geleitete die beiden Ermittler hinter das Haus, wo man auf einer Terrasse Platz nahm, die durch ein kleines Vordach nur unzureichend vor der Sonne geschützt wurde. Zwischen den aufgeheizten Mauern war es unerträglich warm. Während Timischl den einzigen schattigen Sessel erwischte, saßen Geigensauer und Drezits in der Sonne, was dem Journalisten nichts auszumachen schien, während Geigensauer der Schweiß auf der Stirn stand. Vor Drezits glühte ein Laptop in der Hitze.

»Ich arbeite gerade an einer tollen Story über den Mordanschlag. Weltweit wird auf meine Informationen zurückgegriffen. Am Vormittag war ein Fernsehteam hier«, erzählte er stolz. »Was wollen Sie von mir wissen? Ich denke, ich bin Ihnen einen Schritt voraus.«

»Jemand hat den Verdacht geäußert, dass Sie der Täter gewesen sein könnten«, sagte Timischl ohne Umschweife.

»Ich?«, fragte Drezits verwundert und sah dabei nicht gerade intelligent aus.

»Sie könnten es gewesen sein. Sie waren zur Tatzeit dort und könnten nach der Tat nur so getan haben, als ob Sie gerade erst gekommen wären«, fuhr Timischl fort. Jetzt traten auch dem Journalisten die Schweißperlen auf die Stirn.

»Warum sollte ich Nermin Said töten?«, wollte Drezits wissen und klappte seinen Laptop zu.

»Damit er nicht mit dem Bikepoint Pinkatal zusammenarbeiten kann«, setzte Geigensauer nach, den die Hitze ungeduldig machte.

»Also von dort weht der Wind«, klang es erleichtert aus Drezits Mund. »Sie sind bei Ute von Rainburg gewesen und haben ihre Schauermärchen gehört.«

»Vielleicht sind sie wahr. Schließlich haben Sie eine Menge Geld in das Bikeresort Ihrer Schwester investiert. Es gehört Ihnen zur Hälfte und jetzt droht der Ruin.«

Timischl blickte Drezits scharf an.

»Dem Bikeresort geht es blendend«, machte der Journalist mit der Hand eine abfällige Geste.

»Dank Ihrer objektiven Berichterstattung über die Lage der Hotels könnte das stimmen«, ließ Geigensauer nicht locker. »Es ist aber nicht so. Das Geschäft läuft auch für das Bikeresort nicht gut. Aktionen wie ›wine, dine & crime‹ sollen nur helfen, den wirtschaftlichen Untergang aufzuhalten. Bei einer Zusammenarbeit von Ute von Rainburg und Nermin Said hätte das Bikeresort nicht überlebt.«

»Mag sein. Die Lage des Bikeresorts ist ernst, aber nicht hoffnungslos«, entgegnete Drezits. »Sie haben sich das alles perfekt ausgedacht. Wunderbar. Sogar ein Motiv haben Sie gefunden. Die Sache hat nur einen Fehler. Ich war es nicht. Sie können sofort das ganze Haus auf den Kopf stellen auch ohne Hausdurchsuchungsbefehl. Sie werden keine Waffen finden.«

»Vielleicht haben Sie diese im Wald versteckt?«, gab Geigensauer nicht auf.

»Das ist doch lächerlich. Sie glauben doch selber nicht, dass ich Nermin und Nina erschossen habe.«

»Ermittlungen sind keine Glaubensfrage.«

»Sie müssen es beweisen können«, lachte Drezits gekünstelt. »Während Sie sich mit mir beschäftigen, sind die wahren Täter schon auf und davon. Eigentlich wollte ich meine Informationen bis zum morgigen Erscheinen der Zeitung für mich behalten. Drei Afrikaner haben die letzten Tage in Güssing übernachtet. Im Gegensatz zur Polizei habe ich schon recherchiert. Sie fuhren mit einem weißen Kastenwagen mit deutschem Kennzeichen. Diese Herrschaften müssen Sie finden.«

»Wir arbeiten daran. Auch wir schlafen nicht«, erwiderte Timischl kühl. »Überlassen Sie die Ermittlungen der Polizei, es könnte gefährlich sein.«

»Wenn man das nur könnte«, antwortete Drezits mit abfälliger Miene.

Beim Verlassen des Grundstück von Drezits sah Geigensauer die Wasserleitung auf dem Friedhof und ging sofort hin, um sich Abkühlung zu verschaffen.

»Nicht einmal ein Getränk hat er uns angeboten«, stellte Timischl fest und folgte ihm langsam nach, während er auf sein Handy blickte.

»Die drei Afrikaner fuhren tatsächlich mit einem weißen Kastenwagen, haben mir die Kollegen gerade geschrieben«, erzählte er ohne aufzuschauen und er wäre dabei beinahe über eine Grabeinfassung gestolpert. »Die Dame an der Rezeption hat sich sogar das deutsche Kennzeichen des Wagens gemerkt.«

Geigensauer hielt seinen Kopf einfach unter den breiten, kalten Wasserstrahl. Es war herrlich erfrischend.

»Kann ich dir nur empfehlen«, sagte er, den Kopf, wie ein Hund schüttelnd.

»Die Pässe der Afrikaner waren gefälscht. Es läuft eine europaweite Fahndung nach ihnen. Vielleicht lag Mösle mit seinen Terroristen richtig. Der weiße Kastenwagen könnte das Fahrzeug sein, das Peter Drezits gesehen hat«, fuhr Timischl fort und er klang dabei wenig begeistert.

»Mösle darf nicht Recht haben«, bestand Geigensauer. »Glaubst du, dass Drezits der Täter ist?«

Geigensauer erfrischte noch sein Genick mit einem Schwall kalten Wassers. Dann hielt er die Hand so unter den Wasserhahn, dass Timischl in den Genuss einer ungewollten Dusche kam.

»Oh, mein Gott«, sagte dieser erhaben über solche pubertären Scherze, wischte sich das Wasser aus den Augen und meinte: »Ich halte Drezits nicht für den Täter. Ich habe mich aber schon manchmal getäuscht. Fakten sind besser als Gefühle. Jetzt fahren wir noch einmal zu Mitra Said. Ich möchte sie zum Testament ihres Mannes befragen.«

»Was macht ihr denn da?«, rief plötzlich eine tiefe Stimme. Ein junger, kräftig gebauter Mann stand in angriffslustiger Haltung am Eingang zum Friedhof.

»Wir bewundern die Gräber«, erklärte Geigensauer. »Das wird doch erlaubt sein?«

»Bewundern ja, mitnehmen nein«, kam es streng zurück.

»Der ist mir zu schwer.«

Timischl deutete auf einen riesigen Grabstein, der ein großes Doppelgrab schmückte.

»Es geht um die kupfernen Grablaternen«, schrie der Mann böse.

Er kam näher, stellte sich mit verschränkten Armen vor Timischl und Geigensauer auf und blickte dabei keineswegs freundlicher. Timischl hielt ihm ohne Worte seinen Ausweis hin.

»Höchste Zeit, dass die Polizei etwas unternimmt«, sprach der Mann nun freundlicher, die Hände in die Hosentaschen steckend »Es ist schon vier Wochen her, dass uns die Laternen in der Nacht gestohlen wurden.«

»Wir arbeiten sogar am Sonntag. Schneller geht es nicht«, antwortete Timischl todernst.

»Und …?«, forschte der bullige, junge Mann.

»Und was..?«, erwiderte Timischl.

»Er will wissen, was wir ermittelt haben«, erklärte Geigensauer und wandte sich dem Mann zu. »Sie waren zu zweit. Einer hatte Sandalen an.«

»Fahren wir«, meinte Timischl und ging zum Auto, um der Sache ein Ende zu bereiten. Geigensauer folgte. Nachdem sie hundert Meter weit gefahren waren, sah Geigensauer in den Rückspiegel. Der Mann stand auf der Straße und blickte ihnen nach.

»Er merkt sich dein Kennzeichen«, meinte er amüsiert.

»Mach dich nicht über das Südburgenland lustig«, sagte Timischl ernst. »Wir können froh sein, dass es hier noch Menschen gibt, die sich um alles kümmern. Dir war wohl zu heiß.«

»Viel zu heiß«, beantworte Geigensauer Timischls spöttischen Ton lachend.

»Du solltest Mösle informieren«, mahnte Timischl.

Mit wenig Begeisterung wandte sich Geigensauer seinem Smartphone zu.

Timischl fuhr von Kroatisch Ehrensdorf nicht ganz bis nach St. Kathrein hinunter, sondern bog an der Kreuzung, wo rechts ein Weg zu den Weinbergen des Pinkatales führt, links in den Wald ab und erreichte nach wenigen hundert Metern den Güterweg, der von St. Kathrein nach Punitz führte.

»So kommen wir am schnellsten zur Villa von Nermin Said und außerdem möchte ich mir den Tatort bei Tageslicht ansehen«, erklärte er Geigensauer. Kilometerlang ging die Fahrt durch die Wälder, in denen riesige Laubbäume standen, deren dicke Stämme in so großem Abstand voneinander zum Himmel ragten, dass man tief in den Wald hineinblicken konnte. Hin und wieder zweigte links oder rechts eine Forststraße ab, deren Befahren verboten war. Rasch erreichten sie den Tatort. Zwei Autos parkten am Straßenrand, ein älteres Ehepaar und eine Familie mit zwei Kindern sahen sich dort um. Die Stellen, wo die Wägen von Nermin Said und Nina Leitner gestanden waren und die Leiche von Nermin Said gelegen war, waren mit Kreide auf der Fahrbahn nachgezeichnet. Timischl parkte auf dem Weg, auf dem die Zigarettenstummel gefunden worden waren. Dieser führte bergab ziemlich schnurgerade nach Süden in den Wald hinein. Während Timischl die Distanzen zwischen den Fahrzeugen durch Abschreiten abschätzte, blieb Geigensauer neben dem Wagen stehen und überlegte. Natürlich hätte hier jemand auf Nermin Said warten können, um dann zum geeigneten Zeitpunkt hinauszufahren und die Straße zu blockieren. Geigensauer war sehr nachdenklich geworden. Woher hatte aber der Fahrer gewusst, dass in den nächsten Augenblicken gerade Nermin Said vorbeikommen würde. Warum war Nermin Said ausgestiegen? Hatte man einen Unfall vorgetäuscht?

Timischl schritt die Strecke zwischen dem Platz, wo Nermin Said getroffen zu Boden gefallen war, und dem Auto von Nina Leitner ab, dann kam er zu Geigensauer zurück.

»Der Abstand ist groß genug. Ein Wagen und eine davorliegende Person passen in den Raum zwischen dem Auto von Nina Leitner und dem Leichnam von Nermin Said hinein«, informierte er Geigensauer zufrieden. »Man hat einen Unfall vorgetäuscht und die vermeintlich verletzt auf dem Boden liegende Person hat von unten auf den zu Hilfe eilenden Nermin Said geschossen.«

»Woher wusste man den Zeitpunkt, an dem Nermin Said kommen würde, so genau?«, fragte Geigensauer sich und Timischl.

Timischl begann laut zu überlegen. »Man hat ihn beobachtet. Man wusste, dass er Samstag in der Nacht immer auf dieser Strecke nach Hause fuhr.«

»Dieses Wissen hätte nicht ausgereicht zu verhindern, dass man ein falsches Fahrzeug aufhält«, entgegnete Geigensauer. »Wie wir an den Beispielen Peter Drezits und Nina Leitner sehen, fahren hier mitten in der Nacht mehr Leute, als man denkt. Wie kann man im Stockdunkeln wissen, wer als Nächster vorbeikommen wird?«

Timischl wollte antworten, unterließ es aber, denn das ältere Ehepaar war an die beiden Ermittler herangetreten.

»Sind Sie von der Polizei?«, fragte der Mann. Er war klein und mager und seine Augen erschienen hinter den dicken Gläsern seiner Brille riesig. Seine Frau war etwas größer und sehr dick.

»Sind wir«, bestätigte Geigensauer freundlich.

Als der Mann nicht sofort weitersprach, stieß ihn seine Frau leicht vorwärts. »Adi, sag es doch! Die Herren haben es sicher eilig.«

»Ich weiß nicht, ob es wirklich wichtig ist«, begann er zögernd.

»Alle Beobachtungen können bedeutsam sein«, ermutigte Timischl.

»Wir waren gestern beim Open-Air-Konzert in Stegersbach. Weil ich schon ziemlich erschöpft war …«

»Wir mussten leider stehen«, ergänzte seine Frau.

»..sind wir etwas vor dem Ende nach Hause aufgebrochen«, fuhr er fort. »Während der Fahrt musste ich austreten …«

»Die Prostata …«, erklärte seine Frau.

»Ich bog etwa zwei Kilometer entfernt von hier Richtung St. Kathrein von der Straße links auf einen Forstweg ab und wollte ein kleines Stück hineinfahren, um von der Straße nicht gesehen zu werden …«

»Wir haben hier schon oft geparkt, wenn wir Pilze gesucht haben«, unterbrach sie ihn zum dritten Mal.

»Willst du es erzählen?«, meinte er leicht verärgert, fuhr aber, ohne auf eine Antwort zu warten, fort. »Ich kam nicht weit, denn ich sah im Scheinwerferlicht einen weißen Kastenwagen mit deutschem Kennzeichen vor mir, der mitten auf dem Forstweg unbeleuchtet parkte. Sogar die Konturen zweier Personen, die auf Fahrer und Beifahrersitz saßen, waren zu erkennen.«

»Mir war die Sache sofort unheimlich. Ich habe richtig Angst bekommen. Ich wollte nur noch weg von dort«, erzählte seine Frau aufgeregt.

»Ich dachte zunächst, dass deutsche Urlauber mit ihrem Wohnmobil billig übernachten wollten«, sprach der Mann weiter.

»Ach du! Du wärest vielleicht noch hingegangen und hättest ihnen einen schönen Abend im Südburgenland gewünscht. Ich wollte nur weg, weg. Er ist so langsam beim Rückwärtsfahren.«

Sie schüttelte ihren Kopf entsetzt.

»Heute in den Nachrichten haben wir dann von dem deutschen Auto gehört, das Peter Drezits entgegengekommen ist. Wir dachten natürlich sofort an den weißen Kastenwagen, den wir gesehen hatten. Sie verstehen schon, ich möchte keine harmlosen Urlauber beschuldigen«, meinte er vorsichtig.

»Harmlose Urlauber«, sagte die Frau empört. »Das waren die Mörder. Wir haben großes Glück gehabt, dass sie uns nicht genauso wie die arme junge Frau erschossen haben. Ich wollte sofort die Polizei informieren. Er ist stur wie ein Esel. Ich konnte ihn bis jetzt nicht dazu überreden.«

»Danke für den Hinweis«, sagte Timischl, der den aufkommenden Streit im Keim ersticken wollte. »Könnten Sie uns die Stelle zeigen?«

»Gerne, ich fahre voraus«, erwiderte der Mann sofort.

Sie mussten dem Wagen des Ehepaares nicht lange folgen. Rund zwei Kilometer entfernt vom Tatort zweigte die Forststraße ab, auf der der Mann austreten wollte. Während Timischl noch die Personaldaten des Ehepaares aufnahm, untersuchte Geigensauer die nähere Umgebung des Platzes, an dem der Kastenwagen gestanden haben soll. Auf der geschotterten Straße war nichts Auffälliges zu finden. Der Huflattich neben der Fahrbahn war vom Staub, den vorbeifahrende Autos aufgewirbelt hatten, mit einer grauen Schicht überzogen. Keines der großen Blätter war geknickt oder niedergetreten worden. Vielleicht war man gar nicht ausgestiegen, während man gewartet hatte. Gebückt, den angrenzenden Wald absuchend, hörte er nur, wie das Auto des Ehepaares abfuhr. Das Brechen von trockenem Geäst verriet, dass Timischl zu ihm kam.

»Irgendetwas entdeckt?«

Geigensauer richtete sich auf. »Nichts, überhaupt nichts.«

»Von hier aus konnte man die vorbeifahrenden Autos gut beobachten«, bemerkte Timischl umherblickend. »Als Nermin Said vorbeifuhr, hat man seine baldige Ankunft weitergemeldet und die Straße mit einem weiteren Fahrzeug blockiert.«

»Wenn wirklich zwei Personen in dem Kastenwagen warteten, dann müssen wir annehmen, dass mindestens drei Täter und zwei Fahrzeuge beteiligt gewesen sind«, fasste Geigensauer zusammen.

Sie blickten einander an und ahnten, dass sie beide Ähnliches überlegten.

»Der zweite Wagen könnte auch der Mercedes Kleinbus sein, der vor Nermin Saids Villa stand«, fasste es Geigensauer zuerst in Worte. »Schließlich hat seine Tochter Nesrin behauptet, man wäre damit gegen Mitternacht weggefahren.«

»Welchen der beiden Wägen hat dann Peter Drezits gesehen?«, lächelte Timischl. »Oder war es sein Wagen, der Nermin Said den Weg versperrte?«

»Burgenländischer Journalist beseitigt mit nordafrikanischen Killern geschäftlichen Konkurrenten seiner Schwester«, versuchte sich Geigensauer im Zeitungsstil.

»Vergessen wir nicht den nächtlichen Mopedfahrer«, mahnte Timischl. »Auch wenn er immer weniger verdächtig erscheint.«

»Es waren drei Nordafrikaner«, ergänzte Geigensauer. »Wenn nur zwei im Kastenwagen warteten, könnte der dritte mit einem uns unbekannten Fahrzeug den Weg versperrt haben«, stellte Geigensauer fest.

»Viele Verdächtige und keiner verdächtig genug.«

Timischl zuckte ratlos mit den Schultern.

»Ich mag Mösle nicht. Sollte er mit seinen Terroristen Recht haben, dann schon gar nicht, doch ich muss ihm von der Lage berichten.«

Timischl bewunderte, mit welcher Schnelligkeit Geigensauer die notwendigen Informationen in das Smartphone tippte. Solches Tempo kannte er sonst nur von Jugendlichen.

Sie fuhren zum Tatort zurück. Dieser war nun menschenleer. Geigensauer zeigte Timischl die Stelle, wo er in der Nacht ausgetreten war.

»Hier kann sich ein Wagen natürlich auch gut verstecken und bequem nach beiden Seiten weiterfahren.«

»Durchaus«, stimmte Timischl zu.

Unglaublich, was man hier neben dem Weg alles zurückgelassen hatte. Bierflaschen, Getränkedosen, PET-Flaschen, Zeitungen, Kondome und ein BH lagen verstreut im Wald.

»Sei keine Dreckschleuder!«, meinte Geigensauer ironisch.

»Ein heimliches Plätzchen für Liebespaare«, schmunzelte Timischl. »Die Südburgenländer werden nicht aussterben.«

Geigensauers Smartphone brummte und zitterte aufgeregt, bis es mit gekonnter Daumenberührung seines Besitzers beruhigt wurde.

»Und«, fragte Timischl, nachdem Geigensauer eine Zeit lang die Nachrichten in der WhatsApp-Gruppe Nermin Said studiert hatte.

»Ich denke, ich muss es dir wörtlich vortragen«, sagte Geigensauer sichtlich verärgert. »Lieber Geigensauer. Dass Ihnen ein Pensionist und ein Journalist auf die Sprünge helfen müssen, wie diese Terroristen vorgegangen sind, wirft auf Sie und Ihren Inspektor kein gutes Licht, doch in Kürze ist alles geklärt. Sie können wieder Ihren Urlaub genießen und der Inspektor Ladendiebe bestrafen. Übrigens belästigen sie Mitra Said nicht mehr!«

»Regierungsrat Mösle. Vielleicht fährt er einmal durch das Südburgenland«, meinte Timischl drohend.

»Von unserem Besuch bei Mitra Said, habe ich ihm gar nichts berichtet«, war Geigensauer sehr erstaunt.

»Wir können sie gleich selbst dazu befragen«, meinte Timischl mit finsterem Blick.

Ralph Timothy, der andere Leibwächter von Nermin Said, ein wahrer Riese von einem Mann mit blonden, langen Haaren, geleitete Geigensauer und Timischl vom Tor durch den Garten zur Villa. Langsam begann die Hitze nachzulassen. Der Mercedes Kleinbus mit deutschem Kennzeichen parkte noch immer vor dem Haus. Die Heckklappe war geöffnet und mehrere Koffer und Taschen waren zu sehen.

Geigensauer und Timischl wurden hinter das Gebäude geführt, wo sich ein großer Pool befand. Im Schatten der Villa lagen auf drei Sonnenliegen verteilt Mitra Said, Dankon Carpat und Nesrin Said. Sie machten nicht die geringsten Anstalten, sich zur Begrüßung zu erheben oder den beiden Ermittlern einen Platz anzubieten. Ralph Timothy zog sich ins Haus zurück.

»Wir hätten noch gerne ein paar Fragen an Sie gestellt«, begann Timischl einfach vor den Sonnenliegen stehen bleibend. Mitra Said nahm ihre große Sonnenbrille ab und meinte trocken: »Bitte, wenn es sein muss.«

»Ist es wahr, dass Sie nichts erben, wenn Ihr Mann eines unnatürlichen Todes stirbt?«, begann Timischl so direkt wie möglich.

Mitra lächelte ihn mitleidig an und fragte: »Sagt das seine Freundin?«

Nur einen Augenblick wartete sie auf eine Antwort von Timischl, dann fuhr sie fort: »Ich müsste Ihnen eigentlich darüber keine Auskunft erteilen. Es ist aber richtig. Es steht so in unserem Ehevertrag. Sie können sich gerne bei unserem Anwalt Dr. Nephrin Neppert in Bern erkundigen. Nermins Vermögen scheidet als Tatmotiv aus, tut mir leid.«

»Hat Sie sein fehlendes Vertrauen nicht gekränkt?«, interessierte sich Geigensauer.

»Ich denke, das geht Sie wirklich gar nichts an«, erwiderte sie kalt und blickte ihn verächtlich an.

»Vielleicht wollten Sie sich von Nermin scheiden lassen, er wollte nicht und dann musste er sterben?«, blieb Timischl hartnäckig.

»Ihre Überlegungen werden immer seltsamer. Ich denke, eher wollte er sich von mir scheiden lassen«, erwiderte sie und schüttelte empört ihren Kopf. »Warum erzähl ich Ihnen das eigentlich alles?«

»Nesrin«, wandte sie sich plötzlich ihrer Stieftochter zu, »du solltest noch richtigstellen, was du den Inspektoren letzte Nacht zugeflüstert hast. Vielleicht erübrigen sich dann alle weiteren Fragen. Nesrin, bitte!«

Das junge Mädchen richtete sich auf, und trotz der dunklen Farbe ihrer Haut meinte Geigensauer zu sehen, dass sie errötete. Wie hatte Mitra vom Gespräch zwischen ihnen und Nesrin erfahren? Waren sie dabei belauscht worden?

»Keiner war mit dem Wagen weg und Mitra hat kein Verhältnis mit Herrn Carpat«, kam es so leise über ihre Lippen, dass man es gerade noch hören konnte.

»Das würdest du auch vor Gericht so bezeugen?«, wollte sich Geigensauer versichern.

Nesrin nickte.

»Mütter-Töchter-Beziehungen sind schwierig, Stiefmütter-Stieftöchter-Beziehungen sind äußerst schwierig. Sie müssen ihr verzeihen, aber wir hatten die letzten Tage einige starke Konflikte.«

Geigensauer beobachtete Nesrin. Sie richtete sich auf und öffnete den Mund, als ob sie etwas sagen wollte, doch dann lehnte sie sich wieder in der Liege zurück und schwieg. Kurz darauf stand sie auf und verschwand im Haus.

»Sie werden verreisen?«, wollte Timischl von Mitra wissen.

»Ist das ein Problem?«, fragte Dankon empört. »Verdächtigen Sie uns noch immer?«

»Es wäre mir lieber, Sie würden noch bleiben, bis alles aufgeklärt ist.«

»Herr Inspektor, ich habe mit Regierungsrat Mösle gesprochen. Wir dürfen verreisen«, stellte Mitra bestimmt fest.

»Sie kennen ihn?«, entfuhr es dem erstaunten Timischl.

»Wir waren letztes Jahr gemeinsam auf dem Opernball, Albert, seine Frau, Nermin und ich. Wir hatten uns auf einer Treibjagd im Südburgenland kennengelernt, der Gastgeber fällt mir gerade nicht ein«, erklärte sie und sie amüsierte sich durchaus über die Mienen der Ermittler.

Timischl überlegte, was er jetzt noch sagen sollte, da fuhr Mitra fort: »Zur Beruhigung. Morgen fährt nur Herr Timothy ab. Er wird in Catania alles für unsere Ankunft vorbereiten. Ich stamme aus einer wohlhabenden sizilianischen Familie. Wir werden erst Ende der Woche nachfolgen. Dienstag ist Portiunkula-Kirtag in Güssing. Da möchte ich unbedingt dabei sein, wir Sizilianerinnen sind sehr katholisch. Sie haben also noch ein paar Tage Zeit uns zu verhaften.«

Der Spott im Tonfall, mit dem sie die letzten Worte sprach, war unüberhörbar.

»Vielleicht werden wir diese Möglichkeit nützen«, hatte Timischl wieder seine Fassung gefunden.

»Sie sind katholisch?«, war Geigensauer verwundert.

»Ja. Jetzt haben Sie uns, denke ich, genug gefragt. Sollten Sie noch etwas wissen wollen, dann fragen Sie bitte Herrn Regierungsrat Mösle.«

Sie nahm das Handy, das neben ihrer Liege lag, und hielt es Geigensauer hin.

»Außerdem wäre ich Ihnen sehr dankbar, wenn Sie den Mord an meinem Mann aufklären könnten.«

Geigensauer und Timischl gingen, ohne ein weiteres Wort zu verlieren. Auch diesmal wurden sie von niemandem begleitet. Als sie wieder an dem Mercedes Kleinbus vorbeikamen, stellte Nesrin gerade eine Tragtasche in den Kofferraum. Sie eilte zu ihnen und sagte: »Es war dumm von mir zu behaupten, dass sie mit dem Auto weggefahren sind. Ich weiß nicht, ob sie weg waren oder nicht. Ich habe geschlafen. Ich hasse Mitra so. Papa ist tot und ich bin nicht volljährig. Das ist so …«

Sie unterbrach den Satz, denn Tränen waren ihr in die Augen gekommen.

»Wir verstehen das«, meinte Timischl väterlich.

»Viel Glück!«, wünschte Geigensauer.

»Ein Verhältnis haben die beiden aber«, fügte sie plötzlich trotzig hinzu.

Während sie weitergingen, hörten sie Mitra nach Nesrin rufen.

Beim Auto angekommen meinte Timischl: »Ich könnte Mitra erwürgen. Hoffentlich hat sie den Mord beauftragt. Ich würde sie liebend gerne verhaften. Ein bisschen Genugtuung steht auch uns zu.«

»Wenn Mitra in diesem Mordfall verwickelt ist, dann gibt es für Regierungsrat Mösle eine besondere Art medialer Höllenfahrt. Ich möchte nur zu gerne wissen, wer die Loge beim Opernball bezahlt hat«, sagte Geigensauer, der mehr über Mösle als über Mitra verärgert war. »Ich mag diese Art von reichen Leuten nicht. Vielleicht hat Mitra ihn umgebracht, weil sie katholisch ist.«

»Wie meinst du das?«

»Geschiedene Frauen werden im katholischen Sizilien nicht gerne gesehen, Witwen sind angesehen und dürfen wieder heiraten.«

Die Melodie »Der rosarote Panther« erklang und Timischl griff zu seinem Handy. Er nahm das Gespräch an. Ohne zu antworten, ging er einmal um sein Auto herum. Dann beendete er mit den Worten: »Gut, wir sind in wenigen Minuten dort.«

»Beim Waldwirt zwischen Kirchfidisch und Kohfidisch gibt es eine kleine Prügelei«, erklärte er Geigensauer. »Alois Oberlugger von der Bürgerinitiative ›Rettet das Südburgenland‹ ist involviert. Der Mord an Nermin Said dürfte die Ursache sein. Die Kollegen sind schon vor Ort.«

Die alten, riesigen Kastanienbäume verdeckten das langgestreckte, ebenerdige Gebäude des Waldwirtes fast vollständig. Alle Parkplätze vor dem Gasthaus waren besetzt. Einige Autos standen auf einer angrenzenden Wiese, ein Einsatzwagen der Polizei direkt vor dem Eingang. Eine Gruppe aufgeregt gestikulierender Menschen versuchte das kleine, ebenerdige Gasthaus zu betreten, wurde aber von einem Polizisten, der den Eingang versperrte, abgehalten. Sogar die Kinder, die offensichtlich gerade noch auf Schaukel und Rutsche gespielt hatten, standen nebeneinander und starrten zum Haus. »Scheiß Polizei«, hörte Geigensauer aus der Menge rufen, »den Biotiroler brauchen sie nicht beschützen.«

»Den Lederhosensepp werden wir wieder nach Tirol prügeln. Auf ihn!«, brüllte irgendein anderer.

Mühsam arbeiteten sich die beiden Ermittler durch die Menge zum Eingang vor.

»Den kenn ich, der ist Inspektor bei der Polizei«, rief jemand, »lasst ihn durch! Sicher kommen sie den Oberlugger verhaften. Hat er doch den Ägypter erschossen. Ich habe es gleich gesagt.«

Mit einem Mal verstummte die Menge bis auf ein Murmeln und ungehindert erreichten sie den Beamten am Eingang.

»Soll ich Verstärkung anfordern? Ferdi und Bruno sind drinnen«, meinte er zu Timischl. Dieser verneinte und sie traten ein. An der Schwingtür, die in das Gastzimmer führte, hing ein Flugblatt mit der Aufschrift:

3. Sitzung der Bürgerinitiative »Rettet das Südburgenland«
Sonntag, 2. August 16 Uhr
Beim Waldwirt

Aufgrund der kleinen Fenster, die rot-weiße Vorhänge zur Hälfte verdeckten, war es im Gastraum ziemlich düster. Als sie eintraten, erstarrte die Szene, wie wenn bei einem Film ein Standbild eingeschaltet wird. Ein Mann mittleren Alters saß auf dem Boden, mit dem Rücken an die Theke gelehnt. Aus seiner Nase floss Blut, die rechte Backe und sein rechtes Auge waren blutunterlaufen und dick angeschwollen. Neben ihm kniete eine junge Kellnerin, eine blutige Windel in der Hand. Davor lagen mehrere umgestürzte Sessel und ein Tisch, der umgefallen war. Mehrere zerbrochene Gläser lagen dazwischen. Die Gäste, die dort gesessen waren, standen rechts an der Wand. Links im Eck hielten zwei Polizisten einen Mann fest, der offensichtlich wieder auf seinen

Gegner losgehen wollte. Geigensauer erkannte ihn sofort. Es war Alois Oberlugger, der Tiroler, der Biobauer und Gründer der Bürgerinitiative »Rettet das Südburgenland«. Aus seinen Haaren rann Blut über die Schläfe. Das hochrote Gesicht war deutlicher als jeder Alkoholtest. An den restlichen Tischen saßen rund zwanzig Männer, eine Unzahl von Bierkrügen vor sich.

»Ich habe schon die Rettung verständigt, Inspektor Timischl«, löste der hinter der Schank stehende Waldwirt die Erstarrung.

»Ich bringe ihn um!«, schrie Alois Oberlugger und versuchte sich vergeblich von den beiden Polizisten loszureißen.

»Es ist heiß, sehr heiß. Sie haben alle sehr viel getrunken.«

Mehr an Erklärung schien dem Waldwirt nicht notwendig.

»Wer ist das?«, fragte Timischl und deutete auf den am Boden sitzenden Mann.

»Dr. Hussel, Rechtsanwalt aus Kirchfidisch«, antwortete der Wirt und der Mann nickte.

»Ich gebe einen aus, aus welchem Grund auch immer«, schrie Alois Oberlugger. Es klang aber wesentlich friedlicher.

»Warum?«, wollte Timischl vom Wirt die Ursache für den Streit erfahren. Dr. Hussel wollte antworten, doch aufgrund der geschwollenen Backe konnte man nichts verstehen.

»Ich habe einen spendiert, für alle«, meldete sich Alois Oberlugger wieder zu Wort.

»Es war schon die vierte Runde. Auf den Tod von Nermin Said wurde angestoßen«, ergänzte der Wirt.

»Kein gutes Motto«, sagte Timischl ernst.

»Es ist ein Freudentag, wenn so ein ägyptisches Schwein ins Gras beißt«, fuhr Alois Oberlugger fort. »Ihr könnt mich auslassen, ich habe mich wieder unter Kontrolle.«

Die Beamten lösten ihren Griff. Alois Oberlugger ging zur Theke und forderte: »Zwei Marille. Einen für mich und einen für Mr. Paragraph. Dann wird er gleich wieder stehen.«

Der Wirt blickte zu Timischl, doch dieser schüttelte verneinend den Kopf. Oberlugger nahm das Verbot hin und sagte: »Mr. Paragraph hat mich beleidigt. Er lehnte es ab, mit uns auf den Tod von Nermin Said zu trinken. Ich wäre der letzte Dreck, ein moralischer Untermensch, wenn mich die Ermordung eines Menschen freuen würde. Ich habe ihn aufgefordert, das zurückzunehmen. Da hat er mich weggestoßen und ich bin mit dem Kopf gegen den Tisch gefallen. Da hab ich ihm zwei verpasst. Jetzt sind wir wieder quitt. Morgen ist alles wieder in Butter.«

»Wird wohl nicht so einfach werden«, widersprach Timischl. Man hörte das Folgetonhorn der mit Blaulicht eintreffenden Rettung. Mit Unterstützung zweier Sanitäter konnte Dr. Hussel zu Fuß den Raum verlassen und mit der Rettung ins Spital gebracht werden. Alois Oberlugger verweigerte jede medizinische Hilfe.

»So ein Kratzer heilt von selbst. Jetzt macht der Kerl auch noch aus einer Mücke eine Operation«, sagte er verächtlich.

»Alles genau protokollieren«, ermahnte Timischl die beiden Polizisten und Alois Oberlugger forderte er auf: »Wir bringen Sie jetzt am besten nach Hause.«

Überraschenderweise nickte Alois Oberlugger nur und verließ wortlos mit unsicheren Schritten zusammen mit Geigensauer und Timischl das Gasthaus.

Alois Oberlugger hatte, so wie viele Tiroler und Vorarlberger, ein altes, leer stehendes Haus im Südburgenland erworben. Es stand am Rande von Kirchfidisch. Gleich hinter dem Gebäude graste eine Herde Schafe auf einer großen, eingezäunten Wiese. Während der kurzen Fahrt wurde nichts gesprochen. Beim Aussteigen fragte Alois Oberlugger: »Werde ich vor Gericht müssen?«

»Wird nicht zu verhindern sein«, antwortete Geigensauer.

Die Tür des Hauses öffnete sich und eine Frau empfing die Ankommenden mit den Worten:

»Alois, musst du dich immer besaufen?«

Sie schüttelte verärgert den Kopf, und als er näher kam, rief sie aufgeregt: »Mein Gott, der hat ja ein Loch am Kopf. Habt ihr euch wieder geprügelt? Hast du angefangen? Jetzt geht das hier auch wieder los. Ich habe gedacht, mit Tirol haben wir auch diesen Unfug zurückgelassen.«

Während Timischl Alois Oberlugger ins Haus begleitete, blieb Geigensauer davor stehen und blickte sich ein wenig um. Gleich neben dem Gebäude stand ein neuer, aus Holz gefertigter großer Schuppen. Die hohe Schiebetüre war nicht ganz geschlossen und Geigensauer ging hin, schob sie noch mehr auf und blickte hinein. Eine staubige Motocross Maschine war dort so abgestellt, wie wenn sie eben erst benutzt worden wäre.

Geigensauer ging viel durch den Kopf. Würde ein Mörder öffentlich feiern, dass sein Opfer tot ist? Ist das sogar eine gute Tarnung?

Timischl war zu ihm getreten und meinte: »Die nächtliche Jagd könnte er durchaus gestört haben. Ob er der Mörder ist? Gewalttätig ist er und gehasst hat er Nermin Said auch.«

»Sollen wir ihn gleich befragen?«

»Heute nicht mehr. Er läuft uns nicht davon.«

Die große Hitze begann endlich deutlich nachzulassen. Jane saß in der Laube hinter dem Haus im Schatten einer riesigen Linde. Geigensauer und Timischl setzten sich gerne zu ihr und waren einem kühlen Bier nicht abgeneigt. Bis zum Sonnenuntergang plauderten sie noch angeregt über die Erkenntnisse dieses Tages.

»Morgen Früh komme ich wieder vorbei«, verabschiedete sich Timischl, »dann werden wir sehen, ob die Terroristen schon verhaftet sind.«

»Und, was hast du heute gemacht?«, fragte Geigensauer Jane.

»Ich war heute in Neuberg-Bergen in der deutschen Messe«, antwortete Jane.

»In der alten Volksschule?«

»Dort ist es sehr romantisch. Die Messe findet im einzigen Klassenzimmer statt. Die Schultische stehen an die Fenster- und Rückwand geschoben. Auf ihnen sitzen die Männer. Die Frauen sitzen auf den Schulsesseln in Reihen in der Mitte des Raumes. Wo einst der Katheder stand, ist jetzt der Altar und dahinter ein hölzerner Tabernakel. Links in einer Nische steht ein kleiner schwarzer Ofen, der im Winter mit Holz befeuert wird. Rechts davon hängen drei Bilder, Maria, Jesus und der Papst. Vorne links neben dem Ziborium schmückt ein Foto von Leonardo da Vincis letztem Abendmahl den Raum. Diese Gottesdienste in Neuberg-Bergen sind einmalig. Man kann durch die Fenster an einem großen Baum vorbei in die Landschaft und auf den blauen Himmel blicken. Bei anderen Fenstern sind gelbe Vorhänge vorgezogen und man sieht auf ihnen unzählige Fliegen, die nach Freiheit streben, als kleine, wandernde schwarze Flecken wie bei einem Schattenspiel. Vor Beginn reden die Frauen angeregt miteinander. Es herrscht eine richtig fröhliche Stimmung, nicht so traurig und todernst, wie sich die Menschen oft im Gottesdienst geben. Das muss man einmal erlebt haben. Man kann sich so gut vorstellen, wie dort einst gemütlich Schule gehalten wurde.«

»Und danach?«

»Ich habe endlich wieder einmal Zeit gehabt zu lesen.«

Jane zeigte Geigensauer ein Buch mit dem Titel ‚Killertime in Strem', das neben ihr auf der Bank lag.

»Das Buch von Andi Topfer?«

Geigensauer nahm es in die Hand und betrachtete das Titelbild, auf dem in finsterer Nacht ein Auto von hinten zu sehen war. Aus einem der beiden grell rot leuchtenden Stopplichter schien Blut zu fließen und eine Lache auf der Straße zu bilden.

»Ich habe schon fast die Hälfte gelesen.«

»Wie gefällt es dir?«

»Nicht so schlecht. Ich habe schon Besseres gelesen, doch es ist ganz unterhaltsam. Ich finde auch, dass der Autor das Buch im ›Bikeresort‹ wirklich interessant präsentiert hat. Es war ein unterhaltsamer Abend damals. Traurig, wenn es den Hotels wirtschaftlich nicht gut geht. Noch trauriger, dass diese junge Kellnerin ermordet wurde. Sie war sehr freundlich.«

Geigensauer erinnerte sich gern an die Veranstaltung »wine, dine & crime«.

»Die Aufführung des Überfalles war wirklich gelungen«, sagte er und dachte daran zurück, wie der Autor zusammen mit Mitarbeitern des Verlages ein Kapitel szenisch dargestellt hatte. Anton und Jane blieben noch bis weit in die Nacht hinein in der Laube sitzen, denn nur sehr langsam begann es abzukühlen. In der Nachbarschaft verbrachten viele Menschen diesen Abend im Freien. Aus vielen Richtungen waren Stimmen und Gelächter zu vernehmen.

Geigensauer war mit dem beruhigenden Vorsatz ins Bett gegangen, ein wenig von dem Schlaf nachzuholen, den er in der letzten Nacht versäumt hatte. Als jedoch sein Smartphone läutete, war die Sonne gerade erst aufgegangen. Da sie alle Fenster und Türen über Nacht offen gelassen hatten, wehte durch die Räume ein angenehm kühles Lüftchen. Während Geigensauer in die Küche eilte, sah er am Display, dass Regierungsrat Mösle mit ihm sprechen wollte.

»Guten Morgen, Herr Geigensauer, entschuldigen Sie bitte die Störung zur frühen Morgenstunde«, klang es überraschend wenig präpotent. »Die Entwicklungen haben sich überschlagen.«

»Was gibt es denn Neues?«, fragte Geigensauer verschlafen, ohne in Wirklichkeit auch nur irgendetwas von Mösle wissen zu wollen.

»Das Fahrzeug der Nordafrikaner ist vor einer Stunde gefunden worden. Was glauben Sie, wo?«, kam es geheimnisvoll aus dem Handy.

»In Salzburg«, antwortete Geigensauer, um irgendetwas zu sagen.

»Nicht schlecht geraten. In Deutschland, in einem Waldstück bei Rosenheim, vor etwa einer Stunde.«

»Wo sind die Terroristen?«

»Es waren keine«, kam die Antwort in einem Tonfall, der die Enttäuschung von Regierungsrat Mösle ganz deutlich verriet.

»Diese Nordafrikaner waren Schlepper«, brachte er nur mühevoll hervor.

»Schlepper?«, entfuhr es Geigensauer.

»Es sieht so aus. Die deutsche Polizei hat zehn Flüchtlinge aus Syrien aus dem Laderaum befreien können. Die Schlepper haben sie einfach im Wagen zurückgelassen. Vermutlich sind sie rein zufällig zur Tatzeit in der Nähe des Tatortes gesehen worden.«

Geigensauer gab nicht sofort eine Antwort und dachte über diese neue Entwicklung nach. Schließlich war er in der Tiefe seines Herzens nie wirklich überzeugt gewesen, dass Terroristen den Mord begangen hatten.

Herr Geigensauer, sind Sie noch dran?«, fragte Mösle beunruhigt.

»Ja. Ich bin noch dran.«

»Was machen wir jetzt?«, klang es unsicher.

»Weiter ermitteln.«

»Wen verdächtigen Sie denn jetzt, Herr Geigensauer?«, fragte Mösle, als ob er die von Geigensauer geschickten Informationen gar nicht gelesen hätte.

»Zum Beispiel Mitra Said«, beschloss Geigensauer, den angeschlagenen Gegner unter Druck zu setzen.

»Sie glauben, sie könnte ihren Mann umgebracht haben?«

»Durchaus, Ihre Bekannte hat ein Verhältnis mit ihrem Leibwächter.«

»Bekannte? Wer behauptet denn so etwas? Vielleicht habe ich sie einmal flüchtig gesehen«, empörte sich Mösle.

»Waren Sie nicht mit Mitra und Nermin Said auf dem Opernball und bei einer Jagdgesellschaft im Südburgenland?«, ließ Geigensauer nicht locker.

»Möglich, dass ich ihnen dort begegnet bin. Ich bin auf so vielen Veranstaltungen. Ich weiß gar nicht, wen ich wo getroffen habe.«

»Hat Mitra noch ihre Erlaubnis, Mitte der Woche nach Sizilien zu reisen?«, blieb Geigensauer hart.

»Wenn sie das gesagt hat, hat sie gelogen. Niemals würde ich mich so in Ermittlungen einmischen, noch dazu, wenn es sich um tatverdächtige Personen handelt.«

Mösles Stimme klang laut und aufgeregt und nach einer kurzen Pause versuchte er das Thema zu wechseln.

»Soll ich der Presse mitteilen, dass der Verdacht jetzt auf Alois Oberlugger fällt, diesen Tiroler mit seiner Bürgerinitiative. Das klingt doch plausibel.«

»Das würde ich nicht sagen, weil wir ihn nicht mehr verdächtigen als andere.«

»Was soll ich dann sagen?«

»Dass wir aufgrund der wenigen Spuren und fehlender Zeugen noch gar nichts wissen.«

»So soll ich mich vor die Presse stellen? Ich werde es mir überlegen«, beendete Mösle ohne weitere Worte das Gespräch.

»Überraschende Wendung im Falle des Mordes an dem ägyptischen Investor Nermin Said. Die Behörden waren bisher davon ausgegangen, dass die Mörder, vermutlich Terroristen aus Nordafrika, mit einem Kastenwagen oder Kleinbus mit deutschem Kennzeichen geflohen waren. Das Fahrzeug ist heute in der Früh in Deutschland in der Nähe von Rosenheim in einem Waldstück gefunden worden. Die Polizei konnte zehn Flüchtlinge, die aus Syrien stammen, aus dem Laderaum befreien, die von ihren Schleppern einfach zurückgelassen worden waren. Die nordafrikanischen Schlepper und das Fahrzeug dürften rein zufällig in der Nähe des Tatortes bei Güssing gesehen worden sein. Der Sprecher des Innenministeriums, Regierungsrat Mösle, hat der internationalen Presse mitgeteilt, dass die Polizei momentan den wenigen anderen Spuren nachgeht, die zu den brutalen Tätern führen könnten.«

Geigensauer saß gerade beim Frühstück, als diese Meldung in den Sechs-Uhr-Nachrichten verlesen wurde. Zufrieden stellte er fest, dass Mösle sich seinen Rat zu Herzen genommen hatte. Geigensauer hatte nach dem Gespräch nicht mehr einschlafen können und fast zwei Stunden im Bett liegend über den Mordfall nachgedacht. Die nordafrikanischen Schlepper hatten vermutlich im Wald auf die Übergabe der Flüchtlinge gewartet. Diese waren wahrscheinlich von anderen Mitgliedern eines Schlepperringes über Ungarn nach Österreich gebracht worden, wo das Fahrzeug gewechselt wurde. Als sie auf der Weiterfahrt am Tatort vorbeikamen, war der Doppelmord schon geschehen. Sicher hatten sie die Toten gesehen, waren einfach vorbeigefahren und dann Peter Drezits begegnet. Sobald sie von der Fahndung nach ihrem Fahrzeug in den Nachrichten hörten, hatten sie es einfach im nächsten Wald stehen gelassen. Es könnte aber auch ganz anders gewesen sein. Möglicherweise hatten auch die Schlepper am Tatort aus irgendeinem Grund anhalten müssen, fühlten sich bedroht und erschossen die unliebsamen Zeugen. Vielleicht waren die Schlepper aber auch gar nicht am Tatort vorbeigefahren und es waren doch Mitra Said und Dankon Carpat gewesen, die dem Journalisten entgegengekommen waren. Schließlich hatte Nesrin zuletzt erzählt, dass sie geschlafen hätte und nicht wüsste, ob jemand in der Nacht weggefahren war. Waren der nächtliche Moped-Lenker und der gewalttätige Alois Oberlugger eine Person? Die Motocross Maschine in seiner Garage schien das nahezulegen. Wie sollte jedoch eine Person in der Nacht den heranfahrenden Wagen von Nermin Said erkennen? Schließlich gab es noch Karl Muss, der die Konkurrenz durch Ute von Rainburg und Nermin Said fürchten musste. Geigensauer hatte Karl Muss bei »wine, dine & crime« kennengelernt. Ihn hatten sie noch nicht verhört. Zeugen gab es in diesem Fall leider keine, die einzigen brauchbaren Spuren waren diese Zigarettenstummel. Geigensauer wusste, dass solche Fälle manchmal auch jahrelang nicht aufgeklärt wurden. Den Mörder oder die Mörder zu finden, würde schwierig werden.

Auch Timischl wurde in aller Früh von den Neuigkeiten informiert, und so traf er schon kurz nach sieben Uhr bei Geigensauer ein.

»Wie geht es Regierungsrat Mösle?«, war seine erste Frage.

»Nicht gut, Gott sei Dank. Er behauptet, Mitra niemals erlaubt zu haben abzureisen.«

»Feiger Kerl. Vielleicht lässt er uns nun in Ruhe arbeiten?«

»Davon gehe ich aus«, meinte Geigensauer zuversichtlich und fragte: »Warst du überrascht, dass es keine Terroristen gibt.«

»Nein, überhaupt nicht«, sagte Timischl. »Ich wollte nie so wirklich an Killer oder Terroristen im Südburgenland glauben.«

»Ich auch nicht«, stimmte Geigensauer zu.

»Denkbar wäre noch, dass Nermin Said und Nina Leitner die Weiterfahrt der Schlepper behinderten oder eine Bedrohung für sie darstellten und deshalb von ihnen erschossen wurden«, sagte Timischl, doch er klang nicht sehr überzeugt.

»Daran habe ich auch schon gedacht«, sagte Geigensauer. »Wir haben nicht allzu viele Anhaltspunkte. Karl Muss haben wir noch nicht befragt. Wenn Ute von Rainburg Peter Drezits, den Schwager, verdächtigt, dürfen wir Karl nicht vergessen.«

»Nein, wir müssen ihm unbedingt einen Besuch abstatten. Außerdem gibt es zwei neue Erkenntnisse, die uns vielleicht weiter helfen werden. Die Genetiker haben äußerst rasch gearbeitet. Die Zigarettenstummel im Mercedes Kleinbus von Nermin Said und die Zigarettenstummel auf dem Feldweg, stammen nicht vom gleichen Raucher.«

»Schade, eine Übereinstimmung hätte die Sache sehr vereinfacht«, erwiderte Geigensauer leicht enttäuscht. »Was gibt es noch?«

»Die Gerichtsmedizin hat ihre Untersuchungen endgültig abgeschlossen. Dabei wurde entdeckt, dass Nina Leitner im zweiten Monat schwanger war.«

»Guten Morgen«, begrüßte Jane die beiden. Sie war während der letzten Worte eingetreten.

»Wer ist der Vater?«, wollte sie gleich wissen.

»Es gibt niemanden, der sich bisher als Freund der Verstorbenen oder Vater des Kindes gemeldet hat«, stellte Timischl fest.

»Das ist eigenartig«, meinte Geigensauer.

»Im zweiten Monat ist das gar nicht so seltsam«, widersprach Jane. »Vielleicht hat sie noch gar nicht gewusst, dass sie schwanger war, und selbst, wenn sie einen Test durchgeführt hat, muss sie es dem Vater des Kindes nicht gesagt haben.«

»Frauen sehen das natürlich anders«, überlegte Geigensauer.

»Außerdem wusste sie vielleicht gar nicht, wer der Vater war. Sie war überaus attraktiv und jung. Sie könnte auch mehrere Liebhaber gehabt haben.«

»Klingt nach Seifenoper«, meinte Timischl lachend. »Wir werden ihre Großmutter dazu befragen. Außerdem sollten wir uns umsehen, wo sie in Graz gewohnt hat, denn dort hat sie die ganze Arbeitswoche über gelebt. Auch die Studentin, mit der sie zusammenwohnte, könnte mehr wissen.«

Geigensauer nickte. »Katrin, glaube ich, so heißt sie, zu erreichen, wird gar nicht so einfach sein. Ende Juli ist auf der Universität wirklich nichts los.«

»Ich werde es einmal probieren«, meinte Timischl und ging in den Garten hinaus.

»Der Mord an einer werdenden Mutter ist wirklich abscheulich«, schauderte Jane.

»Der Täter hat von ihrer Schwangerschaft vielleicht nichts gewusst.«

»Trotzdem. Eine widerliche und unheimliche Tat. Wenn es keine Terroristen aus dem Ausland waren, dann lebt dieser Unhold mitten unter uns. Diese riesigen Wälder sind und waren mir immer unheimlich.«

»Ich bin bestimmt den ganzen Tag mit Timischl unterwegs«, ging Geigensauer auf Janes Urängste nicht weiter ein. Er aß den letzten Bissen seiner Marmeladesemmel bereits im Aufstehen.

»Bis du zurückkommst, habe ich den Krimi ausgelesen. Ich bin schon in der Mitte«, versprach Jane und deutete auf den Krimi ‚Killertime in Strem', der auf der Kommode lag.

»Wir haben Glück«, strahlte der wieder eintretende Timischl.

»Ich habe Katrin erreicht. Sie fährt gerade von Bad Aussee nach Graz. Die Großmutter von Nina Leitner hat gestern mit ihr telefoniert und sie gebeten, alle Sachen von Nina zusammenzupacken und nach Steinfurt zu schicken. Wir treffen uns mit Katrin am frühen Nachmittag in Graz. Ich habe angeboten, dass wir die Sachen von Nina Leitner mitnehmen. Zuerst schauen wir jedoch zu Alois Oberlugger.«

Der Himmel war nicht mehr wolkenlos. Eine hohe, dünne Wolkenschicht schirmte das Sonnenlicht ab. Saharastaub lag in höheren Luftschichten über dem Land. Es war noch immer sehr heiß, doch die extreme Hitze des Vortages würde nicht erreicht werden. Ein kräftiger Westwind fegte über das Land. Rasch hatten sie das Haus von Alois Oberlugger erreicht. Seine Frau öffnete ihnen und führte sie in die Küche, wo Alois Oberlugger hinter einem kleinen Tisch auf einer Bank saß. Man sah es ihm an, dass er sich hundeelend fühlte.

»Guten Morgen«, grüßte Timischl freundlich. »Dürfen wir Platz nehmen?«

Alois Oberlugger nickte nur.

»Heute tut ihm das natürlich leid«, sagte seine Frau. »Bedienen Sie sich, bitte.«

Sie hatte zwei Gläser und Mineralwasser aufgetischt.

»Ich habe ihm zwei verpasst«, meinte Alois Oberlugger sehr langsam sprechend. »Er hat mich vorher aber umgestoßen.«

»Deswegen sind wir nicht gekommen«, erklärte Geigensauer. »Wir sind wegen des Mordes an Nermin Said hier.«

»Es ist gut, dass er tot ist. Jetzt muss ich meine Pachtgründe nicht für den Golfplatz hergeben. Manchmal hat der Herrgott auch für die kleinen Leute etwas übrig«, meinte er und stimmte sich selbst mit dem Kopf nickend zu.

»Lass den Herrgott aus dem Spiel«, murrte seine Frau forsch.

»Was wollen Sie von mir?«, fragte Alois Oberlugger.

»Sie könnten der Täter sein«, stellte Timischl in den Raum.

»Ich, ich könnte der Mörder sein?«

Er blickte von Timischl zu Geigensauer und zurück.

»Daran habe ich noch gar nicht gedacht«, sagte er schließlich.

Geigensauer war sich nicht mehr so sicher, ob Alois Oberlugger bereits nüchtern genug für dieses Verhör war.

»Alois soll den Ägypter umgebracht haben? Niemals. Er säuft sich manchmal an, das stimmt. Er ist auch manchmal bei einer Schlägerei dabei, aber Mord? Mein Alois bringt niemanden um«, empörte sich seine Frau.

»Schon zu Pfingsten hat er vor Zeugen gedroht, er würde Nermin Said umbringen.«

»Nicht nur zu Pfingsten habe ich das gesagt«, bestätigte Alois Oberlugger.

»Im Rausch sagt man viel. Sie werden doch nicht glauben, dass er das ernst meinte«, wurde seine Frau immer aufgeregter.

»Die geschwollene Backe und das blaue Auge von Dr. Hussel sehen aber ziemlich ernst aus«, sagte Timischl und legte den Drohbrief an Nermin Said, den er von Ute von Rainburg erhalten hatte, vor Alois Oberlugger auf den Tisch. Dieser nahm das Schreiben auf und las es.

»Kann ich nur unterschreiben, was da geschrieben steht. Alles richtig«, sagte er schließlich. »Woher haben Sie denn das?«

»Diese Drohung hat Nermin Said am Tag vor seiner Ermordung erhalten«, antwortete Geigensauer. »Vielleicht haben Sie das selbst geschrieben?«

»Ich, nein wirklich nicht. So was schreibt man nicht, das sagt man dem anderen einfach ins Gesicht. Briefe schreiben ist etwas für Feiglinge.«

»Haben Sie eine Waffe?«, setzte Timischl die Befragung fort.

»Waffe? Nein, Waffe gibt es bei uns keine. Eine Säge, eine Axt und einen Haarschneider für die Schafe, mehr haben wir nicht. Die glauben wirklich, ich hätte ihn umgebracht«, schloss er ungläubig den Kopf schüttelnd.

»Sicher, bei deinen Antworten müssen Sie es ja glauben«, ärgerte sich seine Frau.

»Eine Motocross Maschine besitzen Sie aber?«, wollte Geigensauer wissen.

»Habe ich behauptet, dass ich keine hätte?«

»Nein.«

»Natürlich habe ich eine und ich fahre fast jeden Tag mit ihr.«

»Wo?«

»Gleich im Wald gibt es ein kleines Übungsgelände. Dort übe ich manchmal. Ich bin in meiner Jugend Rennen gefahren.«

»Samstag in der Nacht, waren Sie mit der Maschine im Wald?«, fragte Timischl.

»In der Nacht?«, überlegte Alois Oberlugger.

»Er war den ganzen Samstag am Abend und in der Nacht nicht außer Haus«, meinte seine Frau, einer Antwort ihres Mannes zuvor kommend.

»Stimmt das?«, fragte Timischl nach.

Alois Oberlugger nickte.

»Was hat das alles mit dem Mord an Nermin Said zu tun?«, wollte seine Frau wissen.

»Unweit vom Tatort hat in der Mordnacht ein Jäger jemanden mit einem Moped oder einer Motocross Maschine durch den Wald fahren gesehen. Dieser Mopedfahrer könnte zum Tatort unterwegs gewesen sein«, erläuterte Timischl.

»Ich soll also mit meiner Motocross Maschine mitten in der Nacht durch den Wald zum Tatort gefahren sein und dort Nermin Said erschossen haben?«, wunderte sich Alois Oberlugger. »Woher soll ich denn gewusst haben, dass Nermin Said dort vorbeikommt?«

Er rieb sich das Kinn mit der rechten Hand und blickte Geigensauer herausfordernd an.

»Sie könnten beobachtet haben, dass er jeden Samstag in der Nacht auf dieser Strecke nach Hause fuhr«, versuchte Geigensauer nachzuhelfen. »Sie haben vielleicht einen Unfall vorgetäuscht, die Motocross Maschine auf die Fahrbahn und sich selbst dazugelegt. Nermin Said ist stehen geblieben, ausgestiegen und Sie haben ihn erschossen.«

»Schön langsam, eins nach dem anderen«, forderte Alois Oberlugger, der plötzlich einen sehr nüchternen und hellen Eindruck machte. »Wie soll ich in der Dunkelheit, geblendet von den Scheinwerfern, erkannt haben, dass das ankommende Auto von Nermin Said gelenkt wird?«

»Vielleicht hatten Sie einen Helfer«, antwortete Geigensauer, der sich schon länger darüber im Klaren war, dass eine Person alleine nicht in der Lage war, in der Dunkelheit bei einem herankommenden Wagen zu erkennen, ob er von Nermin Said gelenkt wird.

»Soll das etwa ich sein?«, schrie die Frau von Alois Oberlugger laut und schlug die Hände über den Kopf zusammen.

»Möglich ist auch das«, blieb Timischl ungerührt. »Sollten Sie uns noch etwas zu sagen haben, dann melden Sie sich bitte.«

Er legte seine Visitenkarte auf den Tisch.

»Bin ich jetzt der Mörder oder nicht?«, wollte Alois Oberlugger von Timischl wissen. Dieser zuckte mit den Schultern und meinte nur: »Vielleicht.«

»Ihr habt gar nichts gegen mich in der Hand«, wurde Alois Oberlugger laut. »Wisst Ihr warum? Weil ich nicht der Mörder war.«

Dabei drohte er ihnen mit dem Zeigefinger der rechten Hand. Timischl und Geigensauer verabschiedeten sich, ohne auf das zuletzt Gesagte einzugehen.

»Dein Eindruck?«, fragte Timischl, als sie beim Auto angekommen waren.

»Ich denke, er hat anfänglich den Dummen gespielt und das sehr gut. Zum Schluss hat er auf mich jedoch durchaus intelligent gewirkt«, fasste Geigensauer zusammen.

»Das sehe ich auch so«, stimmte Timischl zu. »Außerdem werde ich das Gefühl nicht los, dass er doch in der Mordnacht mit seiner Motocross Maschine unterwegs war. Seine Frau wollte auf jeden

Fall verhindern, dass er das zugibt.«

»Wenn er es gewesen ist, muss er einen Helfer gehabt haben.«

»Steigen wir ein. Ich halte diese Hitze kaum aus.«

Die hohen Wolkenfelder waren weitergezogen, der Himmel wieder strahlend blau, der Wind hatte sich gelegt und die Temperatur kletterte unbarmherzig nach oben.

Als sie in Steinfurt ankamen, mussten sie feststellen, dass die Großmutter von Nina Leitner nicht zu Hause war. Sie wollten wieder aufbrechen, da kam sie aus einem Nachbarhaus heraus. Trotz der Hitze trug sie von Kopf bis Fuß schwarz. Leicht hinkend näherte sie sich.

»Haben Sie den Mörder gefunden, Herr Inspektor?«, begrüßte sie die beiden.

»Noch nicht. Bei der Obduktion ihrer Enkelin …«, begann Timischl.

»Nicht hier bitte!«, unterbrach sie ihn barsch und forderte die beiden Ermittler mit der Hand auf zum Haus vorauszugehen. Langsam folgte sie ihnen.

»Die Nachbarn müssen nicht alles wissen«, erklärte sie belehrend, sperrte auf, führte sie in die Küche und fragte, ohne ihnen einen Sitzplatz anzubieten: »Bitte?«

»Die Ärzte haben bei der Untersuchung von Nina festgestellt, dass sie im zweiten Monat schwanger war«, begann Geigensauer.

Sie blickte die beiden böse an.

»Nina war nicht schwanger«, stellte sie bestimmt fest.

»Doch, doch«, widersprach Timischl. »Sie war im zweiten Monat schwanger.«

»Sie war nicht schwanger. Sicher ist sie verwechselt worden. Nina war nicht schwanger.«

»Vielleicht hat sie es Ihnen nicht gesagt?«, wollte Geigensauer helfen.

»Sie hatte keine Geheimnisse vor mir. Sie war nicht schwanger«, meinte sie und ihre Blicke wurden immer feindseliger.

»Wir wollten nur wissen, ob Nina einen Freund gehabt hat«, wollte es Timischl nicht aufgeben.

»Sie war nicht schwanger«, wiederholte sie stur.

»Einen Freund könnte sie doch gehabt haben.«

»Sie war nicht schwanger«, wiederholte sie. »Und in der Nachbarschaft brauchen Sie auch nicht fragen. Sie war nicht schwanger und hatte keinen Freund. Wollen Sie sonst noch etwas wissen?«

»Nein, danke«, gab es Geigensauer auf und sie verabschiedeten sich.

»Was nicht sein kann, was nicht sein darf«, sagte Timischl und schüttelte verständnislos seinen Kopf, während sie zum Wagen zurückgingen.

»Sollen wir die Nachbarn befragen?«, überlegte Geigensauer, bevor sie einstiegen.

»Das will ich dieser alten Frau nicht antun«, erwiderte Timischl. »Ihre heile Welt würde zusammenbrechen, wenn die Nachbarn wüssten, dass ihre Enkelin ein uneheliches Kind bekommen hätte. Also geht sie von einem Irrtum aus und bewahrt sich ihren inneren Frieden. Wenn wir in Graz nichts erfahren, dann können wir noch immer die Nachbarn aufsuchen.«

Vermutlich hatte Timischl Recht und ein wenig tat Geigensauer die alte Frau leid.

Das Tor zum Garten stand offen. Geigensauer und Timischl konnten ungehindert durch den Garten zur Villa von Nermin Said gehen. Auf dem Parkplatz vor dem Haus befand sich weder der Mercedes Kleinbus noch der Toyota Yaris.

Waren sie abgereist, ging es Geigensauer durch den Kopf. Sie läuteten, doch es meldete sich niemand. Timischl drückte die Türschnalle und hatte Erfolg. Sie betraten das Haus und riefen. Niemand meldete sich. Während Timischl in den ersten Stock hinaufging, durchsuchte Geigensauer das Erdgeschoss. Die Klimaanlage war ausgeschaltet worden. Von der Kellerkühle der

Mordnacht war nichts mehr vorhanden. Über den Raum, in dem sie in der Mordnacht Mitra Said und Dankon Carpat befragt hatten, gelangte er in ein riesiges Wohnzimmer. Die Gardinen vor der geöffneten Terrassentür bewegten sich leicht hin und her. Geigensauer zog die Vorhänge beiseite, trat hinaus und befand sich wenige Schritte vom Pool entfernt. Auf der anderen Seite des Schwimmbeckens lag Mitra Said im Schatten auf einer der weißen Sonnenliegen, den Körper zur Seite gedreht. Der Kopf war abgewandt und sie reagierte nicht auf das Auftauchen von Geigensauer. Er eilte dem Schwimmbecken entlang zu ihr. Zuerst war er sich nicht ganz sicher, denn sie hatte die Augen geschlossen, doch als er näher kam, konnte er sehen, wie der Brustkorb auf und niederging. Sie schlief.

»Grüß Gott«, rief er einigermaßen laut. Mitra Said zuckte zusammen, fuhr in die Höhe und rief: »Mein Gott, haben Sie mich erschreckt!«

»Verzeihung«, entschuldigte sich Geigensauer. »Alle Türen standen offen, niemand war vorzufinden. Ich dachte schon an ein Unglück.«

»Nein, nein. Alles in Ordnung. Ralph ist mit Nesrin zum Neusiedlersee gefahren. Ich glaube, sie ist ein wenig verliebt in ihn und Dankon ist in Oberwart. Wir benötigen keine Bewachung mehr.«

Sie stand auf, streckte sich in ihrer vollen Schönheit und schlüpfte dann in ihren Bademantel.

»Ich war sehr müde von den Aufregungen der letzten Tage. Da bin ich einfach eingeschlafen. Wollen Sie auch einen Kaffee?«, fragte sie, ins Haus vorausgehend.

»Bitte, gerne!«

»Wir werden übrigens noch so lange hierbleiben, wie es für die Ermittlungen notwendig ist«, versicherte sie, während sie sich zum nachkommenden Geigensauer freundlich umdrehte.

Als sie das Wohnzimmer betraten, trafen sie auf Inspektor Timischl.

»Oh, der Inspektor ist auch hier«, meinte Mitra freundlich, »Wollen Sie auch einen Kaffee?«

»Gerne«, stimmte Timischl zu.

»Es geht auch freundlich«, wunderte sich Geigensauer, nachdem Mitra das Zimmer verlassen hatte, und schüttelte ungläubig seinen Kopf.

»Ich glaube nicht, dass Regierungsrat Mösle begeistert war, dass Mitra Said seine Freundschaft zum Ehepaar Said an die große Glocke gehängt hat. Mösle weiß, dass es schlecht für ihn aussieht, falls Mitra etwas mit dem Mord zu tun hat. Bis wir den Täter nicht gefunden haben, wird er nicht mehr ruhig schlafen«, überlegte Timischl und der Ton in seiner Stimme verriet Genugtuung und kein bisschen Mitleid.

»Bitte, nehmen Sie nur Platz«, sagte Mitra Said, als sie den Kaffee brachte. »Seit ich weiß, dass die vermeintlichen Terroristen Schlepper waren und vermutlich mit dem Mord an Nermin nichts zu tun hatten, frage ich mich natürlich, wer sein Mörder sein könnte. Ich habe es Herrn Geigensauer schon mitgeteilt. Wir werden hier bleiben, solange es die Ermittlungen erfordern, Herr Inspektor.«

»Sehr vernünftig «, sagte Timischl, an seinem Kaffee nippend.

»Eigentlich vertraue ich Ralph«, fuhr sie fort, »doch heute in der Früh, nachdem er mit Nesrin weggefahren war, suchte ich meine Zigaretten und da erinnerte ich mich plötzlich an etwas, das ich in der Aufregung wegen der Ermordung meines Mannes ganz vergessen hatte. Ralph war in der Mordnacht zu mir gekommen. Seine Zigaretten waren ihm ausgegangen. Er bat mich, obwohl er Dienst hatte, ob er sich bei einem nahen Gasthaus welche besorgen dürfte. Ich habe es ihm erlaubt. Ich weiß nicht, wie lange er weg war. Vielleicht eine Viertelstunde?«

»Sie meinen, er hätte zum Tatort und zurückfahren können«, fragte Geigensauer.

Mitra zuckte mit den Schultern.

»Wann war das?«, interessierte sich Timischl.

»Gegen zwölf. Genauer weiß ich es nicht. Nermin und ich haben Ralph immer vertraut. Ich konnte mich nicht entscheiden, ob ich es Regierungsrat Mösle oder Ihnen sagen sollte. Während ich darüber nachdachte, bin ich eingeschlafen und jetzt haben Sie es erfahren.«

»Wusste Dankon davon?«

»Nein, er war noch einmal schwimmen gegangen. Er liebte es, vor dem Schlafengehen noch ein paar Längen zu kraulen. Ich wollte ihn nicht stören.«

Geigensauer und Timischl hatten die Villa von Nermin Said schweigend verlassen und, ohne ein Wort miteinander zu wechseln, fuhren sie durch Punitz. Erst als sie in die Bundesstraße Richtung St. Michael einbogen, meinte Geigensauer: »Ich traue dieser Person nicht über den Weg.«

»Ich auch nicht«, stimmte Timischl zu. »So ein falsches Luder. Gestern war sie noch unverschämt präpotent und heute freundlich wie eine Versicherungsvertreterin.«

»Warum hat sie das alles heute erzählt?«, überlegte Geigensauer. »Hat sie wirklich bis heute Früh darauf vergessen?«

»Keine Ahnung. So eine Schlange«, empörte sich Timischl noch immer. »Ich traue ihr jede Lüge zu. Es wird aber wohl stimmen, dass er sie bat, die Zigaretten besorgen zu dürfen. Schließlich muss sie damit rechnen, dass wir ihn dazu befragen.«

»Vielleicht möchte sie, dass wir ihn verhaften«, überlegte Geigensauer. »Dann hat Regierungsrat Mösle seinen Täter und sie kann abreisen.«

»Auch das traue ich ihr zu, Anton. Wir werden ihn, wenn er heute Abend vom Neusiedler See zurückgekommen ist, befragen. Sollen wir über Fürstenfeld oder Markt Allhau nach Graz fahren?«

»Über Markt Allhau«, entschied Geigensauer.

Sie waren gerade an der Abfahrt Gleisdorf West vorbeigefahren, als das Handy von Timischl läutete. Aufgrund der Freisprecheinrichtung konnte Geigensauer mithören.

»Inspektor Timischl.«

»Dollmann.«

»Hallo Herbert.«

»Hallo. Wir haben Neuigkeiten für dich.«

»Was gibt es?«

»Wir haben den Beweis, dass Alois Oberlugger in der Mordnacht mit seiner Motocross Maschine unterwegs war. Er wurde in St. Michael von einer mobilen Radarfalle geblitzt. Doppeltes Pech für den Knaben. Er war mit einem flotten Achtziger Richtung Großpetersdorf unterwegs.«

»Uhrzeit?«

»Zwölf Uhr.«

»Danke. Hervorragend gearbeitet.«

»Wo bist du jetzt?«

»Unterwegs nach Graz zur Freundin von Nina Leitner.«

»Viel Vergnügen. Tschau.«

»Tschau.«

Timischl spitzte seinen Mund und pfiff begeistert. Das waren Informationen nach seinem Geschmack.

»Hat uns die Frau von Alois Oberlugger doch glatt angelogen. Ich habe es mir gedacht. Der alte Timischl ist nicht so dumm.«

»Vermutlich hat er ihr nicht erzählt, dass er geblitzt worden ist«, überlegte Geigensauer.

»Sein Pech.«

»Jetzt wird mir auch klar, warum er bei der Antwort gezögert hat. Eigentlich wollte er es verschweigen, doch er wusste nicht wie.«

»Glaubst du, dass er vom Tatort über St. Michael nach Hause gefahren ist?«

»Möglich wäre es. Der einfachste Weg aber ist natürlich durch den Wald zurückzufahren oder über Punitz. St. Michael ist ein netter Umweg.«

»Oder er hatte ganz andere Ziele?«

Timischl öffnete die Fenster bei Fahrer und Beifahrer, sodass der Fahrtwind voll durch den Innenraum rauschte.

»Stört es dich?«

»Nein, nein.«

Geigensauer war froh über jede Erfrischung.

»Sein Ziel könnte ganz harmlos gewesen sein. Warum zögerte er dann mit der Antwort? Warum log seine Frau? Nein, irgendetwas ist faul bei dieser Sache«, war sich Geigensauer sicher.

»Oder sein Ziel war nicht der Tatort und trotzdem möchte er nicht, dass die Polizei davon erfährt«, setzte Timischl den Gedanken fort.

Die Einzimmerwohnung, die Katrin und Nina gemeinsam in Graz bewohnt hatten, lag nur fünf Minuten von der Technischen Universität entfernt in einem neuen Gebäude im vierten Stock. Katrin war eine kleine, zarte, sehr agile Person mit langen, schwarzen Haaren, die zu einem Zopf geflochten waren. Der Glanz ihrer braunen Augen machte ihr Gesicht trotz der schmalen Nase und des starken Kinns anziehend. Zwei Betten, zwei Kästen, eine Kochnische und ein Tisch füllten den Wohnbereich. Katrin hatte bereits fleißig zusammengepackt. Ein Kasten stand offen und war bereits leer. Zwei Koffer standen im Eingangsbereich. Auf dem Tisch lagerte ein großer Haufen von Büchern. Sie bat Geigensauer und Timischl Platz zu nehmen und bot ihnen etwas zu trinken an.

»Ich kann das Ganze noch immer nicht glauben«, sagte sie. »Die Nachricht vom Mord an Nina hat mich schwer getroffen. Wir leben jetzt schon zwei Jahre auf engstem Raum miteinander. Wir waren wirklich gute Freundinnen. Sie wird mir sehr fehlen.«

Bei den letzten Worten versagte ihr die Stimme und Tränen traten ihr in die Augen.

»Warum musste gerade sie am Tatort vorbeikommen?«

Sie wischte sich mit einem Taschentuch die Augen trocken.

»Wir werden alles unternehmen, um den Mörder zu finden«, versicherte Timischl.

»Lebendig wird Nina dadurch nicht mehr. Sie war so freundlich und so tüchtig. Sie hat ihre Eltern früh verloren. Nur die Großmutter war ihr noch geblieben. Am Wochenende musste sie arbeiten, um sich das Studium finanzieren zu können. Was wollen Sie eigentlich über sie wissen?«

»Hatte Nina einen festen Freund?«, fragte Geigensauer.

»Nein, nur kurze Bekanntschaften, nichts Fixes oder Längeres. Warum fragen Sie?«

»Bei der Obduktion hat sich herausgestellt, dass sie im zweiten Monat schwanger war. Haben Sie davon gewusst?«

»Ja. Nina hat es gleich vermutet, als die Regel ausblieb.«

»Hat sie erzählt, mit wem sie zusammen gewesen ist?«

»Nein, sie hat gemeint, zum passenden Zeitpunkt werde ich es schon erfahren.«

»Hat sie keine Andeutungen gemacht, wer es sein könnte?«

»Sie hat nur erwähnt, dass für sie jetzt finanziell bessere Zeiten anbrechen würden. Ich habe daher angenommen, dass der Vater wohlhabend ist.«

»Wollte sie das Kind abtreiben?«

»Davon hat sie nie gesprochen.«

»Eigenartigerweise hat sich ihr Liebhaber bisher nicht gemeldet.«

»Es wäre möglich, dass sie ihm von dem Kind noch gar nichts erzählt hat.«

»Vielleicht«, meinte Timischl. »Danke auf jeden Fall für die Informationen. Sollte Ihnen noch etwas auffallen, dann rufen Sie uns an.« Timischl reichte ihr seine Visitenkarte.

»Das werde ich sicherlich tun. Ninas Gewand habe ich schon in ihre beiden Koffer gepackt, doch für diesen Berg von Büchern habe ich leider keine Tasche mehr.«

Sie deutete auf den riesigen Stoß auf dem Tisch.

»Sie hat Deutsch studiert?«, fragte Geigensauer und nahm einige der vielleicht hundert Titel in die Hand. Alle Bücher waren erst in letzter Zeit erschienen.

»Diese Bücher hat sie nicht für ihr Studium benötigt«, erklärte Katrin. »Nina war Bloggerin für Literatur im Internet. Ihre Seite ist ziemlich bekannt. www.ninas-buecherwelt.at. Sie hatte über zehntausend Zugriffe pro Monat.«

»Was hat sie dort veröffentlicht?«, wollte Timischl wissen.

»Nina verfasste Rezensionen über Bücher, die sie gelesen hat. Mit zunehmender Beliebtheit ihrer Internetseite schickten ihr immer mehr Autoren und Verlage, in der Hoffnung auf eine gute Rezension, kostenlos Bücher zu. Zuletzt waren es schon wesentlich mehr, als sie überhaupt lesen konnte.«

»Muss man ein Werk nicht gut bewerten, wenn man es gratis erhalten hat?«, interessierte sich Geigensauer.

»Das habe ich Nina auch gefragt. Sie erklärte mir: ‚Wenn es schlecht ist, gibt es einen Verriss, wenn es gut ist, darf gelobt werden. Es dürfen nur nicht zu viele schlechte Kritiken werden'.«

»Ich habe eine leere Kiste im Kofferraum. In dieser werden wir die Bücher wegtragen«, sagte Timischl. »Ich glaube aber nicht, dass Ninas Großmutter nur eines davon lesen wird.«

Tatsächlich musste die Kiste zweimal gefüllt werden, bis alle Bücher vom Tisch verschwunden waren. Als sie alles im Wagen verstaut hatten, fiel Geigensauer ein Titel auf, den er kannte. Das Cover von ‚Killertime in Strem', dem Krimi von Andi Topfer, kam in sein Blickfeld.

»Das liest Jane gerade«, sagte er zu Timischl. Dieser nahm das Buch in die Hand und fragte: »Gefällt es ihr?«

»Mittelmäßig. Wir haben es vor wenigen Wochen im Hotel Bikeresort in Bocksdorf erworben. Ich war dort mit Jane gemeinsam bei ‚wine, dine & crime'. Der Autor Andi Topfer las dort aus seinem Buch vor.«

»Vielleicht sollte ich zur Fortbildung einmal einen Krimi lesen«, scherzte Timischl.

Es war mitten am Nachmittag und die Hitze hatte ihren Höhepunkt erreicht, als Timischl und Geigensauer das Hotel Bikeresort in Bocksdorf erreichten. Die Fassade des alten Dorfgasthauses war wunderschön renoviert. An das alte Gebäude anschließend erstreckten sich der Neubau mit den modernen Zimmern und eine Halle aus Holz und Glas mit der Aufschrift »Radler-Restaurant«. Am Platz davor stand ein alter, kreisrunder Brunnen. In seiner Mitte stand eine Frauenstatue. Aus einem Kübel, den sie auszuleeren schien, floss ständig Wasser in das Becken.

»Im Restaurant finden die Veranstaltungen ›wine, dine & crime‹ statt«, sagte Geigensauer zu Timischl, während sie sich dem Hotel näherten. Eine Gruppe von Radfahrern war gerade von Heugraben kommend eingetroffen. Die meisten wirkten erschöpft und nahmen sofort im schattigen Gastgarten Platz, um ihren Durst zu löschen. Manche steckten ihren Kopf vollständig unter das kalte Wasser des Brunnens, um sich abzukühlen. Durch ein altes Tor gelangten Geigensauer und Timischl in einen düsteren Gang, dessen dicke Wände nach oben in ein Gewölbe übergingen. Am Ende des Ganges lag die Rezeption, an der Geigensauer ihr Kommen anmeldete. Es dauerte einige Minuten, bis der Besitzer Karl Muss erschien.

»Verzeihen Sie, dass Sie warten mussten. Ich hatte noch ein wichtiges Gespräch zu Ende zu führen.«

Karl Muss war fast zwei Meter groß und kräftig gebaut. Er mochte an die fünfzig Jahre alt sein. Das an den Schläfen ergraute, sonst schwarze Haar war dicht, leicht gelockt und kurz. Seine grauen Augen waren groß und weit entfernt von der langen Nase, unter der sich ein kleiner Mund mit schmalen Lippen befand. In weißer Leinenhose mit einem dunkelblauen Hemd machte er einen stattlichen Eindruck. Ein Mann in den besten Jahren.

»Inspektor Timischl und Anton Geigensauer«, stellte sie Timischl vor.

»Willkommen Herr Inspektor im Hotel Bikeresort. Sie, Herr Geigensauer, waren, wenn ich mich nicht täusche, schon unser Gast.«

Geigensauer nickte.

»Sie speisten mit Ihrer Gemahlin vor einigen Wochen bei ‚wine, dine & crime'. Ich merke mir alle meine Gäste. Hat es Ihnen gefallen?«

»Es war ein durchaus gelungener Abend«, lobte Geigensauer.

»Bitte folgen Sie mir!«

Er führte sie in den ersten Stock hinauf in sein Büro. Ein großer Schreibtisch mit einem Chefsessel dominierte den Raum. An den Wänden waren hohe Kästen und in der Mitte stand eine kleine Sitzgruppe, wo Karl Muss bat, Platz zu nehmen.

»Was darf ich Ihnen anbieten? Kaffee, Mineral oder Wein?«

»Ich hätte gerne einen Kaffee«, verlangte Timischl, der von den langen, heißen Autofahrten ziemlich müde geworden war. Geigensauer schloss sich an. Karl Muss orderte per Telefon die Wünsche. Dann setzte er sich zu ihnen.

»Der Tod von Nina Leitner, unserer Kellnerin«, begann er ernst, »hat uns schwer getroffen. Sie war eine sehr gescheite, lebenslustige und liebenswerte Person. Soviel ich von ihr weiß, hat sie unter der Woche in Graz Germanistik studiert. Wenn man überlegt, dass sie noch leben könnte, wenn sie zehn Minuten früher oder später von hier aufgebrochen wäre. Eine Tragödie.«

»Vor allem für ihre Großmutter ist ihr gewaltsamer Tod äußerst tragisch«, stimmte Timischl zu.

»Was wollen Sie über Nina wissen?«, fragte Karl Muss. »Ich gebe Ihnen gerne Auskunft, auch wenn ich nicht allzu viel über Ninas Leben weiß. Über ihr Privatleben hat sie nie gesprochen.«

»Wir sind nicht wegen Nina gekommen«, erklärte Geigensauer.

»Worum geht es dann?«, wunderte er sich.

»Um die Ermordung von Nermin Said.«

»Sie wollen mich wegen des Mordes befragen?«

»So ist es«, bestätigte Timischl. »Man sagt, es gibt eine starke Konkurrenz zwischen ihrem Hotel und dem Betrieb von Ute von Rainburg.«

»Das muss ich leider bestätigen. Es wäre besser, es gäbe nur einen Betrieb im Bezirk, der sich auf Radtouristen spezialisiert. Wir sind aber die Besseren und werden gewinnen.«

»Nermin Said mit seinem Projekt ›Golfhotel am Flugplatz‹ wäre für beide Betriebe ein äußerst attraktiver Partner gewesen«, stellte Geigensauer fest.

»Natürlich. Ich habe mich kurz um eine Kooperation mit ihm bemüht. Vergeblich. Ute von Rainburg ist eine Freundin von ihm. Sie hat das Rennen gewonnen.«

Karl Muss zuckte mit den Schultern.

»Wenn Nermin Said sein Projekt in Zusammenarbeit mit Ute von Rainburg verwirklicht hätte, hätten Sie wohl größte Probleme bekommen.«

»Vielleicht, vielleicht auch nicht.«

»Auf jeden Fall kann man festhalten, dass nach dem Tod von Nermin Said die Lage für Ihr Hotel wieder wesentlich erfreulicher ist«, stellte Timischl fest.

»Wenn man will, kann man das so sehen«, meinte Karl Muss unwillig und fügte hinzu: »Das heißt aber nicht, dass Sie glauben, ich könnte irgendetwas mit dem Mord an Nermin Said zu tun haben?«

»Leider müssen wir auch diese Möglichkeit in Betracht ziehen. Das ist unsere Arbeit.«

»Sie erwägen das doch nicht wirklich ernstlich?«

Karl Muss stand auf und ging im Zimmer hin und her.

»Sicher hat Ute von Rainburg behauptet, dass ich etwas mit dem Mord zu tun haben könnte.«

»Nein, hat sie nicht. Machen wir es kurz und schmerzlos. Wo waren Sie in der Mordnacht?«, wollte Timischl wissen.

»Sie wollen ein Alibi von mir«, lachte Karl Muss gezwungen.

»Das wäre schön.«

»Ich glaube, ich bin im falschen Film.«

»Wo waren Sie in der Mordnacht?«, wiederholte Timischl.

»Ich war wie jeden Samstag am Abend bei meiner Mutter in St. Kathrein. Ich bin etwa um acht Uhr zu ihr gefahren und«, er überlegte kurz, »gegen halb elf Uhr wieder zurückgekommen.«

»Dann haben Sie das Haus nicht mehr verlassen?«
»Nein, ich war noch bis Mitternacht hier im Büro.«
»Gibt es dafür Zeugen?«
»Der Portier könnte mich gesehen haben. Gesprochen habe ich nicht mit ihm. Zu dieser Zeit sitzt er immer hinten in seinem Zimmer und sieht fern. Ich denke, auf dem Weg ins Büro habe ich niemanden getroffen. Meine Frau hat bereits geschlafen, als ich zu Bett ging.«
»Der Mord ist gegen zwölf Uhr geschehen.«
»Wie schon gesagt, ich habe damit nichts zu tun.«
»Es wäre nicht schlecht, wir hätten Zeugen, die Ihre Ankunft bestätigen können.«
Karl Muss ging zum Telefon und verlangte nach dem Portier. Dieser erschien nach wenigen Augenblicken.
»Können Sie sich erinnern, wann ich Samstag am Abend von meiner Mutter zurückgekommen bin?«, fragte ihn Karl Muss.
Der Portier überlegte einen Augenblick, dann sagte er mit starkem ungarischem Akzent: »Nein, ich kann mich nicht erinnern, dass ich Sie in der Nacht vorbeigehen gesehen habe.«
»Hoffentlich sehen Sie wenigstens die Diebe, die sich einschleichen wollen«, meinte Karl Muss wenig freundlich. »Nur ständig Fernsehen ist zu wenig für einen Portier. Danke.«
Kaum war der Ungar gegangen, meinte Karl Muss ziemlich unbeeindruckt: »Leider, ich kann mit keinem Alibi dienen. Sie müssen mich weiterhin verdächtigen.«
»So ist es«, blieb Timischl hart.
Die Tür öffnete sich und ein Mann im Alter von Karl Muss brachte den Kaffee herein. Er war eine Spur kleiner gewachsen als Karl Muss und extrem hager. Seine Gesichtszüge waren denen von Karl Muss ähnlich.
»Mein Bruder Otto. Wir führen den Betrieb gemeinsam. Danke, dass du dich um den Kaffee angenommen hast. Die Herren sind von der Polizei, Inspektor Timischl und sein Kollege Geigensauer. Stell dir vor, sie verdächtigen mich, Nermin Said umgebracht zu

haben.«

»Das kann doch nicht wahr sein«, empörte sich Otto Muss und er schüttelte den Kopf, während er den Kaffee servierte. »Warum solltest du ihn töten?«

»Weil Nermin Said mit Ute von Rainburg zusammenarbeiten wollte und wir mit dieser Konkurrenz nicht hätten mithalten können.«

»Das ist aber ziemlich weit hergeholt. Es gibt, denke ich, wesentlich bessere Motive für den Mord, zum Beispiel seine ägyptische Vergangenheit«, meinte Otto Muss. Die Anschuldigungen gegen seinen Bruder schienen ihn nicht sehr zu beeindrucken.

»Ich bin nur gekommen, weil ich gehört habe, dass die Polizei im Haus ist. Ich habe es dir noch nicht gesagt, Karl. Wir wollten gerade für die morgige Veranstaltung von ›wine, dine & crime‹ alles vorbereiten. Dabei haben wir deine Pistole nicht finden können. Jetzt möchte ich den Verlust der Polizei melden.«

»Wir nehmen keine Verlustanzeigen auf«, stellte Timischl klar. »Das müssen Sie auf einer Dienststelle erledigen.«

»In meinem Kasten ist sie nicht?«, fragte Karl Muss.

»Nein, natürlich nicht«, erwiderte Otto Muss. »Von dort wollte ich sie ja holen.« Trotz dieser Antwort ging Karl Muss zu seinem Kasten und sperrte eine Lade auf.

»Sie fehlt tatsächlich.«

»Hat noch jemand außer Ihnen einen Schlüssel zu dieser Lade«, fragte Geigensauer.

»Nein, nur wir beide«, erwiderte Karl Muss, und von Otto Muss wollte er wissen: »Auf der Bühne hast du schon gesucht?«

»Überall.«

»Sie wird schon auftauchen«, beruhigte Karl Muss. »Ich leihe sie immer dem Autor Andi Topfer, natürlich ungeladen. Er spielt für die Gäste eine Szene seines Krimis ›Killertime in Strem‹ nach. Dabei braucht er die Pistole.«

»Haben Sie eine Waffenbesitzkarte«, wollte Geigensauer wissen. Er war an dem Abend, wo er mit Jane an ›wine, dine & crime‹ teilgenommen hatte, zu weit hinten im Saal gesessen, um erkennen zu können, dass die verwendete Waffe echt war.

»Sie sind verpflichtet, die Waffe immer ordnungsgemäß zu verwahren«, fügte Timischl streng hinzu.

»Natürlich habe ich eine Waffenbesitzkarte«, erwiderte Karl Muss verärgert.

Er ging zu seinem Schreibtisch, holte sie und reichte sie Timischl. Dieser studierte sie und beschäftigte sich dann mit seinem Handy.

»Die Pistole liegt am Ende der Vorstellung auf einem Tisch, der seitlich auf der Bühne steht. Du hast sie doch immer in meinen Kasten zurückgegeben, Otto?«, überlegte Karl.

»Stimmt, manchmal aber auch erst am nächsten oder übernächsten Tag. Sie war ja nicht geladen.«

»Und diesmal?«

»Ich denke, ich habe sie diesmal gleich zurückgebracht. Ich kann mich aber nicht mehr genau erinnern.«

»Auf dich ist kein Verlass«, sagte Karl Muss böse. »Das heißt, die Pistole ist jetzt sieben Tage im Speisesaal seitlich auf dem Tisch gelegen?«

»Mindestens bis zu dem Tag, wo sie jemand entfernt hat«, dachte Otto Muss weiter.

»Das Kaliber stimmt mit der Tatwaffe überein«, stellte Timischl trocken fest. »Wer hat Zutritt zu dem Raum, in dem der Tisch mit der Waffe stand?«

»Praktisch jeder Gast und jeder Mitarbeiter«, antwortete Karl Muss verärgert und zu Otto Muss sagte er: »Wir sollten diese Pistole unbedingt finden, auch wenn Nermin Said sicher nicht mit ihr ermordet wurde. Wer weiß, wo du sie hingelegt hast?«

»Der Mord könnte durchaus mit dieser Waffe verübt worden sein«, meinte Geigensauer und er fragte Otto Muss: »Wo sind Sie in der Mordnacht gewesen?«

»Ich? Sie meinen, ich könnte die Pistole genommen, Nermin Said erschossen und die Pistole dann versteckt haben?«

»Ja, warum nicht?«

»Diese Vorstellung ist genauso lächerlich wie der Gedanke, dass es mein Bruder war«, empörte sich Otto Muss.

»Wo waren Sie in der Mordnacht?«, ließ Geigensauer nicht locker.

»Ich war von acht Uhr bis weit nach Mitternacht am Kellergassenfest am Eisenberg.«

»Gibt es dafür Zeugen?«

»Edi Hammer, der Wirt vom Kellerheurigen, kann das bestätigen.«

»Wir werden Ihre Angaben überprüfen. Wenn die Waffe bis morgen Früh nicht auftaucht, dann machen Sie bitte eine Verlustanzeige. Gibt es eine Gästeliste vom letzten ‚wine, dine & crime'?«

»Nur von den Gästen, die vorbestellt haben. Es kommen aber auch viele unangemeldet«, erwiderte Karl Muss. »Ich schicke Ihnen die Liste per email.«

Timischl trank seinen Kaffee aus, stand auf und meinte zu Geigensauer: »Hast du noch Fragen?«

»Nein, vorerst nicht. Wir können gehen.«

»Viel Erfolg beim Aufklären des Falles«, sagte Karl Muss beim Abschied und die geschäftsmäßige Freundlichkeit, die er dabei ausstrahlte, wirkte wenig echt. Otto Muss ließ die beiden Ermittler wortlos gehen. Beim Verlassen des Zimmers blieb Timischl stehen, drehte sich um und sagte: »Übrigens, haben Sie gewusst, dass Nina schwanger war?«

Wie Inspektor Columbo, dachte Geigensauer.

Nach einer kurzen Pause antwortete Karl Muss.

»Nein, davon hatte ich keine Ahnung.«

»Kennen Sie Ihren Freund?«, wollte Otto Muss wissen.

»Noch nicht. Auf Wiedersehen«, verabschiedete sich Timischl.

Nachdem sie das Zimmer verlassen und die Türe hinter sich geschlossen hatten, blieb Timischl davor stehen, legte seine Finger auf die Lippen und lauschte. Größtenteils konnte Geigensauer nur laute Stimmen vernehmen, ohne den Inhalt zu verstehen. Zwei

Sätze jedoch wurden so geschrien, dass sie deutlich zu verstehen waren.

»Wie konntest du nur vom Verlust der Pistole erzählen, wo du siehst, dass mich die Polizei eines Mordes beschuldigt? Du bist der größte Idiot, den ich kenne«, brüllte Karl Muss.

»Dicke Luft«, flüsterte Timischl und deutete mit dem Kopf an, dass sie nun gehen sollten. Gerade wollten sie die Treppe hinuntersteigen, da kam vom oberen Stockwerk eine Frau herabgeeilt. »Sind Sie die Herren von der Polizei?«

Geigensauer nickte.

»Martha Muss, die Frau von Karl Muss«, stellte sie sich selbst vor. »Worum geht es eigentlich?«

Martha Muss mochte etwas über vierzig Jahre alt sein und war attraktiv. Ihre hohe, schlanke Gestalt wirkte in der hellbraunen Leinenhose mit der weißen Bluse äußerst elegant. Das Make-up der Augen war kaum zu sehen, die Lippen aber waren knallrot. Zwei weiße Perlen steckten in den Ohrläppchen, die kastanienbraunen Haare trug sie offen, leicht gewellt und schulterlang.

»Wir ermitteln im Mordfall Nermin Said«, erklärte Timischl.

»Und, was wollten Sie da von meinem Mann wissen?«, fragte sie erstaunt.

»Wo er in der Mordnacht zur Tatzeit gewesen ist?«, formulierte es Timischl so kurz wie möglich.

»Sie denken, mein Mann, könnte den Mord begangen haben?«, zweifelte sie und mit einem Lächeln fuhr sie fort: »Warum sollte er das getan haben?«

»Um zu verhindern, dass Nermin Said und Ute von Rainburg eine Kooperation eingehen, die für Ihren Betrieb das Ende bedeutet hätte«, erläuterte Geigensauer.

»Ich war von Anfang an dagegen, unser wirklich gut gehendes Dorfgasthaus in ein Bikeresort zu verwandeln. So ein Unsinn.«

Sie machte mit der Hand eine wegwerfende Bewegung.

»Otto, der Bruder meines Mannes, hat Karl diesen Floh ins Ohr gesetzt. Sie träumten davon, angesehene Hoteliers zu werden.

Und, was sind wir jetzt? Menschen, denen man aufgrund ihrer wirtschaftlichen Lage einen Mord zutraut. Karl würde jedoch niemals einen Menschen umbringen.«

»Die Pistole Ihres Mannes ist verschwunden und die Tatwaffe hat das gleiche Kaliber«, gab ihr Timischl zu bedenken.

»Die Pistole ist weg?«, überlegte sie und trat dann ganz dicht an Geigensauer und Timischl heran.

»Vielleicht war es der Bruder Ihres Mannes, Otto Muss«, schlug Geigensauer vor.

»Otto?«, kam es verächtlich über ihre Lippen. »Der fürchtet sich vor jedem Knacks im Wald.«

Sie blickte Geigensauer und dann Timischl lange in die Augen und meinte dann: »Ich könnte es auch getan haben.«

Wenn sie sich Widerspruch erwartet hatte, hatte sie sich getäuscht.

»Ich wollte Sie ohnehin fragen, wo Sie die Mordnacht verbracht haben«, sagte Geigensauer kühl.

»Ich war müde von der Hitze, bin schon gegen zehn Uhr ins Bett gegangen und habe dann noch bis Mitternacht einen Thriller angesehen«, überlegte Martha.

»Gibt es Zeugen dafür?«, fragte Timischl.

»Nein, ich war allein. Mein Mann ist erst nach Mitternacht schlafen gegangen. Ich hätte rein theoretisch das Hotel verlassen und Nermin Said töten können. Nicht sehr wahrscheinlich, dass ich ungesehen weggehen und wieder zurückkehren konnte.«

»So unwahrscheinlich auch wieder nicht«, meinte Timischl. »Der Portier kann sich nicht erinnern, wann ihr Mann in der Mordnacht aus St. Kathrein zurückgekehrt ist.«

»In letzter Zeit ist Karl häufig erst nach Mitternacht von seiner Mutter zurückgekommen.«

»Ihr Mann behauptete, er wäre in der Mordnacht gegen zwölf Uhr zurückgekehrt.«

»Kann sein. Vielleicht war er noch in seinem Büro. Für Sie ist die Suche nach dem Täter natürlich das vorrangige Ziel. Mich fasziniert an diesem Verbrechen jedoch etwas ganz anderes«, gab sie dem Gespräch eine Wendung.

Sie wartete auf eine Frage von Geigensauer und Timischl. Als diese nicht gestellt wurde, fuhr sie fort: »Gibt es einen Grund, warum Nina Leitner sterben musste? Warum gerade sie? Warum hat Gott gerade ihr das Leben genommen? Sie können natürlich sagen, es wäre reiner Zufall. Ich glaube an solche Zufälle nicht. Mich interessiert nicht, wer sie umgebracht hat, mich beschäftigt, warum gerade Nina sterben musste.«

Während sie die letzten Worte gesprochen hatte, war die Tür zum Büro von Karl Muss aufgegangen und die Brüder kamen den Gang entlang.

»Martha, verschone die Ermittler mit deinen Theorien!«, rief Karl Muss noch ein paar Schritte von der Sprechenden entfernt und zu Timischl gewandt erklärte er: »Herr Inspektor, sie denkt, dass Nina für eine Sünde bestraft worden ist.«

»Das wäre eine mögliche Erklärung«, stimmte Martha zu.

»Welche Sünde soll sie denn begangen haben?«, fragte Otto Muss belustigt.

»Vielleicht hat …«, begann Martha, doch sie wurde unterbrochen.

»Sie kam immer mindestens zehn Minuten zu spät zur Arbeit«, sagte Karl Muss. »Komm Martha! Wir müssen noch einiges für morgen besprechen.«

Die beiden gingen in den zweiten Stock hinauf und Otto Muss begleitete die Ermittler hinunter zum Ausgang.

»Ich wette in jeder Höhe, dass die verlorene Pistole von Karl Muss die Tatwaffe ist«, stellte Timischl beim Wegfahren aus Bocksdorf fest.

»Ich wette sicher nicht dagegen. Die Frage ist nur, wer sie an sich genommen hat. Jeder unserer Verdächtigen könnte Gast dieser letzten Veranstaltung gewesen sein«, antwortete Geigensauer.

»Und das wären?«

»Alois Oberlugger, Ralph Timothy, der unbekannte nächtliche Mopedlenker, Karl, Otto und Martha Muss, vielleicht auch noch der Journalist Peter Drezits oder auch Andi Topfer«, fügte er mit einem Lächeln hinzu.

»Karl oder Otto Muss könnten die Waffe natürlich auch aus dem Schrank im Büro genommen haben, und Martha hat vermutlich gewusst, wo der Schlüssel von Karl oder Otto zu finden ist.«

»Wenn jemand, der nicht zur Familie Muss gehört, die Pistole an sich genommen hat«, dachte Geigensauer laut weiter, »dann hat er die Waffe sicher am Ende der Veranstaltung gestohlen. Ich war mit Jane vor ein paar Wochen dort. Zum Schluss entsteht im Saal ein Riesenwirbel. Viele Gäste eilen zur Bühne, um ein Buch mit der persönlichen Widmung von Andi Topfer zu kaufen. Andere verlassen gleich den Saal, manche treffen Bekannte und stehen mit diesen in Gruppen zusammen. In diesen Minuten kann man die Waffe leicht unbeobachtet einstecken.«

Während sie durch Rauchwart fuhren, blickte Geigensauer zum Badeteich. Der Parkplatz war voll. Die Wasserfläche war von vielen bunten Luftmatratzen und Schlauchbooten übersät.

»Eine Abkühlung wäre jetzt nicht schlecht«, meinte Geigensauer sehnsüchtig.

»Gott sei Dank sind meine Kinder aus dem Alter heraus, wo ich mit ihnen zum Baden ausrücken musste«, lachte ihn Timischl väterlich an.

»Ich habe euch früher erwartet«, rief ihnen Alois Oberlugger entgegen. Er schob gerade eine Schubkarre aus seinem Schuppen heraus, ließ sie stehen, richtete sich auf, und als Timischl und Geigensauer vor ihm standen, sprach er weiter: »Meine Frau hat gelogen. Sie wollte mich schützen. Das kann man ihr nicht übel nehmen. Sie dachte, ihr werdet mich sonst gleich verhaften. Ich war in der Mordnacht mit meiner Motocross Maschine unterwegs. Ich bin geblitzt worden. Ich weiß, in St. Michael. Ich hatte ihr nichts davon erzählt.«

»Davon wussten wir gar nichts«, log Timischl und freute sich über das verdutzte Gesicht von Oberlugger. »So kommen wir durchaus schneller voran. Wohin sind Sie gefahren und warum wollten Sie uns nichts davon erzählen?«

»Ich bin einfach zum Vergnügen eine Runde gedüst.«

»Machen Sie das öfters, dass Sie mitten in der Nacht umherfahren?«

»Das kühlt besser als jede kalte Dusche. Der Fahrtwind in der Nachtluft ist herrlich erfrischend.«

»Diese kleine Runde führte Sie nicht zufällig durch den Punitzer Wald und am Tatort vorbei?«

»Nein, ich fuhr über Kohfidisch nach Güttenbach. Von dort ging es nach St. Michael und wieder heim.«

»Zeugen dafür gibt es natürlich keine.«

»Leider, nein.«

»Waren Sie schon einmal in Bocksdorf im Bikeresort bei ‚wine, dine & crime'?«, wollte Geigensauer wissen. Alois Oberlugger blickte die beiden an, gab aber keine Antwort.

»Waren Sie dort oder nicht?«, wurde Timischl ungeduldig.

»Ja, ich war mit meiner Frau letzte Woche dort. Sie hat Krimis so gerne. Ich fand das Ganze eher fad. Ein seltsamer Typ, der Krimiautor, dieser Andi Topfer. Das Bier war mittelmäßig.«

Während er das erzählte, beobachteten seine Augen unruhig die Mienen von Timischl und Geigensauer.

»Wie fanden Sie die Szene, in der Andi Topfer den Mörder spielt und den jungen Mann bedroht?«, bohrte Geigensauer weiter.

»Es gibt Spannenderes«, erwiderte Alois Oberlugger. Er wirkte nervös und angespannt.

»Dabei ist die verwendete Pistole zwar ungeladen, doch durchaus kein Spielzeug gewesen«, schilderte Geigensauer und versuchte keine Veränderung im Gesicht von Alois Oberlugger zu übersehen.

»Kann sein, ich bin kein Waffenexperte«, erwiderte Alois Oberlugger auf einmal wieder ganz ruhig.

»Diese Pistole fehlt seit jenem Abend«, fuhr Geigensauer fort.
»Und?«, klang es gelangweilt aus Alois Oberluggers Mund.
»Sie hat das gleiche Kaliber wie die Waffe, mit der man Nermin Said und Nina Leitner erschossen hat. Könnte es nicht sein, dass Sie diese Waffe bei ›wine, dine & crime‹ gestohlen haben.«
»Nein, sicher nicht. Ich bin kein Dieb«, empörte sich Alois Oberlugger.
Er schüttelte den Kopf und bemerkte abfällig: »Sie können gerne, wenn Sie wollen, das ganze Haus auf den Kopf stellen, auch ohne Hausdurchsuchungsbefehl. Sie werden die Waffe nicht finden.«
»Wäre auch nicht klug, wenn Sie die Waffe hier versteckt hätten.«
Alois Oberlugger verschränkte die Arme vor seinem Körper und stellte laut und langsam fest:
»Ich habe diese Waffe nicht gestohlen, ich war mit meiner Maschine in der Mordnacht nicht am Tatort und ich habe Nermin Said nicht erschossen. Es gibt keine Beweise dafür, dass es so gewesen sein könnte.«
»Diese nächtliche Rundfahrt zur Abkühlung nehme ich Ihnen nicht ab«, ging Timischl nicht weiter auf die Beweislage ein.
»Es entspricht aber der Wahrheit. Vielleicht fahre ich heute in der Nacht wieder, in St. Michael etwas langsamer«, lachte er Timischl an.
Er hatte die Hände in die Hosentaschen gesteckt. Ruhig und selbstbewusst stand er vor den Ermittlern, und als diese nicht sogleich antworteten, meinte er frech: »Das war dann wohl alles für heute.«
Er nahm den Schubkarren wieder auf und fuhr damit zur Schafweide.
»Für heute schon«, sagte Geigensauer mehr zu sich und Timischl als zum weggehenden Alois Oberlugger.
»Etwas hat er zu verbergen«, stellte Timischl fest. »Die Frage ist nur, was ist es?«

»Als ich begonnen habe von ›wine, dine & crime‹ zu erzählen, hat er einen sehr nervösen Eindruck gemacht«, überlegte Geigensauer. »Sobald ich aber von der verschwundenen Pistole berichtet habe, ist er mit einem Schlag völlig ruhig geworden.«

»Das ist mir auch aufgefallen«, bestätigte Timischl und im Weggehen sagte er: »Ich bin mir sicher, wir waren hier nicht zum letzten Mal.«

Da Nesrin Said und ihr Begleiter Ralph Timothy von ihrem Ausflug zum Neusiedler See noch nicht zurückgekehrt sein würden, beschlossen Geigensauer und Timischl, zur Stärkung bei Jane eine Pause einzulegen. Sie trafen etwa gegen sechs Uhr in Güttenbach ein und wunderten sich, denn in der Einfahrt stand ein Wagen mit Wiener Kennzeichen. So richtig überrascht waren die beiden Ermittler aber dann, als sie zur Laube traten und neben Jane den Regierungsrat sitzen sahen, nicht Regierungsrat Mösle, sondern Regierungsrat Drubovic.

»Hallo, da seid ihr ja endlich«, begrüßte er die beiden lachend. »Ihr schaut ja drein, als ob ich ein Weltwunder wäre. Freut ihr euch gar nicht?«

»Doch, sehr sogar«, sagte Geigensauer und schüttelte ihm die Hand.

»Es ist der schönste Augenblick dieses Tages«, lobte Timischl.

»Ich war auf dem Weg zum Nordkap, da las ich in der Zeitung vom Terroranschlag im Südburgenland. Sofort habe ich meinen Urlaub abgebrochen und mich auf den Heimweg begeben. Ich kann euch doch nicht mit Mösle allein lassen.«

Regierungsrat Jörg Drubovic war wohlbeleibt und der üppige Schnurrbart stand im Gegensatz zu seiner fast vollständigen Glatze. Zwischen seinen dunklen, matten, traurigen Augen beherrschte eine lange Nase sein Gesicht.

»Wenn es einen Mordfall in meiner Heimat gibt«, erklärte Drubovic, »dann muss ich die Ermittler unterstützen. Das Interesse der Medien an diesem Fall hat sich, Gott sei Dank, stark reduziert, nachdem die Terroristen als Schlepper enttarnt worden waren. Seit gestern sind die Schlagzeilen voll von dem großen Erdbeben. Meldungen über die Ermordung von Nermin Said bestehen nur noch aus wenigen Zeilen auf Seite drei oder vier. Aus den Hauptnachrichten im Fernsehen ist der Mordfall schon verschwunden und wir werden uns hüten, wieder mehr daraus zu machen.«

Man ließ sich in der Laube nieder und Jane servierte den hungrigen Ermittlern das Abendessen, bestehend aus Hausbrot, Käse, Wurst, hart gekochten Eiern, Essiggurken, frisch geriebenem Kren, Paprika und Tomaten. Dazu gab es einen Rotwein vom Eisenberg. Geigensauer und Timischl legten Regierungsrat Drubovic alle Ermittlungsergebnisse der letzten beiden Tage vor. Der Wind hatte aufgefrischt und im Schatten der Laube war von der Hitze des Tages nichts mehr zu spüren.

»Ihr seid sehr fleißig unterwegs gewesen«, meinte Drubovic am Ende des Berichtes und nahm einen Schluck Rotwein. »Es bleiben aber eine Menge Fragen offen, die wir in Ruhe klären werden. Diesmal gibt es keinen Chef, der uns antreibt, denn ich bin nun selbst der Chef.«

Jörg Drubovic lächelte zufrieden und fuhr fort: »Wir haben einige Verdächtige: den nächtlichen Motocross-Fahrer, Alois Oberlugger, vielleicht den Journalisten Peter Drezits, die Brüder Muss und auch Martha Muss, den Leibwächter Ralph Timothy. Auch Mitra Said und ihren Freund, den Leibwächter Dankon Carpat, sollten wir keineswegs vergessen. Wir haben keine Beweise, dass die beiden zur Tatzeit zu Hause waren. Vielleicht steckt auch die gesamte nette Gesellschaft samt Tochter Nesrin und Ralph Timothy hinter dem Mord. Außerdem kann die Tat natürlich auch von Terroristen oder Berufskillern durchgeführt worden sein, die längstens außer Landes sind.«

»Daran glaube ich nicht mehr«, sagte Timischl seine Meinung frei heraus. »Der Mörder ist aus dem Südburgenland. Das spüre ich.«

»Ich verschwende momentan auch keinen Gedanken mehr an Terroristen«, stimmte Geigensauer zu. »Ich tippe auf eine oder mehrere der genannten Personen.«

»Trotzdem müssen wir in alle Richtungen ermitteln, wie das so schön heißt«, mahnte Drubovic. »Und dann haben wir noch einige Fragen zu klären, die vielleicht etwas mit dem Doppelmord zu tun haben könnten. Warum fährt Alois Oberlugger in der Nacht mit seiner Motocross Maschine umher? Was hat er zu verbergen? Wer hat die Waffe von Karl Muss gestohlen? Wer der Vater des Kindes von Nina Leitner ist, könnte auch wichtig sein.«

»Ich bin überzeugt, es ist kein Zufall, dass die Tatwaffe und die Pistole von Karl Muss vom gleichen Kaliber sind«, sagte Timischl. »Vielleicht hat mir Karl Muss schon die Gästeliste der letzten Veranstaltung von ›wine, dine & crime‹ geschickt.«

Timischl zückte sein Smartphone und begann seine E-Mails zu kontrollieren. Geigensauer sah den Krimi ›Killertime in Strem‹ von Andi Topfer auf der Gartenbank liegen und fragte Jane:

»Hast du das Buch schon ausgelesen?«

»Ja, heute Nachmittag. Ich finde es spannend und unterhaltsam, vor allem, wenn man Strem kennt.«

»Auch Nina Leitner dürfte das Buch gelesen haben. Es war bei dem Stoß dabei, den sie als Bloggerin bearbeitet hat.«

»Ich muss sofort nachlesen, wie sie das Buch bewertet hat. Das interessiert mich. Wie heißt denn ihr Blog?«, wollte Jane ungeduldig wissen.

»www.ninas-buecherwelt.at.«

Jane eilte ins Haus, kam mit ihrem Laptop zurück und vertiefte sich sofort in Ninas Webseite.

»Jetzt dürft ihr einmal raten, wer noch am letzten Dienstag bei ›wine, dine & crime‹ in Bocksdorf war«, sagte Timischl und steckte sein Smartphone wieder ein.

»Nermin Said«, schlug Drubovic vor.

»Nicht schlecht, aber er steht nicht auf der Liste.«

»Peter Drezits mit Gemahlin?«, versuchte es Geigensauer.

»Nein, auch der war es nicht. Ihr habt noch einen Versuch«, erlaubte Timischl.

»Regierungsrat Mösle und Mitra Said?«, probierte es Geigensauer.

»Die Hälfte stimmt«, ermutigte Timischl.

»Mitra Said und Dankon Carpat. Das ist mein letzter Versuch«, sagte Drubovic, der nicht viel für solche Spielchen übrig hatte.

»Die Hälfte ist wieder richtig.«

»Mitra Said und Nesrin Said.«

»Gewonnen. Die Pistole von Karl Muss könnte also bei Familie Said gelandet sein. Ganz ehrlich, wir haben zwei volle Tage ermittelt. Ob wir dabei der Lösung nur irgendwie nahe gekommen sind, erlaube ich mir zu bezweifeln«, zog Timischl Bilanz.

»Erinnere dich daran, wie lange es gedauert hat, bis wir den falschen Hofrat Münster entlarvt hatten. Anton musste ein ganzes Jahr in Güttenbach verbringen, um diese Morde aufzuklären«, gab Drubovic zu bedenken. »Diesmal gibt es auch keine Zeugen, kaum Spuren. Solche Fälle sind nicht in zwei Tagen zu klären.«

»Heute werden wir noch mit Ralph Timothy sprechen. Wenn dabei nichts Wesentliches herauskommt, weiß ich gar nicht, wie wir morgen weiter vorgehen sollen.«

Timischl wirkte wenig zuversichtlich.

»Wir müssen noch das Alibi von Otto Muss am Eisenberg überprüfen«, fiel Geigensauer ein.

»Keine Tagesbeschäftigung. Ich sehe den Fall schon ungelöst zu den Akten wandern«, blieb Timischl pessimistisch.

»Alles braucht seine Zeit«, meinte Drubovic aufmunternd. »Man muss alle Informationen, die ihr eingeholt habt, einfach in Ruhe noch einmal durchdenken. Kann sein, dass man nach ein, zwei Tagen plötzlich Zusammenhänge erkennt, die man vorher nicht gesehen hat. Vielleicht geschehen auch noch Dinge, die manche Sichtweise völlig verändern.«

»Hoffentlich«, erwiderte Timischl.

»Ich kann aber auch den Chef spielen«, fuhr Drubovic fort. »Was seid ihr denn für unfähige Mitarbeiter? Bis morgen will ich Ergebnisse sehen, also strengt euch ein bisschen an!«

Er konnte kaum das Lachen verbergen. Denn diese Worte waren ihnen allen gut bekannt, so oft hatte sie der Vorgänger von Drubovic verwendet.

»Nina Leitner hat tatsächlich eine Rezension über das Buch in ihrem Blog veröffentlicht«, unterbrach Jane das Gespräch. »Ihr müsst euch anhören, was sie geschrieben hat.«

»Als ich den Krimi ›Killertime in Strem‹ erhielt, war ich begeistert. Ein Regionalkrimi über meinen Nachbarort, doch leider war das Buch eine einzige Enttäuschung. Die Handlung ist wenig professionell gestrickt und nicht einmal in Ansätzen spannend. Den Gipfel der Unglaubwürdigkeit erreicht der Plot an der Stelle, wo die junge Schwester des Mordopfers mitten in der Nacht im Wald an der Weiterfahrt mit ihrem Auto gehindert wird. Ich glaube, ich habe noch nie ein Buch gelesen, das einen langweiligeren Protagonisten als diesen Edi Mollert hatte. Ein maulfauler Ermittler aus Güssing, der nie weiß, was er jetzt genau fühlt, und ständig ›Uhudler‹ vor sich hinschlürft. Gäbe es eine Hitliste mit den schnarchigsten Hauptfiguren, Edi Mollert hätte große Chancen auf einen der vorderen Plätze. Das größte Problem dieses Buches ist aber, dass der Autor nicht schreiben kann. Das Ganze liest sich wie ein langer, holpriger Aufsatz eines Unterstufenschülers. Kann leider den Lokalkrimis, die ich bisher kenne, nicht im Ansatz das Wasser reichen.«

»Das ist stark«, fasste Drubovic als Erster seine Gedanken in Worte.

»Das ist kein Verriss. Das ist eine literarische Hinrichtung. So schlecht ist dieser Krimi nicht«, empörte sich Jane. »Mein Bild von Nina Leitner hat sich radikal verändert. Diese Person nimmt sich doch ziemlich viel heraus. Hat sie selbst je drei Zeilen geschrieben?«

»Sie hat Germanistik studiert«, versuchte Drubovic eine Erklärung.

»Für mich ist das keine Kritik. Hier soll verhindert werden, dass jemand Erfolg hat«, meinte Timischl nachdenklich. »Sie hat dieses

Buch absichtlich vernichtet. Warum auch immer.«

»Keine Ahnung«, meinte Jane. »Sie hat diese Rezension sogar bei Amazon und Thalia ins Netz gestellt. Das wird den Verkauf bestimmt nicht ankurbeln.«

Die Sonne war untergegangen, der Südostwind hatte nachgelassen und eine weitere sehr laue Nacht stand bevor. Zum dritten Mal gingen Geigensauer und Timischl durch den Garten zur Villa von Nermin Said. Der Toyota Yaris und der Mercedes Kleinbus parkten vor dem Haus, vermutlich waren alle anwesend. Nesrin öffnete ihnen und führte sie nach hinten auf die Terrasse. Dort saßen Mitra und Dankon bei einem Glas Wein.

»Inspektor Timischl und Herr Geigensauer, Sie werden ja unsere Stammgäste«, empfing sie Mitra Said. »Wollen Sie auch ein Glas Weißwein?«

»Danke, vielen Dank«, lehnte Timischl ab.

»Wir wollten mit Ralph Timothy über seinen nächtlichen Zigarettenkauf sprechen«, erklärte Geigensauer.

»Er ist sicher vorne im Dienstraum und surft«, sagte Dankon. »Nesrin kann Sie hinführen.«

»Etwas möchte ich Ihnen vorher noch erzählen. Sie waren doch letzte Woche bei ›wine, dine & crime‹ in Bocksdorf im Bikeresort?«, fragte Timischl.

»Ja, Nesrin und ich sind dort gewesen. Ich habe Krimis für mein Leben gerne. Es war ein unterhaltsamer Abend«, erwiderte Mitra völlig ungezwungen.

»Die Pistole, mit der der Autor Andi Topfer eine Szene aus seinem Buch nachgespielt hat, war echt. Sie gehört Karl Muss, dem Besitzer des Bikeresorts. Seit jenem Abend ist sie verschwunden. Das Kaliber stimmt mit der Waffe überein, mit der Ihr Mann und Nina Leitner erschossen wurden.«

»Sie glauben, ich könnte die Waffe mitgenommen haben?«, fragte Mitra verwundert.

Timischl nickte. »Das wäre eine von mehreren Möglichkeiten.«

»Sie ersparen sich viel Arbeit, wenn Sie uns endlich von Ihrer Liste der Verdächtigen streichen«, schlug Dankon Carpat vor.

»Noch etwas muss ich Ihnen sagen«, setzte Timischl fort. »Sie haben Nina Leitner gekannt.«

»Sicher nicht«, wehrte sich Mitra.

»Doch, doch. Sie war die Kellnerin, die an jenem Abend bei ›wine, dine & crime‹ servierte. Natürlich wissen Sie nicht, dass sie Nina Leitner heißt.«

»Sie war eine sehr freundliche, hübsche Person«, bedauerte Mitra nachdenklich. »Finden Sie Ihren und den Mörder meines Mannes, Herr Inspektor!«

»Wir bemühen uns«, versicherte Timischl. »Wir wünschen noch einen schönen Abend.«

Nesrin führte Geigensauer und Timischl hinunter in den Keller, wo das Dienstzimmer lag.

»Ich melde Sie an«, meinte Nesrin hektisch. Sie lief die letzten Schritte zur Türe voraus, betrat den Raum und schloss die Tür hinter sich.

»Was gibt es denn hier schon wieder zu verbergen?«, meinte Timischl, der durch den langen, anstrengenden Tag ziemlich müde geworden war, zu Geigensauer.

»Treten wir einfach ein«, schlug dieser vor.

»Lassen wir Nesrin die Freude«, erwiderte Timischl abwinkend.

Da wurde die Tür wieder geöffnet und Nesrin erlaubte ihnen einzutreten. Ralph Timothy saß auf einem Bürosessel vor einer Unzahl von Bildschirmen, die bis auf einen, der ein Computerspiel zeigte, jetzt abgeschaltet, doch früher bestimmt mit den Kameras im Garten der Villa verbunden gewesen waren. Das Kellerfenster war offen und trotzdem erfüllte den Raum ein süßlicher Duft nach verbranntem Gras. Geigensauer erinnerte der Geruch an Salbei oder Brennnessel. Ralph Timothy machte keine Anstalten sich zu erheben.

»Heute habe ich nicht mehr mit Ihnen gerechnet«, sagte er sehr langsam und lächelte die beiden Ermittler dabei an. »Mitra Said hat es mir erzählt. Sie wollten wissen, wohin ich in der Mordnacht gefahren bin.«

»Stimmt«, bestätigte Geigensauer.

»Mir sind die Zigaretten ausgegangen. Ich bin nach Deutsch-Tschantschendorf gefahren, um mir im Gasthaus welche zu besorgen.«

»In welchem Gasthaus waren Sie?«, fragte ihn Timischl ebenso langsam sprechend.

»Es war blau, nein weiß, nein gelb … grün war es«, lachte Timothy die beiden an und schüttelte seinen Kopf.

»Ralph, sie wollen wissen, wie das Gasthaus geheißen hat«, mischte sich Nesrin ein.

»Es hat ›Grün‹ geheißen«, erwiderte er und blickte zufrieden in die Runde.

»Mein Gott, dieser riesige Gorilla hat sich bestimmt mit Gras oder Ähnlichem eingeraucht«, meinte Timischl zu Geigensauer. »Ich kenne den Geruch. Vielleicht würde ich auch kiffen, wenn ich stundenlang in diesem Keller nur die Bilder der Überwachungskameras ansehen müsste. Hier werden wir heute bestimmt nichts mehr erfahren.«

»Dann werden wir ihn am besten verhaften«, sagte Geigensauer, der einem plötzlichen Einfall einfach nachgab.

»Verhaften?«, fragten Timischl und Nesrin zugleich.

»Er hat doch nichts verbrochen. Sie können ihn doch nicht so einfach verhaften«, wurde Nesrin ganz aufgeregt.

»Doch«, bestätigte Timischl, der Geigensauers Spiel durchschaut hatte. »Er war nicht Zigaretten kaufen, sondern er ist in den Punitzer Wald gefahren und hat Nermin Said mit der Pistole ermordet, die Sie bei ›wine, dine & crime‹ mitgenommen haben.«

»Wir werden ihn sofort mitnehmen«, setzte Geigensauer nach und forderte Timothy auf mitzukommen.

»Mitkommen, natürlich werde ich das«, lächelte dieser, ohne

sich auch nur ein bisschen zu bewegen.

»Nein, nein. Ralph war bestimmt nicht der Mörder«, rief Nesrin und stellte sich vor ihn. »Es gibt einen Zeugen, der bestätigen kann, dass er nicht im Punitzer Wald gewesen ist. Er ist ausgefahren, um ein wenig Gras zu besorgen. Der Mann, der es ihm verkauft hat, kann das bestätigen.«

»Und wie heißt dieser Mann?«, wollte Geigensauer wissen.

»Wie er geheißen hat?«, wiederholte Ralph und nickte ihnen freundlich zu.

»Sag es ihnen!«, forderte Nesrin lautstark. »Die wollen dich verhaften.«

»So etwas sagt man nicht«, meinte Ralph und kratzte sich hinter dem Ohr. »Das gehört sich nicht. Das tut man wirklich nicht.«

»Dann müssen Sie mitkommen«, blieb Geigensauer hart.

»Das gehört sich auch nicht«, stellte Ralph fest und drohte Geigensauer mit dem Zeigefinger. »Ich habe nur seine Nummer, die habe ich, die brauche ich. Moment, wo ist sie denn?«

Er suchte vergebens in der Unordnung auf dem Schreibtisch, der vor den Bildschirmen stand.

»Er hat keinen Namen«, sagte er dann. »Er hat eine Nummer.«

»Doch da ist sie, ganz schön lang.«

Er hatte einen kleinen, weißen Zettel gefunden und reichte ihn Geigensauer. Darauf stand eine Handynummer und die Worte: »Melde dich mit: ‚hungriger Heuschreck‘!«

»Das ist etwas für die Kollegen«, freute sich Geigensauer und reichte den Zettel Timischl.

»Ralph darf hierbleiben?«, wollte Nesrin wissen.

»Was ist mit dir? Kiffst du auch?«, fragte Timischl anstatt zu antworten.

Nesrin gab keine Antwort.

»Ja oder nein?«

»Nein.«

»Halte dich fern von diesem Zeug«, schärfte ihr Timischl ein, der ihrer Antwort wenig Glauben schenkte.

»Wie viel Gras besitzt Ralph denn?«, wandte sich Geigensauer an Nesrin.

»Keine Ahnung. Ich glaube nicht viel. Er raucht ja nicht ständig.«

Sie zuckte mit den Achseln.

»Alles verraucht«, lachte Ralph Geigensauer an. »Alles.«

Dabei zeigte er mit beiden Händen, wie Rauch aufsteigt.

»Verhaften werden wir ihn nicht«, beruhigte Timischl nun Nesrin und zu Ralph Timothy sagte er: »Mit einer Anzeige müssen Sie aber rechnen.«

Das letzte Licht des Tages verschwand gerade in verschiedenen dunkelroten Tönen hinter dem Horizont im Westen, als Geigensauer und Timischl vom Flughafen Punitz kommend Richtung Güttenbach fuhren. Gleich nach einer Glaserei und einem Fischteich wurde die Sicht frei. Hinter den weiten, ebenen Feldern sah man die Häuser der Güttenbacher Bergstraße und in der Ferne von Nordwesten beginnend bis in den Osten reichend in einer langen Kette die dunklen Konturen der Berge bei Hartberg, die Erhebungen des Hochwechsels, des Geschriebensteins, des Hannersberges und des Eisenberges.

»Hoffentlich haben wir nicht schon wieder eine Hanfplantage im Südburgenland«, meinte Timischl wenig begeistert. »Über die Telefonnummer werden die Kollegen den Verteiler bald ausgeforscht haben, doch bis zur Quelle kann es weit sein.

»Wenn nicht alles erstunken und erlogen ist, dürfte Ralph Timothy mit den Morden nichts zu tun haben«, fasste Geigensauer das Verhör zusammen.

»Was machen wir morgen?«, wollte ein ratloser Timischl wissen. »Wir haben alle verhört und Ergebnis gibt es keines.«

»Überschlafen wir das Ganze einmal«, schlug Geigensauer vor. »Manchmal hat man in der Nacht die besten Ideen.«

»Hoffentlich. Gerade diesen Fall würde ich nicht gerne ungelöst zu den Akten legen.«

»Vielleicht hat die Spurensicherung in den Autos noch etwas entdeckt.«

»Hoffentlich.«

»Ich fahre noch nach Steinfurt, um die Kisten mit den Büchern bei der Großmutter von Nina abzugeben. Wenn uns nichts einfällt, dann überprüfen wir morgen wenigstens das Alibi von Otto Muss«, rief Timischl noch im Wegfahren zu Geigensauer zurück.

Von dem anstrengenden Tag ermüdet war Geigensauer bald zu Bett gegangen. Er hatte höchstens eine Stunde geschlafen, da wachte er verschwitzt von der unangenehmen Wärme dieser Nacht auf. So sehr er sich auch bemühte, er konnte nicht mehr einschlafen. Jane lag ruhig neben ihm und atmete tief. Nachdem er sich erfolglos hin und her gewälzt hatte, beschloss er aufzustehen. In der Küche auf dem Tisch lag Andi Topfers Krimi ‚Killertime in Strem'. Neugierig nahm er das Buch zu Hand. In jungen Jahren hatte er manchmal am Strand Agatha Christies Krimis verschlungen. Er blätterte von vorne los, las immer wieder ein paar Zeilen oder eine halbe Seite, um dann wieder einige Seiten zu überspringen. Der Kriminalroman war wahrlich nicht so schlecht, wie ihn Nina Leitner beschrieben hatte. Der Titel »Killertime in Strem« ließ Geigensauer vermuten, dass vielleicht auch die Nachbarortschaft Steinfurt, die Heimatgemeinde von Nina Leitner, in der Handlung vorkommen würde. Vielleicht hatte Andi Topfer Steinfurt nicht vorteilhaft geschildert und die Rezension war eine Art Rache dafür. Geigensauer konnte keine Textstelle finden, in der Steinfurt auch nur erwähnt wurde. Es war auch keine Person beschrieben, die durch die Schilderung ihres Aussehens oder ihrer Handlungen nur irgendwie an Nina Leitner erinnerte. Geigensauer hatte bereits über zwei Drittel des Buches überflogen, da fesselte ihn eine Passage so sehr, dass er sie noch ein zweites Mal las.

Es war schon gegen zwei Uhr in der Nacht, als Emma vom Kroatenball in Dürnbach aufbrach, um nach Hause zu fahren. Der Vollmond schien vom sternenklaren Himmel und die Fenster des Wagens waren dick vereist. Das Autothermometer zeigte minus acht Grad an. Mit der dünnen Jacke über ihrem Ballkleid fror sie fürchterlich. Sie hätte über Schandorf nach Burg fahren können, doch sie entschied sich, den Güterweg von Dürnbach nach Hannersdorf zu wählen. Schnee war in diesem Jahr noch nicht gefallen und die Route war kürzer und sicher problemlos zu benützen. Schnurgerade verlief die Straße von Dürnbach nach Süden, links und rechts lagen große, weite Felder. Emma pfiff ihre Lieblingsmelodie vor sich hin. Dann ging es in einer S-Kurve durch ein kleines Waldstück. Emma fuhr ziemlich rasch um die unübersichtliche Kurve. Ein Fahrzeug stand beim Übergang von der Rechtskurve in die Linkskurve quer zur Fahrbahn und blockierte die Weiterfahrt. Erschrocken bremste sie ab und kam gerade noch vor dem Auto zu stehen. Gerade überlegte sie, was hier passiert war, da tauchte hinter dem quer gestellten Wagen eine Gestalt auf und eilte auf ihr Auto zu. Im Licht der Scheinwerfer erkannte sie das Gesicht. Es war Bruno Trotmann. Sofort ergriff sie panische Angst. Sie verschloss die Tür von innen und begann den Wagen zu wenden, doch auf der schmalen Straße musste man dazu mehrmals reversieren. Zunächst versuchte Trotmann, bei dem langsam hin und herfahrenden Wagen die Fahrertüre zu öffnen. Als dies nicht gelang, trat er zornig mit dem rechten Fuß mit voller Wucht gegen das Blech. Emma fürchtete vor lauter Angst überzuschnappen. Das Herz schlug ihr bis zum Hals hinauf. Schweiß rann ihr über die Stirn und sie schnappte nach Luft. Auf einmal war ihr alles klar geworden. Genauso musste er auch ihre Schwester überfallen haben. Da sah sie, wie er eine Pistole aus seiner Jackentasche zog und sie hörte ihn schreien: »Mach das Fenster auf oder ich schieße!«

Emma hielt an und gehorchte, ohne auch nur einen Augenblick nachgedacht zu haben, ob es nicht klüger gewesen wäre, fertig zu wenden und zu flüchten. Sie fühlte sich wie gelähmt.

»Trink«, schrie er aufgeregt, hielt ihr eine PET-Flasche an den Mund und die Pistole an den Kopf.

Emma trank. Es war Schnaps, nur war da noch ein eigenartiger Nachgeschmack. Sie setzte ab.

»Ex! Rasch!«, rief er ungeduldig. Sie leerte die große Flasche mit Mühe und das war das Letzte, woran sie sich erinnern konnte.

Die schwache Wintersonne war über Ungarn aufgegangen und schien kraftlos von einem milchigen Himmel, der ein Vorbote für den von Slowenien heraufziehenden Schneefall war.

»Wenn sie eine halbe Stunde später gefunden worden wäre, dann wäre sie sicher erfroren«, meinte Assistent Gruber zu Inspektor Mollert, der eben eingetroffen war und neben dem querstehenden Auto von Emma stand.

»Sie hat schwerste Erfrierungen, doch sie wird durchkommen. Der Alkotest war positiv. 2,4 Promille.«

»Diese jungen Mädchen sind so unvernünftig.«

Kommissar Mollert schüttelte den Kopf.

»Betrunken und nicht angegurtet wird gerast. Vermutlich kam sie ins Schleudern und blieb zu ihrem Glück auf der Straße. Sternhagelvoll, wie sie war, hat sie noch versucht umzukehren, und ist dann bei offenem Fenster eingeschlafen.«

Der Gipfel an Unglaubwürdigkeit war diese Stelle sicher nicht. Da musste Geigensauer Nina Leitner entschieden widersprechen. Da hatte er schon Dinge gelesen, die viel mehr von der Realität entfernt waren. Geigensauer überflog das Buch noch bis zum Ende und fand die Auflösung des Falles durchaus originell. Es blieb ihm ein Rätsel, was Nina gegen dieses Buch gehabt hatte. Nach wie vor spürte Geigensauer keinen Schlaf und so ging er in den Garten hinaus. Der Vollmond tauchte Güttenbach in sein silbernes Licht. Es war völlig windstill und hatte nur wenig abgekühlt. Er setzte sich in die Laube und stellte nach kurzer Zeit fest, dass es gar nicht so still war, wie es anfänglich schien. Grillen zirpten. Eine musste ganz in seiner Nähe in der Wiese sitzen. Das Quaken von Fröschen war in der Ferne zu vernehmen und ein ihm unbekannter Vogel durchdrang mit seinem unheimlichen Laut den nahen Wald. Dann hörte er unter den Bäumen ein Rascheln im Gras, das von der wochenlangen Hitze völlig ausgedörrt war. Neugierig folgte er dem Geräusch und sah schließlich einen Igel zum Gemüsebeet wandern. Dort trank er das Wasser, das sich beim Gießen auf den Salatblättern angesammelt hatte. Kurzzeitig beobachtete er einen

Lichtschein am Nachthimmel. Zunächst dachte er, es wären die Scheinwerfer von vorbeifahrenden Autos gewesen, aber es war tatsächlich das Wetterleuchten eines Gewitters, das vom Südwesten her aufzog. Er ging zur Laube und, während er das herannahende Unwetter beobachtete, versuchte er alle Informationen, die Timischl und er gesammelt hatten, noch einmal zu überdenken.

Niemand konnte beim momentanen Stand der Ermittlungen ausschließen, dass Nermin Said von Terroristen getötet worden war. Geigensauer hätte aber nichts mehr überrascht als dies. Bei jedem Mord sind die Familienmitglieder des Opfers verdächtig. Nesrin hatte aber kein Motiv und er hätte für sie die Hand ins Feuer gelegt.

Der kiffende Ralph Timothy hatte sicherlich keinen persönlichen Grund, seinen Arbeitgeber zu töten. Wenn er tatsächlich zur Tatzeit nur Gras kaufen war, dann kam auch nicht in Frage, dass ihn jemand für den Mord bezahlt hatte.

Eifersucht auf Ute von Rainburg wäre für Mitra ein Grund gewesen, doch sprach vieles dagegen. Nesrin hatte ihnen erzählt, dass Mitra ein Verhältnis mit dem Leibwächter Dankon Carpat habe. Geigensauers Beobachtungen der beiden bestätigten dies und schließlich traute er Mitra nicht zu, die beiden Morde allein begangen zu haben.

Das Wetterleuchten hatte sich über den ganzen südwestlichen Nachthimmel ausgebreitet. Erste weit entfernte Blitze erhellten die Dunkelheit.

Der Beziehung von Mitra und Dankon konnte Nermin im Weg gestanden sein. Mitra hätte die Pistole von Karl Muss nehmen können. Nesrin hatte zur Tatzeit geschlafen und Ralph Timothy war unterwegs um sein Gras zu kaufen. Sein Anliegen, zum Kauf wegfahren zu dürfen, kam sicher überraschend und Mitra und Dankon hätten sich spontan zur Tat entscheiden müssen. Sie wussten, weder wann Nermin Said noch Ralph Timothy zurückkehren würden. Diese Variante war mehr als unwahrscheinlich. Möglicherweise jedoch war Ralph Timothy in das ganze Mordkomplott eingeweiht und deckte Mitra und Dankon gegen Bezahlung. Sie könnten ihn natürlich auch mit seiner Sucht erpresst haben. Es war ziemlich entscheidend herauszufinden, wem die Telefonnummer gehörte, die auf dem Zettel von Ralph Timothy stand.

Eine Wolke schob sich vor den Mond und bis auf den Schein der Blitze wurde es stockdunkel.

Die Kollegen hatten es überprüft. Starb Nermin Said gewaltsam, würde Mitra nichts erben. Sein Vermögen ginge an die noch nicht volljährige Nesrin. Vermutlich hatte Mitra aber im Laufe der Ehe ein nicht kleines eigenes Vermögen an Schmuck und anderen Wertsachen erworben. Sie und Dankon würden nicht in Armut leben müssen.

Unterdessen zuckten manchmal mehrere Blitze zugleich über den nächtlichen Himmel und versprachen baldige Abkühlung.

Der Mopedlenker, der die Jagd gestört hatte, konnte irgendein Jugendlicher gewesen sein, aber natürlich auch ein Auftragskiller, der zum Beispiel für Mitra und Dankon arbeitete.

Alois Oberluggers Motive waren offensichtlich. Durch den Bau des Golfhotels würde er seine Schafweiden verlieren. Er war gewalttätig und zur Tatzeit mit seiner Motocross-Maschine unterwegs und er hätte die Pistole von Karl Muss entwenden können.

Die Familie Muss hatte finanzielle Gründe, eine Zusammenarbeit zwischen Nermin Said und Ute von Rainburg verhindern zu wollen. Jeder von ihnen hatte Zugriff auf die Pistole. Karl und Martha Muss hatten kein Alibi, das von Otto Muss würden sie morgen in der Früh überprüfen. Der Journalist Peter Drezits hatte kräftig in den Bau des Bikeresorts investiert. Theoretisch könnte er allein oder in Zusammenarbeit mit Teilen der Familie Muss gemordet haben.

Erstes leises Donnerrollen war aus der Ferne zu vernehmen.

Nun lenkte Geigensauer seine Gedanken auf eine Idee, die ihm gekommen war, als Jane die Rezension von Nina Leitner über Andi Topfers Buch vorgelesen hatte. Konnte es nicht sein, dass in der Mordnacht alles ganz anders gewesen war? Der Mörder wollte gar nicht Nermin Said töten, sondern Nina Leitner. Nicht Nina Leitner war zum falschen Zeitpunkt am falschen Ort gewesen, sondern Nermin Said. Der Mörder von Nina Leitner drängte sich förmlich auf. Andi Topfer musste es sein. Sein Motiv war die Rache für den fürchterlichen Verriss. Die Pistole von Karl Muss hätte er leicht an sich nehmen können.

Dem länger andauernden Flackern eines ziemlich in der Nähe eingeschlagenen Blitzes folgte Sekunden später ein dumpfes Grollen. Geigensauer hatte mitgezählt. Der Blitzeinschlag war zehn Kilometer entfernt.

Sie sollten Andi Topfer auf jeden Fall verhören. Vielleicht war er Raucher und die DNA auf den Zigarettenstummel stimmten mit denen überein, die am Tatort gefunden worden waren. Wahrscheinlich wusste er, dass die Kellnerin, die bei »wine, dine & crime« servierte, die Bloggerin war, die sein Werk verrissen hatte. Daher war ihm auch bekannt, wann sie ungefähr nach Hause fuhr. Möglicherweise war er ähnlich vorgegangen, wie es der Mörder in seinem Kriminalroman getan hatte.

Dieser hatte ja ein junges Mädchen durch ein quer gestelltes Fahrzeug an der Weiterfahrt auf der schmalen Straße durch den Wald gehindert. Andi Topfer könnte mit seinem Wagen dort auf Nina gewartet haben, wo am Tatort die Zigarettenstummel gelegen waren. Als Nina kam, ist er in die Straße hineingefahren und hat ihr den Weg versperrt. Dann ist er zu ihrem Auto gelaufen und hat sie erschossen. Nicht gerechnet hat er damit, dass sich genau in diesem Augenblick aus der anderen Richtung das Fahrzeug von Nermin Said nähern würde. Er legte sich vor sein eigenes Auto auf den Boden, wie wenn er verletzt worden wäre, um das Aussteigen der Ankommenden zu bewirken.

Nermin Said blieb stehen, stieg tatsächlich aus und ging auf Andi Topfer zu, um ihm zu helfen. Aus nächster Nähe hat dann der am Boden liegende Andi Topfer Nermin Said mit drei Schüssen niedergestreckt. Hernach war er mit seinem Wagen an Ninas Auto vorbeigefahren und geflohen. Erst später waren die Schlepper mit dem Kleinbus voller Flüchtlinge am Tatort vorbeigekommen. Weitere zwei, drei Minuten später war der Journalist Peter Drezits eingetroffen.

Grell erhellten die Blitze die Nacht und ihre Donner brachten die Landschaft zum Beben. Mit einem Mal erhob sich der Wind. Wie aus einem Backofen kommend, blies er durch den Garten, irgendwo in der Nachbarschaft schlug ein offenes Fenster zu.

Geigensauer erinnerte sich plötzlich an den Bericht von Ewald Tusk, dem Mann aus Kirchfidisch, der bei der nächtlichen Jagd von einem Moped-Lenker gestört worden war. Tusk hatte nur drei Schüsse gehört, nachdem er aufgewacht war. Dieser Information hatte Geigensauer bisher keinen besonderen Wert beigemessen, doch genau diese Beobachtung bestärkte ihn nun in seinem Verdacht, dass Andi Topfer der Mörder sein könnte.

Erste große Tropfen fielen laut auf das Blechdach einer Garage. Geigensauer eilte ins Haus und schloss Fenster und Läden. Wenig später prasselte der Regen dagegen. Jane schlief noch immer fest. Da schlug es in unmittelbarer Nähe ein und ein ohrenbetäubendes Krachen erschütterte die Wände.

Mit einem Schlag saß Jane aufrecht im Bett und rief: »Was ist denn los?«

»Ein Gewitter«, beruhigte Geigensauer und bald danach schlief er ein, obwohl die Donner des Unwetters noch lange zu hören waren.

Hatte Timischl am Abend noch müde und verzweifelt gewirkt, was die Auflösung des Falles betraf, so betrat er um halb acht überraschend gut gelaunt und mit viel Schwung die Küche, wo Geigensauer noch friedlich frühstückte.

»Auf, auf«, mahnte er. »Wir müssen das Alibi von Otto Muss überprüfen. Ich habe für acht Uhr einen Termin mit dem Wirten vom Kellerheurigen, Hans Hammer, ausgemacht.«

So fuhren sie schon kurze Zeit später auf dem Güterweg von Güttenbach zum Meierhof.

»Ich habe in der Nacht nicht schlafen können und dabei sind mir ein paar neue Ideen gekommen«, sagte Geigensauer und suchte nach dem Gurt.

»Seine Aufhängung ist kaputt. Der Gurt muss irgendwo zwischen Sitz und Tür auf dem Boden liegen. Auch ich war nicht untätig. Das Gewitter hat mich geweckt und hernach lag ich noch lange wach.«

»Endlich.«

Geigensauer zog den Gurt empor und ließ ihn einrasten.

»Was wäre, wenn der Mordanschlag nicht Nermin Said galt, sondern …«

»Nina Leitner«, unterbrach ihn Timischl lachend. »Hauptverdächtig ist dann …«

»Andi Topfer«, ergänzte nun Geigensauer. »Wir sollten dem Autor auf jeden Fall einen Besuch abstatten. Der Verriss seines Buches durch Nina Leitner ist mehr als ungewöhnlich.«

»Du glaubst, er hat Nina deswegen ermordet?«

»Vielleicht?«

»Ich dachte eher daran, dass er vielleicht der Vater ihres Kindes ist. Sie haben sich ja in Bocksdorf oft genug gesehen.«

»Ein Beziehungsdrama? Denkbar wäre es.«

»Ich habe bereits mit Andi Topfer telefoniert. Am Vormittag ist er noch in Güssing am Portiunkula-Kirtag beim Verkaufstand des Verlags Südpapier, doch für den Nachmittag sind wir angemeldet. Wir könnten jetzt am Vormittag noch bei seinem Verleger in Kukmirn vorbeischauen. Dieser erwartet uns gegen zehn Uhr.«

Von Kotezicken kommend fuhren sie am Friedhof vorbei Richtung Woppendorf. Timischl zweigte nicht nach Badersdorf ab, um von dort hinauf auf den Eisenberg zu gelangen, wie es Geigensauer erwartet hatte, sondern er bog in Woppendorf rechts ab, überquerte die Pinka, bevor diese durch eine Schlucht nach Burg fließt, und fuhr in lang gezogenen Kurven durch den Wald hinauf.

»Und mir ist noch etwas aufgefallen«, legte Geigensauer dar. »Ewald Tusk hat in der Mordnacht drei Schüsse gehört. Sie haben

Nermin Said niedergestreckt. Was ist mit dem Schuss, mit dem Nina getötet wurde?«

»Vielleicht hat er sich verzählt oder sich nicht mehr so genau erinnern können?«

»Das glaube ich nicht«, entgegnete Geigensauer. »Es vergingen doch sicher zwei, drei Minuten zwischen den Schüssen auf Nermin Said und dem Schuss auf Nina Leitner. Das wäre Ewald Tusk aufgefallen. Nein, ich denke, der Schuss auf Nina Leitner hat ihn aufgeweckt und erst dann folgten die Schüsse auf Nermin Said.«

»Das wäre fast ein Beweis dafür, dass der Anschlag Nina Leitner galt«, folgerte Timischl.

Sie bogen für ein Stück in die B56 ein, um dann links abzubiegen und nach kurzer Bergfahrt den Gipfel des Eisenberges zu erreichen. Kein Mensch und kein Auto waren am frühen Morgen hier unterwegs. Keller und Weingärten lagen wie ausgestorben da.

Kaum hatten sie den Wagen vor dem Kellerheurigen abgestellt, ertönte die Melodie zum Film der »Der rosarote Panther« aus dem Hosensack von Inspektor Timischl. Nur mit Mühe gelang es ihm, im Sitzen das Phone herauszufischen und das Gespräch anzunehmen. Nicht nur die Musik erinnerte Geigensauer an Inspektor Clouseau.

»Das ging ja schnell – wunderbar – vielleicht lässt er es eingeschaltet – haltet mich auf dem Laufenden. Bis später.«

»Und?«, fragte Geigensauer, weil Timischl ausstieg, ohne über das Gehörte zu berichten.

»Wir nähern uns der Hanfplantage. Das Handy mit der Nummer, die uns Ralph Timothy angegeben hat, ist in Güssing geortet worden.«

»Sitzt der Besitzer beim Frühgottesdienst in der Klosterkirche?«, meinte Geigensauer ironisch.

»Das vermutlich nicht, doch die Wahrscheinlichkeit, dass der Hanf hier in der Nähe erzeugt wird, ist gewaltig gestiegen.«

»Warum verwendest du den ›rosaroten Panther‹ als Klingelton?«, wollte Geigensauer wissen.

»Ein wenig Selbstironie zeigt von Größe. Ich liebe Inspektor Clouseau.«

Hans Hammer, der Wirt des Kellerheurigen erwartete die beiden bereits. Er war klein und dick und trotzdem ziemlich flink. Im Gesicht und auf der riesigen Glatze war die Haut stark rötlich gefärbt. Er führte sie auf die kleine Terrasse, die direkt oberhalb der Weingärten lag. Nach den nächtlichen Gewittern blies der Wind angenehm kühl den Berg herauf. Nach Südosten zu verlor sich der Horizont in den Weiten der ungarischen Tiefebene, nach Süden konnte man über das Blättermeer der Weingärten hinunter ins Pinkatal blicken und nach Südwesten erstreckte sich das riesige Waldgebiet, das zwischen Güssing und dem Eisenberg liegt. Ein ortskundiges Auge konnte sogar die Burg in der Ferne erkennen.

»Was darf ich anbieten?«, fragte Hans Hammer freundlich, nachdem Timischl und Geigensauer Platz genommen hatten. Ein wenig enttäuscht brachte er zwei Almdudler, nachdem er vergebens versucht hatte, einen seiner Weine servieren zu dürfen. Dabei murmelte er: »Wer nimmt denn diese Vorschriften so genau?«, und setzte sich mit einem weißen Spritzer zu ihnen.

»Also, Herr Inspektor, kommen wir gleich zum Geschäft, denn in wenigen Minuten erwarte ich eine Gruppe Radfahrer. Wegen der großen Hitze sind sie heute schon um sieben Uhr aufgebrochen. Was wollen Sie von mir über Otto Muss wissen?«

Ungeduldig und neugierig wartete er auf die Fragen von Inspektor Timischl, der aber zunächst von seinem Almdudler trank, bevor er seine Frage stellte.

»War Otto Muss am Samstag am Abend hier am Kellergassenfest?«

»Sicherlich. Er lässt kein Jahr aus.«

»Wann ist er denn ungefähr gekommen?«

»Das weiß ich ziemlich genau. Otto kam gegen acht Uhr. Ich habe mit ihm ein paar Worte gewechselt. Gegen zwei Uhr in der Nacht – er war einer der Letzten – ist er dann heimgefahren.«

»Und Sie können bestätigen, dass er die ganze Zeit über hier gewesen ist.«

»Bewacht habe ich ihn nicht«, meinte Hans Hammer verärgert und sein Gesicht verlor seine Freundlichkeit. »Worum geht es denn eigentlich? Soll er an einem Autounfall beteiligt gewesen sein? Fahrerflucht oder Ähnliches? Rücken Sie doch heraus damit!«

»Nein, es geht um keinen Verkehrsunfall. Otto Muss ist einer der Verdächtigen im Mordfall Nermin Said und er benötigt ein Alibi für die Tatzeit von etwa elf Uhr bis Mitternacht«, erklärte Timischl.

Edi Hammer lehnte sich in seinem Sessel zurück, musterte die beiden mit abfälligen Blicken und meinte dann: »Er war selbstverständlich nicht die ganze Zeit über nur hier bei mir. Natürlich ist auch er von Keller zu Keller gegangen, um zu verkosten und Bekannte zu treffen. Mit dem Auto ist er jedoch nicht weggefahren. Er hatte seinen Wagen wie immer ganz beim Weingarten abgestellt und die nachfolgenden Gäste haben so geparkt, dass er gar nicht hätte wegfahren können.«

»War er um Mitternacht hier bei Ihnen?«, fragte Geigensauer nach.

»Kann ich nicht sagen«, erwiderte Edi Hammer unwillig, stand auf und meinte höhnisch im Gehen: »Otto Muss, ein Mörder. Die Polizei dein Freund und Helfer. Ich habe alles gesagt. Ich muss mich jetzt den Radfahrern widmen.«

Tatsächlich hörte man Stimmen mehrerer Menschen und das Klingeln einer Fahrradglocke.

»Polizisten sind nicht gerade beliebt«, stellte Timischl trocken fest.

»Wir halten es aus, von Hans Hammer nicht geschätzt zu werden«, fügte Geigensauer, von den Gefühlen des Wirtes wenig berührt, hinzu. Dann stand er auf und streckte sich. »Ein lückenloses Alibi schaut natürlich anders aus.«

Er blickte in die Ferne und spürte, wie erholsam es wäre, einfach hier sitzen zu bleiben und die Aussicht zu genießen.

»Stimmt«, sagte Timischl. Er warf ein paar Euromünzen auf den Tisch und stellte sich neben Geigensauer. »Von Hans Hammer lassen wir uns nicht einmal auf einen Almdudler einladen.«

»Zu Fuß kann man den Tatort von hier aus nicht erreichen«, überlegte Geigensauer.

»Es könnte ihn jemand heimlich hier in der Nähe abgeholt und wieder zurückgebracht haben.«

»Fragt sich nur, wer?«

»Sein Bruder Karl vielleicht?«

»Und gemeinsam haben sie dann Nermin Said erschossen?«

»Wir haben noch etwas Zeit, bevor wir den Verleger in Kukmirn besuchen. Bocksdorf liegt ja beinahe auf der Strecke. Wir könnten Otto Muss im Vorbeifahren davon informieren, dass sein Alibi etwas wackelig ist.«

Eine Gruppe von Radfahrern hatte bei den Tischen vor dem Haus Platz genommen. Einer von ihnen hatte ein rotes Fahrradleibchen mit der Aufschrift »Bike-Guide«, die anderen trugen weiße Leibchen mit der Aufschrift »Bikeresort Bocksdorf«. Ein Kleinbus, das Begleitfahrzeug der Gruppe, parkte neben dem Wagen von Timischl. Die Freundschaft zwischen Hans Hammer und Otto Muss war also offensichtlich auch geschäftlicher Natur. Als sie wieder in die B 56 einbiegen wollten, kam die Konkurrenz gerade von der Ortschaft Eisenberg heraufgefahren. Ein Pulk von mehr als zehn Radlern bog Richtung Eisenberg ab. Die Fahne, die am ersten Rad befestigt war, zeigte die Aufschrift »Bikepoint Pinkatal«.

Geigensauer blickte schon aus dem noch fahrenden Auto auf das Bikeresort und entdeckte das Gesicht von Otto Muss hinter einem Fenster im ersten Stock. Als Timischl den Wagen vor dem

Bikeresort in Bocksdorf abstellte, eilten Otto und Karl Muss aus dem Hotel heraus zu ihren Wägen, zwei weißen VW Sharan mit Reklameaufschrift »Bikeresort Bocksdorf«. Vermutlich hatten beide Brüder die Ermittler gesehen, doch keiner von ihnen wollte ihr Eintreffen berücksichtigen. Karl Muss war der Schnellere. Während Geigensauer aus dem Auto sprang und hineilte, winkte ihm dieser nur freundlich im Wegfahren zu. Otto Muss konnte Geigensauer den Weg verstellen. Bei laufendem Motor öffnete dieser das Fenster und meinte ungehalten:

»Was Wichtiges? Ich habe es nämlich eilig. Ich muss noch die Mutter in St. Kathrein abholen. Wir müssen die zweisprachige Messe zu Portiunkula erreichen.«

»Wir haben Ihr Alibi beim Kellergassenfest am Eisenberg überprüft. Sie waren nicht die ganze Zeit über im Kellerheurigen.«

»Natürlich nicht. Mein Auto war aber den ganzen Abend über dort abgestellt. Zu Fuß kann ich den Tatort nicht erreicht haben.«

»Vielleicht hat Sie jemand abgeholt und wieder gebracht?«, hakte Timischl nach, der Geigensauer gefolgt war.

»So eine Art Mörder-Taxi?«, lachte Otto Muss ziemlich genervt. »Viel Fantasie für Polizisten.«

»Sie könnten irgendwo am Eisenberg einen zweiten Wagen abgestellt haben, den sie dann benutzt haben.«

»Ich muss leider jetzt los. Meine Mutter wartet. Ab Mittag bin ich wieder hier.«

Geigensauer trat zur Seite und Otto Muss fuhr rasant davon.

»Heute Polenta mit Gemüse und echtem griechischen Schafkäse«, las Geigensauer auf der schwarzen Tafel vor dem Eingang in Kreideschrift, bevor sich auch er und Timischl wieder auf den Weg machten.

Sie fuhren über Heugraben Richtung Sulz und bald erreichten sie die Abzweigung nach Kukmirn. Nur wenige Meter nach Ortsbeginn bog Timischl links ab und es ging auf einem schmalen Güterweg steil bergauf. Links und rechts des Weges lagen Obstplantagen, die zum Teil durch schwarze Netze gegen Hagel geschützt wurden. Mit jedem Meter, den sie an Höhe gewannen, wurde der Ausblick weiter und schöner. Er reichte von der Pack über das Grazer Bergland und den Hochwechsel bis zum Bernsteiner Hügelland und zum Geschriebenstein. Während der Himmel über den Hügeln von Kukmirn wolkenlos war, türmten sich über den fernen Bergen bereits größere Wolken. Kurz vor der höchsten Erhebung, hinter der sich Obstbau Lackner befindet, bogen sie links ab, dem Wegweiser zur Bergschänke folgend. Mit einem Mal öffnete sich auch der Blick nach Osten und hinter Rehgraben und Sulz erhob sich majestätisch die Burg Güssing.

»Das ist wohl der schönste Blick auf die Burg«, beurteilte Geigensauer.

»Verleger wissen, wo es sich wohnen lässt. Billig war das bestimmt nicht«, erwiderte Timischl und blieb vor einem nagelneuen Haus stehen. Das ebenerdige Gebäude mit seinem roten Ziegeldach erinnerte stark an Villen an den Ufern oberitalienischer Seen. Zwei palmenartige Pflanzen links und rechts von den Säulen, die das kleine Vordach trugen, das den Eingangsbereich vor Regen schützte, verstärkten den südländischen Eindruck. Paul Rutad, der Besitzer des Verlages Südpapier, empfing die beiden freundlich und geleitete sie durch das Haus auf eine überdachte Terrasse. Die Stühle, die in ihrer Form an Eier erinnerten, aus denen ein Viertel herausgeschnitten war, und der Tisch, dessen Form so zufällig gewählt war, als hätte jemand auf einem Boden Farbe verschüttet, konnten in ihrer Einmaligkeit nur von einem Innenarchitekten entworfen worden sein. Timischl zögerte, sich der Stabilität dieser Sessel anzuvertrauen. Schließlich ließ er sich doch ganz langsam nieder. Diese Sitzgelegenheiten mussten in ihrem Unterteil aus ganz schwerem Material bestehen, denn wenn sie auch hin und her wackelten, man kippte nicht um. Paul Rutad interessierte sich in vornehmer Zurückhaltung scheinbar nicht für die Probleme, die seine Gäste mit dem Mobiliar hatten. Er schaukelte mit seinem Sessel, und wenn er über die beiden Gäste innerlich lächelte, so konnte er es perfekt verbergen. Von der frühmorgendlichen Kühle nach den nächtlichen Gewittern war hier auf der Terrasse, die zur Hälfte von der Vormittagssonne erwärmt wurde, nichts mehr zu spüren. Zur Begrüßung bot ihnen der Hausherr vergeblich einen der weltbekannten Schnäpse aus der Umgebung an.

»Bitte, womit kann ich den Herren dienen?«, eröffnete er das Gespräch.

»Sie haben sicher vom Mordfall Nermin Said gehört«, begann Geigensauer und Paul Rutad nickte.

»Es wurde auch eine junge Frau getötet, Nina Leitner, eine Studentin der Germanistik aus Steinfurt. Sie hatte im Internet einen Literaturblog mit dem Namen ‚Ninas Bücherwelt'.«

»Den kenne ich natürlich«, bestätigte Paul Rutad. »Ich wusste jedoch nicht, dass sie die ermordete junge Frau ist.«

»Nina Leitner hat auch eine Rezension über ein Buch ihres Verlages verfasst, über ‚Killertime in Strem'.«

»Ich kenne diesen fürchterlichen Verriss.«

Paul Rudat zündete sich eine Zigarette an.

»Ist eine solche Rezension nicht verkaufsschädigend? Schließlich liest fast jeder die Rezensionen, bevor er ein Buch kauft.«

»Doch, doch. Wir hatten natürlich gehofft, mit diesem Lokalkrimi einige Exemplare mehr zu verkaufen, als das im Durchschnitt der Fall ist. Das wird nun vermutlich nur schwer zu erreichen sein. Wir sind ein kleiner Verlag, ich kann durch Reklame kaum gegensteuern. Das ist finanziell nicht möglich.«

»Diese Auflage wird also ein Verlust?«

»Nein, das glaube ich nicht. Wir haben eine Förderung vom Land und zusammen mit dem Verkauf werden wir die Kosten decken. Außerdem bemüht sich Andi Topfer sehr, bei Lesungen die Verkaufszahlen zu steigern. Er liest momentan alle vierzehn Tage im Bikeresort in Bocksdorf bei ‚wine, dine & crime'. Diese Veranstaltung kommt sehr gut an. Ich habe schon öfters ein Buch an

Ninas Bücherwelt geschickt und wir haben in der Regel sehr gute Kritiken bekommen. Die Rezensionen auf solchen Internetseiten sind eine kostengünstige Reklame. Warum es diesmal so negativ ausgefallen ist, bleibt für mich ein Rätsel.«

»Wie hat Andi Topfer auf diese Kritik reagiert?«

»Er war fuchsteufelswild. Er wünschte dem blöden, impertinenten Weibsbild, wie er sie nannte, den Tod. Ich konnte ihn kaum beruhigen. Es ist hart, wenn dein erstes Werk so eine Kritik erhält.«

»Hatte er eine Erklärung für diesen Verriss?«

»Er hatte auch nur Vermutungen. Er stammt ja nicht aus Strem und wohnt auch nicht dort. Er hat lediglich einmal als Pfleger im Altenheim von Strem gearbeitet. Er wusste, dass Nina aus Steinfurt stammt, und meinte, dass sie vielleicht selbst an einem Krimi schrieb, der in dieser Gegend spielt, und so die Konkurrenz ausschalten wollte.«

»Sie kennen den Inhalt des Buches?«

»Natürlich, ich überlasse nicht alles unserem Lektor. Da rede ich schon ein Wörtchen mit.«

»Da gibt es doch eine Stelle im Buch, wo ein Verbrecher einer jungen Frau auf einem einsamen Waldweg mit seinem Auto die Weiterfahrt verstellt.«

»Ich weiß. Sie fährt vom Kroatenball in Dürnbach nach Hause«, zeigte sich Paul Rutad als Kenner des Inhaltes.

»Der Verbrecher betäubt die junge Frau mit KO-Tropfen und lässt sie dann in ihrem offenen Wagen zurück, damit sie in der kalten Winternacht erfriert. Es soll so aussehen, als ob sie betrunken einen Fahrfehler gemacht hätte und nachher im Vollrausch einfach eingeschlafen wäre.«

»Polizisten lesen doch Bücher«, lobte Paul Rutad. »Ich sehe, Sie kennen den Inhalt sehr genau.«

»Diese Stelle wurde von Nina in ihrer Rezension heftig kritisiert«, setzte Geigensauer fort.

»Ich kann Ihnen aber leider auch nicht mehr über Nina sagen.

Vielleicht weiß Andi Topfer mehr. Es tut mir leid«, versuchte Paul Rutad ein Ende der Unterhaltung anzustreben. »Ich denke, Sie vergeuden Ihre Zeit mit mir.«

»Wir sind nicht nur wegen Informationen über Nina Leitner zu Ihnen gekommen«, stellte Timischl klar.

»Es könnte nämlich sein«, erklärte Geigensauer, »dass der Mordanschlag nicht Nermin Said galt, sondern Nina Leitner. Es gibt einige Details, die darauf hindeuten.«

»Nermin Said ist zufällig getötet worden?«, überlegte Paul Rutad ungläubig.

»Die Art und Weise, wie Nina aufgehalten wurde, ähnelt der Szene aus ›Killertime in Strem‹ ziemlich. Nur wurde Nina erschossen. Freilich war Erfrieren in der lauen Sommernacht auch nicht möglich.«

»Wollen Sie damit andeuten, dass Andi Topfer ein Mörder ist?«, wunderte sich Paul Rutad.

»Er hatte ein Motiv für die Tat. Rache für die fürchterliche Rezension.«

»Seien Sie mir nicht böse, ich kenne Andi Topfer ziemlich gut«, widersprach der Verleger. »Wut auf Nina Leitner, natürlich, die hatte er, doch ich kann mir nicht vorstellen, dass er sie deswegen getötet hat. Fragen Sie ihn am besten selber! Ich kann Ihnen hier wirklich nicht weiterhelfen.«

Es war Portiunkula-Kirtag in Güssing und Jane wollte sich dieses besondere Fest nicht entgehen lassen. Sie näherte sich, von St. Michael kommend, Güssing. Schon von Weitem sah sie den kegelartigen Hügel, auf dem die Burg mit ihrem hohen Turm thront.

Wolkenlos und tiefblau spannte sich der Himmel über die Landschaft. Vom nächtlichen Gewitter war bis auf ein paar Wasserlachen nichts mehr zu sehen. An den Anlagen zur Erzeugung erneuerbarer Energien, die Güssing in aller Welt bekannt gemacht hatten, und den Einkaufstempeln der Markenfirmen vorbei erreichte sie den großen Parkplatz neben der Festwiese, wo der Burgverein seine Theaterspiele aufführte. Es war gegen halb zehn Uhr. Kräftiger Südostwind bewegte die hohen Bäume, die die Ufer des Strembaches säumten, dessen braune Farbe noch von den nächtlichen Regenfällen zeugte.

Fast hätte Jane keinen Parkplatz gefunden, doch sie hatte Glück. Jemand fuhr weg und sie nützte diese einzige Lücke. Den Beginn des zweisprachigen Gottesdienstes in Deutsch und Kroatisch um zehn Uhr würde sie leicht erreichen. Als sie von ihrem Wagen zur Schulstraße ging, die in die Stadt hineinführte, bemerkte sie wenige Schritte entfernt vor sich einen Mann, der bei einem Rollstuhl stand, in dem eine alte Frau saß. Es war Otto Muss vom Bikeresort in Bocksdorf. Jane kannte ihn von ihrem Besuch bei »wine, dine & crime«. Er nahm eine braune Tragtasche, die am Griff des Rollstuhls hing, schritt damit zu einem Auto mit der Aufschrift »Bikeresort Bocksdorf« öffnete den Kofferraum und warf sie hinein. Als er wieder zurückkehrte, kam Jane vorbei.

»Augenblick, ich denke, wir haben uns schon einmal gesehen«, meinte er mit einem Blick, der keineswegs erfreut wirkte.

Und als Jane antworten wollte, fügte er rasch hinzu: »Nichts verraten. Ich möchte mich selber erinnern. Übrigens, das ist meine Mutter. Sie ist schon etwas gehbehindert, doch Beichte und Messe am Portiunkula-Kirtag müssen sein. Sie wollte ihren Schirm mitnehmen. Ich habe ihn gerade noch in den Kofferraum zurückgeben können.«

Die alte Frau schüttelte ärgerlich ihren Kopf, schimpfte kroatisch und meinte zum Schluss: »Beeil dich, wir kommen zu spät.«

»Keine Sorge, das geht sich leicht aus«, beruhigte Otto Muss. »Jetzt weiß ich es wieder. Sie waren mit Ihrem Mann bei ‚wine, dine & crime'. Ich habe gestern und heute früh mit ihm gesprochen. Er ermittelt im Mordfall Nermin Said.«

»Sehr gut gemerkt«, lobte Jane.

»Besuchen Sie uns doch wieder einmal zusammen mit Ihrem Mann im Bikeresort, am besten natürlich mit dem Fahrrad.«

»Ich wollte heute Nachmittag eine Tour machen, vielleicht schaue ich in Bocksdorf vorbei.«

»Otto, wir verpassen den Gottesdienst«, meinte seine Mutter und es klang mehr als verärgert.

»Ich möchte auch zur zweisprachigen Messe. Vielleicht sehen wir uns noch«, verabschiedete sich Jane.

Jane marschierte die Schulstraße zum Zentrum hinauf. Links lagen das Kloster der Franziskaner und die Kirche. Daran anschließend ragten die Rückseiten der Häuser, die die Hauptstraße säumten, imposant, aber wenig hübsch in die Höhe. Sie wandte sich nach rechts, wanderte ein Stück die Grabenstraße entlang, ging dann links eine lange Stiege hinauf und betrat über einen Durchgang den Hauptplatz. Dieser hatte einen romantischen, leicht südländischen Einschlag. Der Portiunkula-Kirtag war in vollem Gange. Dicht gedrängt strömten die Menschen zwischen den Markständen hin und her. Körbe, Schnäpse, Weine, Brot, Speck, Spielzeug, Schuhe und Gewand wurden angeboten. Ein junger Musiker zeigte seine Kunst auf der Knopfharmonika. Vor den Lokalen standen Tische und Stühle, an denen gegessen und getrunken wurde. Für die Kinder gab es eine Hüpfburg. Jane schlenderte langsam durch die Menschenmassen nach links zur Klosterkirche. Das erste bekannte Gesicht in der Menge ließ nicht lange auf sich warten. Jörg Drubovic trat auf sie zu.

»Guten Morgen. Portiunkula-Kirtag habe ich noch nie ausgelassen«, meinte er gut gelaunt.

»Es tummeln sich die Massen«, erwiderte Jane und blickte über den Hauptplatz.

»Wie geht es ohne Anton?«, fragte er schelmisch lächelnd.

»Ich werde in Ruhe einkaufen können. Niemand wird ungeduldig darauf drängen, nach Hause fahren zu wollen.«

Drubovic beugte sich zu ihrem Ohr und flüsterte: »Alle Verdächtigen im Mordfall Nermin Said sind heute hier unterwegs, hochinteressant.«

»Ich suche noch ein paar billige Unterhosen und Socken«, meinte er wieder laut. »Vielleicht sehen wir einander später noch einmal.«

Mit diesen Worten verschwand er wieder in der Menge. Jane wandelte weiter und entdeckte den Stand des Biobauern Alois Oberlugger. Hier gab es den echten, unverfälschten Schafkäse und verschiedenste Produkte aus Schafwolle. Sie beschloss zwei Schlapfen zu kaufen. Alois Oberlugger bediente freundlich und versuchte ihr dann auch noch einen Käse zu verkaufen. Jane jedoch ging zum gegenüberliegenden Stand, an dem ein indischer Händler Taschen anbot. Keine von ihnen entsprach ihren Wünschen vollständig und Jane konnte auch den Preis nicht so weit nach unten handeln, wie sie wollte. Als sie sich wieder umwandte, sah sie, wie Karl Muss zu Alois Oberlugger trat und mit ihm sprach. Offenbar war heute der gesamte Bezirk Güssing hier auf dem Hauptplatz versammelt. Beide verschwanden hinter dem Kleinbus, vor dem der Biostand aufgestellt war. Als sie zurückkehrten, hatte Karl Muss eine kleine Tragtasche in seiner Hand. Er verabschiedete sich von Alois Oberlugger und ging direkt auf Jane zu, erblickte sie und erkannte sie sofort wieder.

»Oh, Frau Inspektor ist hier. Guten Morgen. Ich habe gestern mit Ihrem Mann gesprochen und heute Früh habe ich ihn in Bocksdorf gesehen.«

»Und ich habe unten am Parkplatz Ihren Bruder getroffen. Er hat mir vorgeschlagen, eine Fahrradtour nach Bocksdorf zu machen. Vielleicht radle ich sogar heute Nachmittag zum Bikeresort.«

»Gerne. Kommen Sie nur! Sagen Sie dem Kellner, er soll mir Ihre Ankunft melden. Wir könnten ein bisschen plaudern. Vielleicht können sie dann ein paar Worte für mich und meinen Bruder bei Ihrem Mann einlegen. Ich glaube, er verdächtigt uns, Nermin Said getötet zu haben.«

»Keine Ahnung. Ich kümmere mich nicht um seine Ermittlungen«, wich Jane aus. »Ist der Schafkäse von Alois Oberlugger gut?«

Sie zeigte auf die kleine Tragtasche.

»Er ist gut. Aber ich habe keinen gekauft. Das hier sind schwarze Socken. Also vielleicht bis heute Nachmittag. Wiedersehen.«

Karl Muss entfernte sich in der Menge. Er hatte Jane angelogen. Da war sie sich sicher. Als er zu Alois Oberlugger trat, hatte er die kleine Tragtasche noch nicht bei sich und schwarze Socken verkaufte der Biobauer nicht. Warum hatte er das getan?

Die Glocken läuteten und Jane beeilte sich, in die Klosterkirche zu kommen. Die Basilika war innen wunderschön renoviert und innerhalb der alten, dicken Mauern war es angenehm kühl. Klar und deutlich hoben sich die barocken Altäre von den frisch geweißten Wänden ab. Links bei den Beichtstühlen sah sie Otto Muss mit seiner Mutter warten. Jane fand in den hinteren Reihen gerade noch Platz. Während sie die Statuen der Heiligen bei den Seitenaltären betrachtete, ging plötzlich ein Raunen durch die versammelte Menge und viele drehten ihre Köpfe nach hinten. Zogen Priester und Ministranten feierlich ein, überlegte Jane. Die Frau neben ihr hatte kurz nach hinten geblickt und flüsterte jetzt zu ihrer Nachbarin: »Das ist die Frau des ermordeten Ägypters.«

Worauf auch diese sich umwandte und neugierig nach hinten starrte. Ganz in Schwarz und verschleiert schritt eine hohe, schlanke Frauengestalt durch den Mittelgang nach vorne, gefolgt von einem jungen Mädchen und zwei riesenhaften Männern, denen man ansah, dass sie noch nicht oft an einer Messe teilgenommen hatten. Kaum hatten die ungewöhnlichen Gäste Platz genommen, ertönte die Orgel zum Einzug und mit kräftigen Stimmen wurde das kroatische Eingangslied gesungen.

Als die Messe zu Ende war, blieb Jane noch in der Bank sitzen, um abzuwarten, bis sich das Gedränge beim Ausgang gelegt hatte. Mitra Said hatte sich vor einem Seitenaltar niedergekniet und betete. Nesrin Said und die beiden Leibwächter standen unschlüssig, was sie tun sollten, in ihrer Nähe. Schließlich erhob sich Mitra und sie verließen die Kirche.

So kühl, ruhig und dunkel es in der Basilika war, so heiß, laut und hell war es vor ihren Toren. Jane benötigte einige Augenblicke, um sich wieder an den Trubel auf dem Hauptplatz zu gewöhnen. Jane beschloss, den ganzen Markt des Portiunkula-Kirtages abzugehen.

Sie überquerte vom Kloster aus den Hauptplatz und ging über eine Treppe zur Hauptstraße hinauf. Vorbei am Aufgang zur Burg ging sie fast bis zur Bezirkshauptmannschaft, dort drehte sie um. Sie wollte über den Hauptplatz zurück zur Klosterkirche gehen, doch ihr Blick blieb am Stand des Verlages Südpapier hängen. Dort stand der Autor Andi Topfer und schrieb für die Käufer von »Killertime in Strem« Widmungen in die Exemplare. Er war ein kleiner, stämmiger Mann. Ein Strohhut mit einer riesigen Krempe schützte Kopf und Gesicht vor der Sonne. Das zu große, schwarze T-Shirt hing fast bis zu den Knien herab. Die Jeans waren unten ausgefranst und die nackten Füße steckten in offenen Schlapfen. Neugierig trat Jane näher heran, und als Andi Topfer gerade mit keiner Kundschaft beschäftigt war, sprach sie ihn an.

»Ich habe das Buch schon gelesen. Es hat mir gut gefallen. Besonders die Schilderung der Fahrt am Ökoenergieland-Radweg hat es mir angetan.«

»Freut mich, das zu hören«, erwiderte er. »Lob ist immer gut. Sind Sie diesen Radweg schon selbst gefahren?«

»Noch nicht. Vielleicht fahre ich heute Nachmittag ein Stück davon. Ich habe Ihr Buch bei ›wine, dine & crime‹ mit einer Widmung erworben.«

»Entschuldigen Sie, aber ich kann mich nicht erinnern.«

»Sie präsentieren das Buch in Bocksdorf sehr gut«, lobte Jane weiter.

»Man tut, was man kann.«

»Sie wirkten sehr bedrohlich, als Sie diese Pistole in der Hand hielten.«

»Wirklich?«, lachte er verlegen.

»Haben Sie schon die Rezension über Ihren Krimi auf Ninas Bücherwelt gelesen?«, fragte Jane interessiert auf seine Reaktion wartend.

»Ninas Bücherwelt? Ich glaube nicht«, antwortete er und musterte Jane plötzlich sehr aufmerksam.

»Es ist leider ein fürchterlicher Verriss.«

»Das ist natürlich weniger erfreulich. Ich habe keine Zeit, mich um jede Rezension zu kümmern. Das macht der Verlag. Ich muss mich auf das Schreiben konzentrieren.«

»Aber auch bei Amazon ist diese schlechte Kritik zu finden, noch dazu als einzige Rückmeldung. Schadet das dem Verkauf nicht sehr?«

»Keine Ahnung«, meinte er verärgert.

»Wollen Sie eine Widmung?«, fragte er eine ältere Dame, die soeben sein Buch erworben hatte, und wandte sich ab.

»Hasst man als Autor nicht Kritiker, die das eigene Buch vernichtend beurteilen?«, wollte Jane wissen, nachdem Andi Topfer seine Widmung geschrieben hatte.

»Besser eine Reaktion als gar keine«, gab er zur Antwort.

»Ich könnte das nicht so gelassen hinnehmen«, meinte Jane bewundernd.

»Schreiben Sie mir doch eine gute Kritik!«, schloss er das Gespräch ab. »Verzeihen Sie, doch die ›Südburgenländische Rundschau‹ möchte ein Interview mit mir machen.«

Peter Drezits und eine junge Frau, die einen riesigen Fotoapparat in der Hand hielt, näherten sich dem Stand des Verlages. Bald hatte Jane wieder den Biostand von Alois Oberlugger erreicht. Er telefonierte und ging dabei aufgeregt vor seinem Stand auf und ab. Plötzlich bemerkte er, dass er von Jane beobachtet wurde, und er verschwand hinter seinem Kleinbus. Jane wanderte langsam die Pater-Gratian-Leser-Straße hinunter zum Marktplatz. Im dichten Gedränge kam sie nur langsam voran. Bei einem Stand fand sie dann doch eine passende Handtasche zu einem günstigen Preis. Umringt von vielen Zuhörern und Zusehern spielte auf dem Marktplatz ein kleines Tamburizza-Orchester und vier Paare in Tracht tanzten zur Musik. Jane ging nach rechts ein paar Schritte bergauf, um besser sehen zu können. Während ihr Blick über die Menge schweifte, blieb er an Mitra Said hängen. Noch immer verschleiert stand sie gemeinsam mit einem der Leibwächter bei einem Stand, an dem ein Afrikaner Gürtel, bunte Tücher und Decken anbot. Der Mann war selbst in mehrere große, farbige Tücher gehüllt, die mit einem Strick zusammengebunden waren. Jane sah, wie Mitra ihre rechte Hand öffnete und dem Verkäufer etwas zeigte. Dieser blickte hinein und nickte. Dann brachte er einen Stoß von den bunten Stoffen. Mitra stellte ihre kleine Handtasche zwischen den Waren auf den Verkaufstisch und betrachtete die angebotene Ware genau. Letztendlich machte sie aber eine abweisende Bewegung und setzte zusammen mit dem Leibwächter ihren Weg fort. Auf die Handtasche hatte sie vergessen. Sicher würde sie gleich umkehren und sie holen, dachte Jane. Mitra Said entfernte sich jedoch, ohne den Verlust zu bemerken, in der Menge und auch der Händler schien die Tasche zwischen seiner Ware nicht zu bemerken. Jane eilte zum Stand des Afrikaners.

»Für die junge Dame, nur fünf Euro«, bot er sofort eines seiner bunten Kopftücher an.

»Die schwarzgekleidete Dame hat ihre Handtasche vergessen«, sagte Jane und zeigte dorthin, wo Mitra ging. Der Mann lachte sie freundlich an und schüttelte nur den Kopf. Da nahm Jane die Handtasche in die Hand, hielt sie ihm hin, zeigte in die Richtung, in die Mitra weggegangen war und erklärte: »Die schwarzgekleidete Dame hat ihre Handtasche vergessen. Ich bringe sie ihr nach.«

Kurz blickte er Jane an, dann riss er ihr die Handtasche aus der Hand und lief in die Richtung, in die sie gezeigt hatte. Jane blieb stehen und wartete. Nach zwei, drei Minuten kam er ziemlich außer Atem zurück.

»Dame war sehr froh«, meinte er. Dann nahm er ein besonders buntes Kopftuch und reichte es Jane.

»Geschenk«, sagte er und lachte sie an. »Wie du heißen?«

»Danke«, erwiderte Jane, ließ das Kopftuch zurück und ging. Es wurde immer heißer und Jane war vom langsamen Umhergehen ziemlich müde geworden. So beschloss sie nach Hause zu fahren. Sie ging die Dammstraße entlang, und bevor diese über den Strembach führte, schritt sie zur Festwiese hinunter und von dort zum Parkplatz. Wenige Meter von der Stelle entfernt, wo ihr Wagen parkte, hob Otto Muss gerade seine Mutter aus dem Rollstuhl in den Beifahrersitz seines Autos. Jane ging vorbei, ohne ihn anzusprechen. Sie wollte möglichst rasch nach Hause kommen. Sie sperrte die Autotür auf und plötzlich hörte sie ein Quietschen hinter sich. Erschreckt drehte sie sich um. Der Afrikaner stieg von einem Fahrrad ab.

»Du musst es nehmen«, sagte er, warf das Kopftuch in das Auto hinein und fuhr wieder davon, bevor Jane noch etwas sagen konnte. Verwundert fuhr sie los. Als sie vom Parkplatz in die Schulstraße einbog und nach links blickte, sah sie Andi Topfer von der Grabenstraße heruntergehen. Wem würde sie heute noch begegnen?

Nachdem Geigensauer und Timischl in der Bergschänke von Kukmirn ihren Durst gelöscht hatten, fuhren sie auf der Heimfahrt nach Sulz und bogen dort links ab, um nach Gamischdorf zu gelangen. Während sie dort an einem Beachvolleyballplatz vorbeifuhren, unterbrach wieder »Paulchen Panther« die schweigsame Heimfahrt der beiden Ermittler. Timischl blieb am Straßenrand der nächsten Linkskurve stehen und Geigensauer konnte den Blick in das Stremtal und auf die gegenüberliegende Hügelkette genießen.

»Wunderbar, da kommen wir noch rechtzeitig hin, um etwas zu erleben«, schloss Timischl das Telefonat erfreut ab.

»Schon einmal eine Hanfplantage gesehen?«, fragte er Geigensauer und dieser verneinte.

»Dann zeige ich dir jetzt eine«, lachte Timischl verschmitzt.

Er raste den Berg nach St. Michael hinunter. Trotzdem blieb er am Talboden unten stehen, um eine große Gruppe Radfahrer, die von Güssing den Stremtalradweg talaufwärts fuhren, die Straße queren zu lassen.

»Für den sanften Tourismus tun wir alles«, erklärte er Geigensauer.

Die Radler trugen alle Leibchen mit der Aufschrift Bikeresort Bocksdorf.

»So schlecht kann der Betrieb auch wieder nicht gehen«, meinte Timischl und düste weiter.

»Ich nehme an, du sagst mir nicht, wo wir hinfahren«, wollte Geigensauer von ihm wissen.

»Nein, du darfst aber raten.«

»Ich nehme an, die Handyortung ist unserem Züchter zum Verhängnis geworden.«

»Du sollst raten, nicht fragen.«

»Nach Bocksdorf?«

»Nein.«

Timischl bog in St. Michael nach Großpetersdorf ab.

»Nach Punitz?«

»Nein, wieder nicht.«

Rasch ging es den Berg hinauf aus St. Michael heraus und an einer Tankstelle vorbei. Geigensauer wollte warten, bis sie die Kreuzung erreichten, an der die Straßen nach Neuberg, Güttenbach und Kirchfidisch auseinanderliefen. Timischl jedoch hatte ihn durchschaut.

»Du musst raten, bevor ich die Kreuzung passiert habe.«

»Nach Kirchfidisch.«

»Volltreffer.«

Die Kollegen hatten Alois Oberlugger von Güssing geholt und waren schon voll bei der Arbeit, als Timischl und Geigensauer eintrafen. Der große Schuppen stand weit offen, die Motocross Maschine war zur Seite geschoben und aus dem räumlich abgetrennten hinteren Teil wurden die Hanfpflanzen abtransportiert. Geigensauer und Timischl näherten sich dem Anwesen, da traten Alois Oberlugger und seine Frau in Begleitung von zwei Beamten aus dem Haus.

»Herr Inspektor, ich habe Ihnen gesagt, ich habe mit dem Mord nichts zu tun«, rief Alois Oberlugger schon von Weitem.

»Vielleicht?«, zweifelte Timischl.

»Sicher sogar«, fuhr Alois Oberlugger fort, während man aufeinander zuging. »Ich bin in der Mordnacht nicht zum Spaß ausgefahren. Ich habe meine Ware an einen riesenhaften, blonden Kerl geliefert.«

»Genauer können Sie ihn nicht beschreiben?«, forschte Timischl.

»Sie müssen ihn finden. Er ist mein Alibi.«

Alois Oberlugger packte Timischl am Arm, um seinem Anliegen mehr Nachdruck zu verleihen.

»Wenn man von St. Michael nach Gamischdorf hinauffährt, kommt man an einem Schweinezuchtbetrieb vorbei. Auf der Straße davor haben wir das Geschäft abgewickelt. Es war kurz vor Mitternacht. Ich bin kein Mörder.«

Timischl zog Alois Oberluggers Hand wieder weg und sagte: »Wer einmal lügt, dem glaubt man nicht.«

»Er muss hier irgendwo wohnen. Ich habe ihn heute am Portiunkula-Kirtag in Güssing gesehen. Suchen Sie ihn, Herr Geigensauer!«

»Wir werden uns bemühen.«

Alois Oberlugger wandte sich zu seiner Frau, die bisher geschwiegen hatte.

»Ich habe es dir gesagt. Sie werden mir den Mord einfach in die Schuhe schieben. Jetzt haben sie einen gefunden, dem sie die Sache anhängen können.«

Statt einer Antwort sagte sie nur: »Mit den Schafen war nicht viel zu verdienen. Komm Alois, gehen wir!«

»Schmeckt dieser Krautstrudel so gut wie von der Mama?«, wollte Jane von Timischl wissen.

»Wie von der Mama nicht, aber sehr gut«, erwiderte er, noch am letzten Bissen kauend.

»Ich denke, den nächsten Strudel könnt ihr euch selber machen. Da nimmt er sich ein drittes Stück und dann schmeckt es nicht wie von der Mama. Diese Männer, nein wirklich«, meinte Jane verärgert.

»Schmeckt wie von meiner Mutter«, lobte Drubovic.

»Zu spät. Ich mache euch keinen Strudel mehr.«

Sie verschränkte die Arme und blickte böse in die Runde.

»Komm, spann uns nicht länger auf die Folter und erzähl uns jetzt, was du so Geheimnisvolles am Portiunkula-Kirtag gesehen hast«, wechselte Geigensauer das heikle Thema und servierte den Kaffee.

»Während ich für euch den Strudel bereitet habe, waren meine Erlebnisse nicht wichtig. Da wurde nur von euren Ermittlungserfolgen geredet. Ich kann euch aber sagen, von euren Verdächtigen hat sich am Kirtag einer seltsamer verhalten als der andere. Die haben, denke ich, alle etwas zu verbergen.«

»Bitte fang an! Wir müssen dann zu Andi Topfer«, mahnte Geigensauer.

Jane erzählte genau, was sich alles zugetragen hatte. Als sie zu ihrer Begegnung mit Alois Oberlugger kam, meinte sie: »Den habt ihr zwar heute verhaftet, doch alles wisst ihr nicht über ihn. Er hat sein Rauschgift nicht nur an den Leibwächter von Mitra Said verkauft, nein, auch an Karl Muss vom Bikeresort.«

»Der kifft doch nicht«, wunderte sich Timischl.

»Alois Oberlugger hat Karl Muss heimlich hinter seinem Wagen eine kleine Tragtasche übergeben.«

»Weißt du, was heute am Menüplan des Bikeresorts steht?«

Geigensauer lächelte Jane an.

»Lach mich nicht aus!«, drohte sie.

»Ich lache dich nicht aus«, widersprach er.

»Doch.«

»Polenta mit Gemüse und echtem Schafkäse aus Griechenland.«

»Da bin ich jetzt aber schon enttäuscht«, sagte Jane und setzte erst nach einer kurzen Pause mit ihrer Erzählung fort. Nachdem sie von ihrem Gespräch mit Andi Topfer berichtet hatte, meinte Geigensauer empört: »Auch der lügt wie gedruckt. Er kennt die Rezension nicht. Dass ich nicht lache. Auf das Gespräch mit ihm bin ich mehr als gespannt.«

»Er könnte der Mörder sein«, überlegte Drubovic, »doch das Motiv, dass er sich für die bösartige Rezension rächen wollte, kommt mir ein wenig dünn vor.«

»Ich denke, er kannte Nina Leitner sehr gut«, sagte Timischl, trank seinen Kaffee aus und lehnte sich zurück. »Es würde mich gar nicht überraschen, wenn er der Vater des Kindes wäre. Schließlich gab es im Bikeresort genügend Zeit einander kennenzulernen.«

»Er wollte von dem Kind nichts wissen«, setzte Jane den Gedanken fort. »Es kommt zum Streit, zum Bruch der Beziehung. Nina schreibt die grausliche Rezension und droht ihm mit einer Vaterschaftsklage.«

»Das gäbe wesentlich mehr Zündstoff für einen Mord. Ich wünsche euch auf jeden Fall viel Glück heute Nachmittag.«

Drubovic stand auf und brachte die Hose unterhalb seines nicht kleinen Bauches wieder in Position.

»Ich muss leider nach Wien fahren und ein ernstes Gespräch mit Regierungsrat Mösle führen. Man muss von Glück reden, dass sein Verhalten nicht an die Öffentlichkeit gekommen ist. Nicht sehr lustig das Ganze, aber es muss sein.«

»Du wirst es überstehen«, meinte Timischl unberührt.

»Kein Mitleid für den Chef und seine Arbeit?«

Drubovic blickte fragend in die Runde.

»Mitleid für den Chef?«, überlegte Geigensauer.

»Wenn ich den Posten nicht angestrebt hätte, hättet ihr jetzt Mösle als Chef«, drohte Drubovic.

»Du aber auch«, konterte Timischl.

»Gut, wir hören abends voneinander. Danke für den Strudel.«

Mit diesen Worten verließ Drubovic das Haus.

»Was machst du heute am Nachmittag?«, wollte Geigensauer von Jane wissen.

»Ich werde eine kleine Radtour machen. Heute ist es nicht ganz so heiß.«

»Wohin?«

»Vielleicht über den Hotter nach Kohfidisch und dann über den Verbindungsradweg zum Flughafen und zurück. Ich könnte aber auch von Güttenbach aus ein Stück den Öko-Energieland-Radweg nach Güssing fahren und über Punitz zurück oder zum Bikeresort nach Bocksdorf.«

Von Großpetersdorf aus fuhren sie schnurgerade durch das Tauchental Richtung Stadtschlaining. Der Hochwechsel war in dunkle Gewitterwolken eingehüllt und auch über dem Günser Gebirge begann das Weiß der stark quellenden Wolken grau zu werden. Die Fahrt führte sie dann nach Miedlingsdorf und hernach gelangten sie in einem stetigen Auf und Ab über hügeliges Gelände zur Ortschaft Podler und auf die Straße, die von Neumarkt im Tauchental nach Weiden führte. In Weiden zweigten sie nach links ab und steil ging es die Abhänge des Günser Gebirges nach Oberpodgoria hinauf. Einige hundert Meter vom nächsten bewohnten Gebäude entfernt lag das Haus von Andi Topfer einsam oberhalb der Ortschaft. Das kleine, alte Gebäude war ebenerdig und hatte links vom Eingang drei Fenster, die zur Straße blickten. Frisch verputzt, mit einem neuen roten Ziegeldach und Blumenkisten vor den Fenstern machte es einen sehr freundlichen, gepflegten Eindruck. Im Garten davor, im Schatten einer riesigen Linde, saß Andi Topfer bei einem Gartentisch, den Laptop vor sich aufgeklappt. Von hier oben hatte man einen überragenden Ausblick auf das Südburgenland und die angrenzende Steiermark. Während man Eisenberg, Hannersberg, Dürnbach und Großpetersdorf ganz deutlich unter sich liegen sah, verschwammen die Konturen der weiter weg liegenden Hügelketten immer mehr im Dunst der feuchten Hochsommerluft. Angenehm blies der Südwind die Berghänge herauf. Als Andi Topfer die beiden Ermittler kommen sah, winkte er sie gleich zu sich. Der kleine, stämmige

Mann, der einen riesigen Strohhut trug, kam ihnen bloßfüßig ein paar Schritte entgegen.

»Inspektor Timischl und Herr Geigensauer?«, fragte er den Strohhut kurz lüftend.

»Die sind wir«, bestätigte Geigensauer.

»Ganz schön heiß ist es heute wieder«, meinte Andi Topfer, während sie zum Tisch unter der Linde gingen.

»Vielleicht kommt Abkühlung«, erwiderte Geigensauer und deutete Richtung Wechsel.

»Wird nicht viel werden. Nehmen Sie doch bitte Platz!«

Andi Topfer schloss seinen Laptop, setzte sich und steckte seine Füße in ein Schaffel voll Wasser, das sich unter dem Tisch befand und auch einigen Getränkeflaschen zur Kühlung diente. Nachdem er Mineralwasser serviert hatte, zündete er sich eine Zigarette an.

»Ein schönes Plätzchen haben Sie hier«, lobte Timischl. »Sind Sie aus Oberpodgoria?«

»Nein, nein, ich bin in Wien geboren. Das Haus hat meiner Tante gehört. Sie hat es mir vererbt. Ich habe sie in ihren letzten Lebensjahren gepflegt.«

»Schreiben Sie an einem neuen Buch?«, interessierte sich Geigensauer.

»Natürlich. Fortsetzung folgt.«

»Wie wird es heißen?«

»Vermutlich ‚Tödlicher Uhudler'. Kommen wir jedoch lieber gleich zur Sache. Ich bin kein Freund des Small Talk. Mein Verleger hat mich angerufen. Sie verdächtigen mich, Nermin Said und Nina Leitner erschossen zu haben?«

»So ist es«, bestätigte Geigensauer und trank sein Glas leer.

»Finden Sie nicht, dass das etwas absurd ist?«, zeigte sich Andi Topfer verwundert.

»Nein, überhaupt nicht. Wo waren Sie letzten Samstag in der Nacht?«

Geigensauer lehnte sich zurück und blickte Andi Topfer direkt in die Augen.

»Das muss schon cool sein, wenn man diese Fragen stellen kann«, erwiderte Andi Topfer ironisch lächelnd. »Ich habe hier geschrieben, bis es finster wurde. Dann bin ich ins Haus gegangen, habe mir eine Folge von ›Inspektor Barnaby‹ angesehen und bin ins Bett geschlüpft. Gibt es dafür Zeugen, werden Sie mich jetzt fragen. Leider, nein. Ich glaube nicht, dass es einen Nachbarn gibt, der weiß, ob ich in dieser Nacht zu Hause war. Ich habe mich über diese Rezension in Ninas Bücherwelt sehr geärgert und gekränkt, doch ich habe Nina nicht getötet.«

Er machte einen langen Zug aus seiner Zigarette und fügte hinzu: »Sonst noch irgendwelche Fragen?«

»Kannten Sie Nina Leitner persönlich?«, wollte Geigensauer wissen.

»Beim Impressum von Ninas Bücherwelt habe ich ihren Namen zum ersten Mal gelesen. Mein Verleger Paul Rutad meinte, dass Leitner ein häufiger Familienname in Steinfurt wäre.

Ich habe mich dann bei einem Freund, der in Strem wohnt, erkundigt. Nina stammte aus Steinfurt und studierte in Graz Germanistik. Und erst seit heute weiß ich, dass sie ein Opfer dieses Doppelmordes ist.«

»Nina arbeitete im Bikeresort in Bocksdorf als Kellnerin, um sich das Studium zu finanzieren. Sie servierte bei allen Veranstaltungen von ‚wine, dine & crime'. Ist sie Ihnen nicht aufgefallen?«

»Ich wusste gar nicht, wie sie aussieht. Auf Ninas Bücherwelt gab es kein Foto von ihr und ich habe wirklich nicht alle Kellnerinnen nach ihrem Namen gefragt.« Andi Topfer drückte den Rest seiner Zigarette im Aschenbecher aus.

»Ich glaube Ihnen nicht, dass Sie Nina nicht persönlich kannten«, blieb Timischl hart.

»Warum nicht, wenn ich fragen darf?«, antwortete Andi Topfer verärgert.

»Es muss einen Grund für eine derart negative Rezension geben. So etwas schreibt man nicht, selbst, wenn einem ein Buch absolut nicht zusagt.«

»Schön wäre es, doch Sie sehen, dass es anders ist.«

Andi Topfer schaute von Geigensauer zu Timischl und zurück und wirkte ziemlich zufrieden mit seinen Antworten. Da nahm Timischl ein Säckchen aus seiner Hosentasche und leerte den Inhalt des am Tisch stehenden Aschenbechers hinein.

»Was soll denn das werden?«, fragte Andi Topfer beunruhigt.

»In der Nähe des Tatortes hat jemand neben seinem Auto stehend gewartet und geraucht. Wir werden die Genspuren der dort gefundenen Zigarettenstummel mit den Genspuren auf den Ihrigen vergleichen. Nur eine Routineuntersuchung«, erklärte Geigensauer.

Andi Topfer nahm den Strohhut ab und legte ihn vor sich auf den Tisch. Schweißperlen hatten sich auf seiner Stirn und seiner Nase gebildet. Geigensauer konnte das rasche Pulsieren des Blutes in der Halsschlagader erkennen. Langsam verpackte Timischl das Säckchen mit den Zigarettenstummel wieder und gerade, als er vorgab aufstehen zu wollen, sagte Andi Topfer: »Gut, ich war dort. In wenigen Tagen wissen Sie es ohnehin.«

»Wo waren Sie?«, setzte Geigensauer nach.

»Am Tatort. Ich war in der Mordnacht am Tatort«, brachte es Andi Topfer kaum über die Lippen und mit zittrigen Händen zündete er sich eine weitere Zigarette an.

»Sie haben Nina Leitner erschossen«, legte ihm Geigensauer ein Geständnis in den Mund.

»Natürlich nicht. Ich war es nicht«, rief er empört, sprang auf und ging nervös hin und her.

»Als ich in der Früh von den Morden in den Nachrichten erfuhr, da wusste ich sofort, Sie werden mich verhaften und keiner wird mir glauben, dass ich unschuldig bin. Als ich dann von der Suche nach den Terroristen hörte, war ich erleichtert, doch jetzt ist alles aus. Verhaften Sie mich und fertig! Es wird mir ohnehin niemand Glauben schenken.«

»Schön langsam. Wir wollen von Ihnen trotzdem alles ganz genau geschildert bekommen«, beruhigte Timischl. »Erklären Sie uns einmal, was Sie eigentlich dort in der Nacht vorhatten.«

»Einen totalen Blödsinn hatte ich vor, den größten Unsinn meines Lebens.«

Er raufte sich mit beiden Händen die Haare.

»Ich wollte Nina zeigen, dass an dieser Szene in meinem Krimi gar nichts unglaubwürdig ist. Sie wissen, wovon ich spreche?«

»Ich denke, von der Szene aus Ihrem Buch, in der der Verbrecher mit seinem Wagen der jungen Frau die Weiterfahrt auf dem Waldweg versperrt.«

»Genau. Ich wollte der blöden Kuh eins zu eins zeigen, dass alles möglich ist, was ich beschrieben habe. Vor drei, vier Wochen wartete ich an einem Samstag am Abend, bis sie nach der Arbeit vom Bikeresort heim nach Steinfurt fuhr, und folgte ihr. Sie lenkte ihren Wagen zu meiner Verwunderung nach Punitz und dann durch den Wald Richtung St. Kathrein. Mitten im Wald zweigt linker Hand ein Forstweg ab und führt in einem kleinen Bogen, von dem ein Karrenweg abzweigt, wieder zur Straße zurück. Nina steuerte ihr Auto in diesen Forstweg und ich musste, um ihr nicht aufzufallen, vorbeifahren. Etwa zweihundert Meter weiter blieb ich stehen, schaltete die Fahrzeugbeleuchtung ab und wartete auf sie, aber sie kam nicht und auch sonst kein Auto, weder aus ihrer noch aus der anderen Richtung. Daher beschloss ich, zu wenden und wieder an der Stelle vorbeizufahren. Noch bevor ich mit dem Umkehren begann, kam ein Wagen von St. Kathrein und fuhr von der anderen Seite in den bogenförmigen Forstweg hinein. Offensichtlich traf sich der Fahrer dort mit Nina. Eine Stunde harrte ich aus, dann setzte sich zuerst der unbekannte Wagen nach Punitz in Bewegung und Nina fuhr etwa fünf Minuten später in Richtung St. Kathrein. Während ich wartete, hatte ich meinen Plan entwickelt. Hier würde ich ihr mit meinem Wagen den Weg verstellen, um sie von der Realität meiner Szene zu überzeugen. Es war ein hervorragender Platz und ich konnte ganz sicher sein, dass ich sie aufhalten würde und niemand anderen.«

»Haben Sie sich das Kennzeichen des fremden Fahrzeuges gemerkt?«, unterbrach Geigensauer.

»Nein, denn es hat mich gar nicht interessiert, mit wem diese dumme Person ihre Nächte verbrachte.«

»An den Fahrzeugtyp können Sie sich erinnern?«

»Irgendein SUV oder so was Ähnliches. Es war nichts Kleines und nichts Niedriges, mehr habe ich mir nicht gemerkt. Eine Woche später habe ich die Situation noch einmal beobachtet. Es spielte sich alles genauso ab wie beim ersten Mal. Offensichtlich trafen sie sich dort jede Woche. Letzten Samstag schritt ich dann zur Tat. Ich fuhr schon einige Zeit vor Nina zu dieser Stelle und parkte meinen Wagen ein kleines Stück entfernt Richtung St. Kathrein in einem Forstweg, der rechts hinunter in den Wald führte. Dort wartete ich, einige Zigaretten rauchend, auf das Ende dieser Liebesnacht. Es verlief alles wie immer. Zuerst entfernte sich das Auto ihres Liebhabers. Dann sah ich, dass Nina losfuhr. Unmittelbar vor ihr schoss ich mit meinem Wagen in die Straße hinein. Sie musste stehen bleiben. Ich sprang aus meinem Auto, lief zu ihr und schrie sie an, dass ich sie jetzt natürlich mit einer Waffe bedrohen könnte. Ich denke, ich habe sie auch auf das Gröbste beschimpft.«

Andi Topfer holte mehrmals tief Luft und setzte fort: »Sie war aber so überrascht, so erschrocken, dass sie gar keine Antwort gab. Ich lief zu meinem Wagen zurück, stieg ein und fuhr davon. Kurz vor St. Kathrein kam mir ein Wagen entgegen. Damals dachte ich mir nichts dabei. Es wird jedoch Nermin Said gewesen sein. Unterdessen muss Nina bereits getötet worden sein.«

»Vom großen Unbekannten?«, fragte Geigensauer vom Bericht des Autors wenig überzeugt.

»Keine Ahnung, ich war es nicht«, betonte Andi Topfer. »Ich weiß, das Ganze hört sich ziemlich unwahrscheinlich an.«

»Warum erzählen Sie uns dann nicht einfach die Wahrheit?«, schlug Timischl vor.

»Weil es so gewesen ist. Ich konnte ja nicht ahnen, dass sich irgendwo neben mir dort im finsteren Wald der Mörder von Nina und Nermin aufhielt. Ich habe jetzt noch panische Angst, wenn ich daran denke, dass ich mit ihm zusammen dort gewartet habe.«

»Sie verstehen schon«, sagte Geigensauer, »dass diese Geschichte gar nicht so dumm aussieht, wenn man nur ein bisschen etwas davon ändert. Sie bedrohen Nina nicht, sondern erschießen sie. Unglücklicherweise kommt dann Nermin Said vorbei und muss auch sterben.«

»Ich habe es geahnt, dass mir niemand glauben wird«, murmelte Andi Topfer verzweifelt. Er setzte sich nieder und sackte förmlich in sich zusammen.

»Manche Ahnungen werden wahr«, sagte Timischl ungerührt, ging ein paar Schritte zur Seite und telefonierte. Die Sonne versteckte sich hinter den grauer werdenden Wolken und mit ein paar Windstößen kühlte es merklich ab.

»Sie kannten Nina Leitner also doch?«, fuhr Geigensauer mit der Befragung fort.

»Ja. Diese Person hat sich mir ja förmlich aufgedrängt. Wäre ich ihr nur nie begegnet. Schon nach der zweiten oder dritten Veranstaltung von ›wine, dine & crime‹ kam sie, nachdem alle Gäste gegangen waren, zu mir und erzählte mir, dass sie einen Regionalkrimi geschrieben hätte, der im Südburgenland spielt. Sie hat ihn natürlich auch gleich mitgebracht, damit ich ihn begutachten könnte. Ich sollte ihr dann helfen, das Buch im Verlag Südpapier zu veröffentlichen.«

»Wie war Ninas Kriminalroman?«

»Nicht schlecht. Ich habe nur ein paar Seiten durchgeblättert. Ich lobte sie für gute Ansätze und riet ihr, an einer Schreibwerkstatt oder einem Schreibworkshop teilzunehmen. So mache ich das mit allen diesen Leuten, die mich belästigen, weil sie sich einbilden Schriftsteller zu sein. Man will sie ja nicht beleidigen.«

»Nina Leitner haben sie jedoch damit gekränkt?«

»Offensichtlich. Sie sprach bei ›wine, dine & crime‹ kein Wort mehr mit mir und schon wenige Tage später erschien der Verriss auf ihrem Blog.«

Die dunklen Wolken über dem Wechsel waren nach Norden abgezogen und der Gipfel erstrahlte wieder im Licht der Nachmittagssonne.

»Nina Leitner war im zweiten Monat schwanger«, ließ Geigensauer Andi Topfer keine Zeit zum Verschnaufen.

»Vermutlich von dem Typen, mit dem sie jeden Samstag in der Nacht dort ihre Nummer abzog.«

»Wäre es nicht möglich, dass sie selbst dieser Typ sind«, sagte Timischl, der vom Telefonieren zurückgekehrt war.

»Ich? Ich soll mit dieser Person ein Verhältnis gehabt haben? Niemals.«

Entrüstet war er wieder aufgesprungen.

»Mit dieser eingebildeten und unsympathischen Person?«

»Könnte doch sein? Sie lernten einander bei ›wine, dine & crime‹ kennen und lieben.«

»Ich hätte sicher nicht mit ihr im finsteren Wald im Auto geschlafen. Ich habe hier ein ziemlich bequemes Schlafzimmer. Könnte sein, dass ihr Liebhaber die Öffentlichkeit scheute.«

Andi Topfer schüttelte seinen Kopf und ließ sich wieder nieder.

»Nina wurde schwanger von Ihnen«, setzte Geigensauer seine Überlegungen fort. »Sie wollten kein Kind. Es kam zum Streit. Sie schrieb den Verriss und drohte mit einer Vaterschaftsklage. Sie lockten sie unter dem Vorwand einer Versöhnung in den Wald und erledigten das Problem mit einem Schuss.«

»Sie sollten Autor werden. So viel Fantasie muss einer erst einmal haben«, meinte Andi Topfer zu Geigensauer.

»Ein Vergleich mit Ihren Genen wird zeigen, wer der Vater des Kindes ist.«

Timischl zog das Säckchen wieder aus seiner Hosentasche und hielt es Andi Topfer hin.

Dieser blieb diesmal ruhig und gelassen und meinte nur: »Da können Sie ruhig testen. Ich bin sicher nicht der Vater dieses Kindes. In einer Sache könnten Sie aber Recht haben. Ihr Liebhaber könnte der Mörder sein.«

Die Sonne kam hinter den Wolken wieder hervor, der Wind schlief ein und die Hitze kehrte zurück.

»Woher stammt eigentlich die Waffe, die Sie bei der szenischen Darstellung bei ›wine, dine & crime‹ verwendet haben?«, versuchte Geigensauer eine andere wunde Stelle zu treffen.

»Diese Pistole hat mir Karl Muss geliehen. Sie gehört ihm.«

»Seit gestern wird diese Waffe vermisst.«

»Ich habe sie immer auf der Bühne zurückgelassen.«

»Oder mitgenommen?«

»Ich habe die Pistole nicht genommen und ich habe Nina Leitner nicht umgebracht. Zum letzten Mal. Weiß Gott, wo diese Pistole jetzt ist. Von mir aus können Sie mein ganzes Haus durchsuchen.«

Geigensauer und Timischl schwiegen einige Augenblicke.

»Worauf warten wir?«, fragte Andi Topfer.

»Auf die Beamten, die Sie verhaften werden«, erwiderte Timischl. »Ich habe mit der Staatsanwaltschaft gesprochen.«

»Ich habe es gewusst«, stieß Andi Topfer hervor, stieß mit dem Fuß das Schaffel unter dem Tisch um und sprang wieder auf. »Sie werden noch bereuen, dass Sie mich festgenommen haben. Ich sehe schon die Schlagzeile. ‚Großer Fehlschlag der Polizei im Fall Nermin Said'.«

Er wirkte mit einem Mal wieder auf das Äußerste angespannt und nahe einem Nervenzusammenbruch.

»Das werden wir aushalten«, blieb Timischl unberührt.

»Mein Buch, meine Daten, meine Arbeit«, brachte er nur hektisch und stoßweise hervor.

»Sie können alles sichern und das Notebook im Haus verwahren«, versucht Geigensauer zu beruhigen.

Andi Topfer machte ein paar Mausklicks, schloss den Laptop und Timischl begleitete ihn ins Haus hinein. Geigensauer blieb im Garten und wartete auf die Beamten, die bald eintreffen würden. Er hatte während des Verhöres zunehmend den Eindruck gewonnen, dass Andi Topfer zwar am Tatort gewesen, vermutlich aber nicht Vater von Ninas Kind war. Plötzlich rannte Timischl aus dem Haus und ohne Worte um das Gebäude herum zu seiner Rückseite. Geigensauer folgte ihm.

»Verdammt und noch einmal verdammt.«

Timischl schlug sich mit der rechten Faust in die linke Hand.

»Und das passiert mir im 35. Dienstjahr. Es ist zum Verrücktwerden.«

Geigensauer konnte sich leicht ausmalen, was passiert war.

»Wie hat er das geschafft?«

»Der Schrankraum seines Schlafzimmers besitzt einen Ausgang auf der Hinterseite des Hauses. Wer rechnet denn mit so etwas?«

Timischl zeigte auf die kleine Tür auf der Rückseite des Gebäudes. Ein paar Meter entfernt von dem Ort, an dem Timischl und Geigensauer standen, begannen die Wälder, die sich zu den Gipfeln des Günser Gebirges emporzogen. Plötzlich hörten beide das laute Knattern eines frisch gestarteten Mopeds. Gleich darauf wurde der Motorenlärm schwächer, denn die Maschine entfernte sich.

»Er hat alles ganz genau geplant«, sagte Geigensauer noch überrascht von der Flucht des Autors. »Dabei war ich, je länger das Verhör dauerte, immer mehr überzeugt, dass nicht er der Täter ist.«

»Mir ging es genauso, doch der Staatsanwalt wollte eine Person, die zur Tatzeit am Tatort war und ein Motiv besitzt, nicht einfach frei herumlaufen lassen.«

»Vielleicht hat er Recht?«

»Nein, ich glaube, Andi Topfer war es nicht.«

Timischl war sehr nachdenklich geworden.

»Ich glaube, Andi Topfer hat Angst vor einem Justizirrtum.«

»Vielleicht?«

Geigensauers Glaube an Andi Topfers Unschuld war mit dessen Flucht verschwunden. Der Streifenwagen mit den Beamten traf ein und sie veranlassten sofort eine Großfahndung und eine Hausdurchsuchung. Während die Beamten ihrer Arbeit nachgingen, standen Geigensauer und Timischl unter der Linde im Garten und Timischl rauchte eine Zigarette. Außer ein wenig Haschisch wurde nichts gefunden. Hatte es Andi Topfer von Alois Oberlugger bezogen? Geigensauer erinnerte sich, wie nervös dieser wurde, als sie über seinen Besuch bei »wine, dine & crime« sprachen. Vielleicht hatte er dort an Andi Topfer verkauft.

»Was machen wir jetzt?«, fragte Geigensauer nach einiger Zeit sich selbst und Timischl.

»Angenommen Andi Topfer sagt die Wahrheit«, begann Timischl, »wer ist dann der Liebhaber von Nina Leitner, der nicht gerne gesehen wird? Ich denke da jetzt vor allem an Karl und Otto Muss. Schließlich hatte Nina doch ständig Kontakt mit ihnen. Ich habe zuerst nicht nur den Staatsanwalt angerufen, sondern auch in Bocksdorf. Ich wollte eigentlich von Otto oder Karl wissen, ob ihnen aufgefallen wäre, dass Andi Topfer eine Beziehung mit Nina gehabt hätte. Es war jedoch nur Martha Muss zu erreichen. Ich habe uns aber für den späteren Nachmittag angekündigt. Wir werden ihnen auf jeden Fall auf den Zahn fühlen. Ich glaube nicht, dass Andi Topfer der Vater des Kindes ist.«

»Dieser Liebhaber«, dachte Geigensauer laut, »soll doch vor Nina abgefahren sein. So hat es Andi Topfer geschildert. Kann er dann überhaupt der Mörder sein?«

»Der rosarote Panther« erklang aus Timischls Hosensack. Es war Drubovic, dem Timischl alles berichtete. Nachdem das Gespräch beendet war, meinte er: »Ich glaube, mein Klingelton passt besser zu mir, als mir lieb ist.«

Jane hatte noch geraume Zeit benötigt, um die Küche nach der Strudelproduktion wieder in Ordnung zu bringen. Danach fühlte sie sich müde, legte sich im Garten im Schatten hin und schlief ein. Aufgewacht stellte sie fest, dass es schon gegen halb vier ging. Trotzdem hielt sie an ihrem Plan fest, eine kleine Radtour zu machen. Sie entschloss sich, auf dem Öko-Energieland-Radweg von Güttenbach nach St. Michael und dann über St. Michael Bergen nach Punitz zu radeln. Von dort wollte sie bis zum Tatort gelangen, wieder umkehren und über Punitz Güttenbach erreichen. Die Hitze stand noch über dem Asphalt, als sie losfuhr, obwohl die Bahn der Sonne sich langsam dem Horizont zu nähern begann. Ein grüner Kastenwagen fiel ihr auf, der schräg gegenüber am Straßenrand parkte. Vermutlich hatten die Nachbarn Arbeiter im Haus. An diesem Sommernachmittag lag die Ortschaft ziemlich verlassen da. Erst bei der Brücke über den Güttenbach traf Jane die erste Person, eine alte Frau, die mit einer braunen Einkaufstasche auf einen schwarzen Stock gestützt vom Geschäft nach Hause hinkte. Vor dem Gasthaus bei der Kirche saßen drei Männer und tranken Bier. Die Parkplätze vor dem Gemeindeamt waren unbenützt. Am Ende der Ortschaft bog Jane zu den Tennisplätzen ab, überquerte den Güttenbach und fuhr dann den Feldweg am linken Ufer des Baches in Richtung St. Michael. Für einen Radweg war die Angelegenheit mehr als holprig und Jane überlegte, ob je ein Radler vor ihr diesen Teil des Radweges befahren hatte. Der Weg ging an mehreren Teichanlagen vorbei, die zur Fischzucht dienten, um sich dann der Bundesstraße zu nähern, die von Großpetersdorf nach St. Michael führte und hier den Güttenbach und den Radweg mit einer Brücke überquerte. Direkt unter der Brücke stand mitten auf dem Feldweg wieder der grüne Kastenwagen. Vielleicht wird an der alten Brücke etwas renoviert, dachte Jane und fuhr auf dem Wiesenstreifen zwischen Kastenwagen und Güttenbach unter der Brücke hindurch. Arbeiter waren weit und breit nicht zu sehen. Das Letzte, an das sie sich später erinnern konnte, war ein Geräusch hinter sich und ein Schlag auf ihren Kopf.

Es mochte gegen fünf Uhr gehen. Ute von Rainburg saß in ihrem Büro mit einem wunderschönen Blick auf die Weinberge des Pinkatales und war gerade intensiv damit beschäftigt, die Bilanz ihres Hotels für das 2. Quartal zu studieren. Die Zahlen hatten sie sehr nachdenklich gestimmt. Es war an der Zeit, aus den Verlusten Gewinne zu machen, wenn sie nicht ihr ganzes Vermögen verlieren wollte. Das Telefon läutete. Es war die Sekretärin. Bevor diese noch etwas sagen konnte, meinte Ute von Rainburg verärgert: »Habe ich nicht gesagt, dass ich nicht gestört werden will.«

»Ja, es ist aber geschäftlich und sehr dringend. Ein Herr Karl Muss.«

Ute von Rainburg war so perplex, als sie den Namen hörte, dass sie nicht sofort antwortete. Was wollte Karl Muss mit ihr besprechen?

»Wollen Sie ihn sprechen?«, fragte die Sekretärin zaghaft, nachdem sie einige Sekunden gewartet hatte.

»Verbinden Sie!«, befahl Ute von Rainburg noch immer sehr erstaunt und meldete sich mit: »Ute von Rainburg. Bikepoint Pinkatal.«

»Karl Muss, Bikeresort Bocksdorf. Sie werden sich wohl wundern, warum ich anrufe.«

»Das kann man wohl sagen.«

»Nun, ich möchte einen neuen Anlauf für eine Kooperation zwischen unseren beiden Häusern machen. Ich glaube, ich habe meine Partner doch überzeugen können, dass das der einzig sinnvolle Weg ist.«

»Das klingt aber sehr vernünftig«, war Ute von Rainburg sichtlich erfreut.

»Genaueres würde ich Ihnen gerne in einem Vieraugengespräch darlegen, möglichst auf neutralem Boden ohne Zeugen. Ich möchte mit einem fertigen Projekt die restlichen Zweifel meiner Partner beseitigen.«

»Peter Drezits und andere?«

»So in etwa.«

»Wann und wo?«, fragte Ute von Rainburg neugierig geworden.

»Heute um 23 Uhr beim Teich im Clusius Naturpark bei Urbersdorf.«

»Ein bisschen spät und sehr entlegen.«

»Ich möchte von niemandem gesehen werden. Das Ganze muss zunächst völlig geheim bleiben.«

»Ein Kaffeehaus in der Steiermark, Fürstenfeld oder Hartberg wäre mir lieber.«

»Dort oder gar nicht, ein Kaffeehaus ist mir viel zu riskant. Mich kennen so viele Menschen.«

»Gut, einverstanden.«

Man hatte in der gesamten Gegend Straßensperren errichtet und sogar ein Hubschrauber des Bundesheeres war von Punitz aus aufgestiegen und hatte das Günser Gebirge nach dem flüchtigen Andi Topfer abgesucht. Auch Beamte mit Hunden waren im Einsatz. Zunächst blieben all diese Bemühungen erfolglos. Der Gesuchte war spurlos verschwunden. Timischl und Geigensauer waren durch diese Aktivitäten noch eine ganze Weile in Oberpodgoria festgehalten worden und so erreichten sie das Bikeresort in Bocksdorf erst gegen achtzehn Uhr. Karl Muss empfing die beiden wieder in seinem Arbeitszimmer. Er wirkte müde und abgekämpft und sein blaues Hemd zeigte deutlich große Schweißflecken.

»Verzeihen Sie mein Aussehen. Ich war am Nachmittag Schwammerl suchen und konnte mich noch nicht duschen und umziehen. Im Radio haben sie vermeldet, dass eine Großfahndung nach einem flüchtigen Tatverdächtigen läuft. Wen suchen Sie denn da?«

»Betriebsgeheimnis. Die Presse ist immer ein bisschen voreilig. Die Ermittlungen sind leider noch lange nicht abgeschlossen. Wir konzentrieren uns gerade auf die Suche nach dem Vater des Kindes von Nina Leitner.«

»Wie soll ich Ihnen dabei helfen?«

Karl Muss zuckte während seiner Antwort mit den Schultern.

»Könnte es nicht sein, dass Nina ihren Freund hier im Hotel kennengelernt hat?«, fragte Geigensauer.

»Ich liebe es nicht, wenn mein Personal mit meinen Gästen ein Techtelmechtel hat«, erwiderte Karl Muss streng. »Das schadet nur dem Geschäft.«

»Auch zwischen Andi Topfer und Nina Leitner ist Ihnen nichts aufgefallen.«

»Nein, bestimmt nicht.«

»Sie selbst hatten auch keinen näheren Kontakt zu Nina«, nannte es Timischl beim Namen.

»Ich? Ich bin verheiratet«, empörte sich Karl Muss. »Ich denke, Sie gehen mit ihren Überlegungen ein bisschen sehr weit. Sie glauben doch nicht …«

»Wir müssen alles in Betracht ziehen. Schließlich sind Ermittlungen keine Glaubensfrage. Sind sie der Vater des Kindes?«

»Natürlich nicht.«

Aufgeregt stand er auf und zündete sich eine Zigarette an. Nach einer Weile meinte er: »Jetzt verstehe ich erst, wie der Hase läuft. Sie denken, ich könnte Nina erschossen haben. Ist das nicht mehr als weit hergeholt, Herr Inspektor?«

»Finde ich nicht. Sie haben kein richtiges Alibi für die Tatzeit. Ihre Pistole fehlt und ein Motiv haben Sie auch. Ihre Frau sollte nicht erfahren, dass Nina ein Kind von Ihnen bekommt.«

»Jetzt werden Sie nur nicht frech«, schrie Karl Muss im Tonfall eines Schulmeisters, »sonst setze ich Sie einfach vor die Türe. Das sind ja ungeheuerliche Unterstellungen.«

Er war richtig zornig geworden und blickte böse und mit hochrotem Kopf auf Timischl und Geigensauer.

»Wer hat dann Nermin Said getötet? Auch ich?«

»Vermutlich wollten Sie keine Zeugen haben«, erklärte Timischl.

Da ging die Tür auf und Otto Muss trat ein.

»Ich habe noch schnell geduscht.«

Er zeigte auf seine nassen Haare.

»Diese Hitze macht einen völlig fertig. Sie wollen mich sprechen?«

»Die beiden Herren glauben, ich wäre der Vater des Kindes von Nina Leitner und hätte sie deshalb ermordet«, erklärte Karl.

»Und wer hat dann Nermin Said getötet?«, wollte Otto wissen. »Auch du?«

»Vermutlich.«

Karl forderte die Ermittler mit der Hand auf, dazu Stellung zu nehmen, und Geigensauer nickte zustimmend.

»Auch Sie könnten der Vater ihres Kindes sein«, wandte sich Timischl dann an Otto Muss und unterbrach den brüderlichen Wortwechsel.

»Jeder könnte der Vater sein. Ich bin es nicht und Karl auch nicht. Das können Sie vergessen.«

»Ist Ihnen jemand aufgefallen, der als Vater in Frage käme?«

Otto Muss zündete sich eine Zigarette an und antwortete: »Mir ist hier im Hotel niemand aufgefallen, der mit Nina eine engere Beziehung haben könnte. Vielleicht ist der Liebhaber in Graz zu suchen. Nina studierte doch in Graz.«

»Auf jeden Fall meldet sich dieser Vater nicht. Vielleicht weiß er von der Schwangerschaft noch nichts, oder er will nichts davon wissen. Im zweiten Fall ist der Mann ziemlich verdächtig.«

»Sie meinen, das könnte auf mich oder meinen Bruder zutreffen?«

»Durchaus. Zusätzlich liegt weder bei Ihnen noch bei Ihrem Bruder ein stichfestes Alibi vor.«

»Karl, den Argwohn der beiden Herren können wir leicht zerstreuen«, meinte Otto Muss plötzlich erfreut. »Ein Gentest könnte leicht zeigen, dass wir beide mit Nina kein Verhältnis hatten.«

»Gentest? Wozu denn das? Zählt ein Wort nichts mehr?«, widersprach Karl Muss.

»Hier, meine Zigarette!«

Otto Muss reichte sie Timischl und meinte dabei: »Herr Inspektor. Lassen Sie bitte einen Gentest machen! Ich möchte von diesem Verdacht reingewaschen werden.«

»Gerne.«

Timischl übernahm die Zigarette und verwahrte sie in einem Säckchen.

»Komm, gib deinen Stummel her«, forderte Otto Karl auf, der noch keine Anstalten machte ihm zu folgen. »In zwei Tagen sind wir diese unnötigen Fragen los.«

»Wenn es unbedingt sein muss«, sagte Karl und übergab seinen Stummel.

Der Kopf tat fürchterlich weh und jede Bewegung verursachte zusätzliche Schmerzen. Hatte sie geschlafen? Wo war sie eigentlich? Angestrengt versuchte das zurückgekehrte Bewusstsein diese Fragen zu klären. Unwillkürlich fuhr sich Jane mit der Hand durch die Haare. Sie waren von geronnenem Blut verklebt. War sie mit dem Rad gestürzt? Erst mit der Zeit erinnerte sie sich an den grünen Kastenwagen, die Fahrt unter der Brücke und den Schlag auf den Kopf. Wo war sie eigentlich? Rund um sie war es fast finster. Ohne sich aufzurichten, blickte sie sich um. Das Erste, das sie sah, war ein kleines mit zwei kreuzförmigen Eisenstäben vergittertes Fenster, dessen Läden geschlossen waren, wodurch nur wenig Licht in den Raum drang, auf dessen hölzernem Fußboden sie lag. Im Eck erblickte sie eine Bank mit Tisch und zwei Stühlen. An einer Wand stand ein kleiner, schwarzer Ofen, an der anderen lehnte ein leerer Kasten mit offenen Türen. Links war die Tür in den Raum. Vorsichtig setzte sie sich auf. Sie wollte aufstehen, doch sofort wurde ihr schwindlig und sie sank wieder zu Boden. So kroch sie auf allen vieren zum Ausgang, richtete sich auf und versuchte die Türe zu öffnen. Natürlich war sie verschlossen. Jemand hatte sie überfallen und hier eingesperrt. Erschöpft setzte sie sich wieder nieder, den Rücken an die Wand gelehnt. Der Kopf dröhnte und es war kaum möglich einen klaren Gedanken zu fassen. Es war ihr speiübel. Sicher hatte sie eine Gehirnerschütterung. Ihr Handy, das sie in der Rückentasche des Fahrradleibchens getragen hatte, fehlte natürlich. Sie musste hier weg, aber wie. Sie schleppte sich zum Fenster. Einer der Sprieseln der Läden war verzogen und sie konnte durch den Spalt ins Freie blicken. Außer einem Stück Wald in der Abenddämmerung war nichts zu erkennen. Das ganze Ambiente und der Ausblick ließen vermuten, dass man sie in einer Holzfällerhütte im Wald gefangen hielt. Erschöpft setzte sie sich auf der Bank nieder. Sie war sich sicher, dass ihre

Entführung etwas mit den Ermittlungen von Anton im Fall von Nermin Said zu tun hatte, doch sie war zu schwach, um länger darüber nachzudenken. Sie streckte sich auf der Bank aus, denn auch Sitzen war ihr zu anstrengend.

Geigensauer ließ sich, nachdem ihn Timischl in Güttenbach abgesetzt hatte, in der Laube nieder und dachte noch einmal über die Ermittlungsergebnisse des letzten Tages nach. Wer kam als Täter nun in Frage?

In erster Linie natürlich Andi Topfer. Die Großfahndung nach ihm war bisher ohne Erfolg. Er konnte aufgrund der am Tatort zurückgelassenen Zigarettenstummel gezwungen werden zuzugeben, dass er zur Tatzeit am Tatort gewesen war, und er war geflohen, um der Verhaftung zu entgehen. Beides sprach gegen ihn. Geigensauer hatte Andi Topfer während des Verhöres genau beobachtet. Er glaubte nicht, dass dieser der Vater des Kindes von Nina Leitner war. Der Gentest würde aber in Kürze Gewissheit bringen. Blieb als Motiv nur die Rache für die schlechte Rezension. Warum sollte Andi Topfer fliehen, wenn er nicht der Täter war? Aus Angst vor einem Justizirrtum?

Dann wandte sich Geigensauer den Brüdern Muss zu. Der Vorschlag von Otto und Karl einen Gentest zu machen, sprach dafür, dass keiner von beiden als Vater des Kindes in Frage kam. Dann hatten sie beide kein Motiv, zuerst Nina und dann Nermin Said zu töten. Umgekehrt könnte es natürlich gewesen sein. Sie könnten einzeln oder zu zweit zuerst Nermin Said und dann Nina getötet haben. Sie hatten beide kein brauchbares Alibi. Zwei Dinge standen im Widerspruch zu dieser Annahme, einerseits, dass der Jäger Ewald Tusk nur die Schüsse auf Nermin Said gehört hatte, andererseits die Schilderung von Andi Topfer. Danach hatte er Nina zu einem Zeitpunkt aufgehalten und bedroht, an dem Nermin Said noch weit vom Tatort entfernt war. Wenn diese Beschreibung den Tatsachen entsprach, konnte danach nur schwer zuerst Nermin Said und dann Nina umgebracht worden sein.

Nun dachte Geigensauer über den Vater des Kindes, den Freund von Nina nach. Wenn Andi Topfer und die Gebrüder Muss durch den Gentest als Väter ausscheiden sollten, dann kam nur ein ihnen bisher unbekannter Mann infrage. Laut dem Bericht von Andi Topfer war dieser bereits abgefahren, als Andi Topfer Nina den Weg versperrte. Dann konnte dieser nur der Mörder sein, falls er wieder zum Tatort zurückgekehrt war. Warum hätte er das tun sollen? Warum meldete er sich nicht?

Auf den nächtlichen Mopedlenker, der die Jagd von Ewald Tusk gestört hatte, hätte er bald vergessen. Da Alois Oberlugger als Täter ausschied, blieb nur noch ein Verdächtiger, der ein Moped besaß, Andi Topfer. Er war aber mit seinem Auto am Tatort gewesen.

Ein Killer, Terroristen, Mitra Said und Dankon Carpat. Letztlich gab es noch viele denkbare Varianten.

Die Dämmerung setzte ein und Geigensauer wunderte sich, dass Jane von ihrer Radtour noch nicht zurückgekehrt war. Er rief sie an. Ihr Handy läutete, doch sie hob nicht ab. Er schaute in der Garage nach. Ihr Fahrrad fehlte. Sie musste unterwegs sein. Nach ein paar Minuten probierte er es wieder, vergebens. Diesmal sprach er auf ihre Box.

Jane musste dann doch für längere Zeit eingeschlafen sein, denn rund um sie war es stockdunkel geworden. Sehr rasch wurde ihr jetzt ihre Lage bewusst. Körperlich ging es ihr besser. Noch einmal probierte sie allerdings vergeblich, die Tür zu öffnen. Durch die kleine Öffnung beim Fenster konnte sie ein kleines Stück Sternenhimmel über dem dunklen Wald sehen. Sicher machte sich Anton schon längst Sorgen, wo sie geblieben war. Von ihrem Entführer fehlte jede Spur. Wer weiß, ob er überhaupt wiederkommen würde. Sie beschloss, die Glasscheibe des Fensters zu zerbrechen. Falls jemand an dem Haus vorbeikam, sollte er ihre Rufe hören können. In der Lade des Tisches ertastete sie Besteck und mit dem Griff eines Messers zertrümmerte sie die kleine Scheibe, die sich zwischen dem Gitter und den Läden befand. Sie lauschte hinaus. Kein Straßenlärm, nur die Laute des nächtlichen Waldes waren zu hören. In der Dunkelheit mit dem Messer an der Tür zu werken, erwies sich als sinnlos. Damit musste sie warten, bis es hell wurde. Ermattet legte sie sich wieder hin. Die Zeit wollte nicht vergehen. So dachte sie, um sich abzulenken, darüber nach, wer der Entführer sein könnte. Sie ging fest davon aus, dass diese Entführung mit den Morden an Nermin Said und Nina Leitner zusammenhing. Wollte der Täter Anton damit erpressen? Wusste sie etwas, was sie nicht wissen durfte? Warum war sie dann nicht ganz beseitigt worden? Am Portiunkula-Kirtag in Güssing hatte sie einiges beobachtet, was verdächtig gewirkt hatte. Es konnte aber alles so eine harmlose Erklärung haben, wie die Tragtasche, die Karl Muss von Alois Oberlugger übernommen hatte und die vermutlich nur Schafkäse enthalten hatte. Vermutlich war auch die Handtasche harmlos, die Mitra Said bei dem afrikanischen Händler vergessen hatte. Sie konnte auch keinen Grund finden, warum sich Andi Topfer durch sie bedroht fühlen könnte. Sie gab es auf. Das Messer behielt sie in ihrer Hand, falls der Entführer kommen sollte. Es sah aber gar nicht danach aus.

Sobald es finster wurde, begann Geigensauer immer unruhiger zu werden. Nach wie vor konnte er Jane telefonisch nicht erreichen. Hoffentlich war sie nicht verunglückt. Jeden Augenblick befürchtete er einen Anruf aus einem Spital mit der Mitteilung, dass sie verletzt eingeliefert worden wäre. Es blieb jedoch unerträglich still in der Küche. Vergeblich wartete er auf das Quietschen von Fahrradbremsen im Hof oder das Öffnen der Eingangstüre. Das Warten wurde unerträglich. Er musste etwas unternehmen. Äußerst beunruhigt setzte er sich ins Auto. Er wollte die Routen abfahren, von denen Jane zu Mittag gesprochen hatte. Zunächst ging es also zum Meierhof und dann über die Felder nach Kohfidisch und von dort über Kirchfidisch und den Flughafen Punitz zurück. Die Hoffnung, dass Licht im Haus brennen würde, weil

Jane unterdessen heimgekehrt war, erfüllte sich nicht. Vielleicht war sie doch ein Stück des Öko-Energieland-Radweges gefahren. Geigensauer fuhr nach St. Kathrein und von dort am Tatort vorbei nach Punitz, dann nach Güttenbach und von dort den holprigen Weg entlang des Güttenbaches nach St. Michael. Jane war nirgendwo zu finden. Er kehrte nach Haus zurück. Verzweifelt rief er Drubovic an.

Dieser war bereits aus Wien zurück und traf nur wenige Minuten später bei Geigensauer ein.

»Es muss ihr etwas zugestoßen sein«, empfing ihn Geigensauer aufgeregt.

»Das wird sich alles in Kürze in Wohlgefallen auflösen«, meinte Drubovic beruhigend. Sein Gesicht konnte Geigensauer jedoch nicht täuschen. Auch Drubovic machte sich offensichtlich Sorgen.

»Ruf Jane noch einmal an!«, forderte er Geigensauer auf. Wieder nahm niemand das Gespräch an.

»Wir sollten einmal im Ort fragen, ob jemand Jane wegfahren gesehen hat«, schlug Drubovic vor. »Ich frage in den Gasthäusern und du bei den Nachbarn.«

Geigensauer entschied sich zunächst, die alte Dame schräg gegenüber aufzusuchen. Er wusste, dass sie oft am Nachmittag auf der Bank vor ihrem Haus saß und das Geschehen auf der Straße beobachtete. Sie wartete dort oft stundenlang darauf, dass jemand vorbeikam, stehen blieb und sich zu einem Gespräch zu ihr auf die Bank setzte. Es dauerte, bis er Frau Rodokavits kommen hörte. Zwei Schlösser wurden aufgesperrt und die vorgelegte Kette wurde erst entfernt, als sie Geigensauer durch den Türspion erkannte.

»Guten Abend, Herr Geigensauer. Es hat ein bisschen gedauert, aber ich bin beim Fernsehen eingeschlafen. Ich bin eben schon alt. Was brauchen Sie?«

»Meine Frau hat heute Nachmittag eine Radtour unternommen und ist noch nicht zurückgekehrt …«

»Ich habe sie wegfahren gesehen«, unterbrach sie Geigensauer. »Es war gegen vier Uhr. Hoffentlich hat sie keinen Unfall gehabt. Sie wird doch nicht in der Dunkelheit radeln.«

»Nein, sicher nicht. Später haben Sie Jane nicht mehr gesehen?«

»Nein, bestimmt nicht. Ich bin bis zum Beginn von ›Burgenland Heute‹ im Freien gesessen. Es war so ein schöner Abend. Frau Zobusits ist vorbeigekommen und wir haben lange getratscht. Frau Jindrasits hat sich dann auch noch zu uns gesetzt. Nein, ich habe Jane nicht mehr gesehen.«

»Danke für die Auskunft.«

»Vielleicht liegt sie im Spital, ist bewusstlos und hat keinen Ausweis bei sich. Das soll schon vorgekommen sein.«

Während dieser Worte musterte sie Geigensauer genau, und als sie die Sorge in seinem Gesicht bemerkte, setzte sie hinzu: »Es wird ihr schon nichts passiert sein. Vielleicht hat sie jemand getroffen und plaudert mit ihm irgendwo in einem Gasthaus.«

»Vielleicht«, erwiderte Geigensauer. »Einen schönen Abend noch.«

»Ganz etwas anderes. Sie sind doch so etwas wie ein Polizist?«, wollte sie sich offensichtlich noch nicht verabschieden.

»So ungefähr«, antwortete Geigensauer ungeduldig, denn er wollte weiter zu den nächsten Nachbarn.

»Heute Nachmittag habe ich etwas Seltsames beobachtet. Direkt vor meinem Haus ist ein grüner Lieferwagen stehen geblieben.«

»Ich habe ihn gesehen, als ich mit Inspektor Timischl weggefahren bin«, erinnerte sich Geigensauer.«

»Es war nicht der Weinhändler, auch nicht der Fleischer«, fuhr sie fort. »Zunächst dachte ich, sicher wieder ein neuer Paket-Dienst, den ich nicht kenne. Der Fahrer stieg jedoch gar nicht aus. Über zwei Stunden hat er dort Pause gemacht. Wenn mir das Gehen nicht so schwer fallen würde, dann wäre ich sicher hingegangen und hätte ihn gefragt, was er hier mache. So dachte ich, er gönne sich eine unerlaubte Pause. Wenn das sein Chef wüsste! Später habe ich Frau Zobusits davon erzählt und sie hat mir Angst eingejagt. Sie meinte, dass Räuber, bevor sie einbrechen, ihre Opfer genau beobachten würden. Vielleicht hat er vor, mich auszurauben. Ich habe die Tür gut abgesperrt und alle Läden verschlossen. Heute in der Nacht bleibt mir kein Fenster offen.«

Sie drohte möglichen Räubern mit der geballten Faust.

»Wann ist er wieder weggefahren?«

»Sofort, nachdem ihre Frau mit dem Rad weggefahren ist.«

»Wie sah der Fahrer denn aus?«

»Ich konnte sein Gesicht nicht erkennen. Er trug eine Sonnenbrille und eine Schirmkappe wie die Ganoven im Fernsehen. Ich schaue gerne Krimis.«

Sie lachte mit ihrer hohen Fistelstimme.

»Sie glauben wirklich, das war ein Einbrecher«, wollte sie mit funkelnden Augen wissen.

»Vielleicht. Sicher ist sicher. Von welcher Fahrzeugmarke war der Wagen?«

»Keine Ahnung, da kenne ich mich gar nicht aus. Er war dunkelgrün und wirkte alt.«

»Haben Sie sich zufällig das Kennzeichen gemerkt?«

»Nein, leider nicht.«

»Wir werden der Sache nachgehen. Immer gut zusperren! Gute Nacht.«

Mit diesen Worten entfernte sich Geigensauer, um eine Fortsetzung des Gespräches zu verhindern, denn er sah den Wagen von Drubovic zurückkommen. Er war überzeugt, dass der grüne Lieferwagen mit dem Verschwinden von Jane zu tun hatte.

»Was gibt es im Gasthaus Neues?«, fragte er Drubovic sofort.

»Jane wurde gesehen. Sie ist etwa um vier Uhr die Hauptstraße hinunter Richtung St. Michael gefahren. Drei Männer saßen im Gastgarten und haben sie beobachtet.«

»Also hat sie doch den Öko-Energieland-Radweg gewählt.«

»Vermutlich.«

»Frau Rodokavits hat einen grünen Lieferwagen beobachtet, der über zwei Stunden vor ihrem Haus parkte. Als Jane wegfuhr, folgte er ihr. Der Fahrer trug eine Sonnenbrille und eine Schirmkappe. Sein Gesicht konnte sie daher leider nicht erkennen. Auch das Kennzeichen hat sie sich nicht eingeprägt. Der Wagen ist mir schon aufgefallen, als ich mit Timischl zu Andi Topfer gefahren bin.«

»Das gefällt mir gar nicht«, meinte Drubovic. »Ich werde Timischl verständigen. Gehen wir ins Haus.«

Timischl traf wenige Minuten später ein. Auch seine Miene konnte Geigensauer nicht beruhigen.

»Von den Spitälern in Güssing und Oberwart haben wir bereits die Rückmeldung, dass heute Nachmittag keine Person eingeliefert worden ist, deren Beschreibung auf Jane passt«, sagte Timischl sofort, als er die Küche betrat. »Anton, ich habe eine Handyortung veranlasst. Nach dem grünen Lieferwagen suchen wir in den Zulassungen. Wir machen, was wir können. Dein Handy und dein Festnetzanschluss werden überwacht, falls jemand anrufen sollte.«

»Danke.«

Timischl setzte sich zu ihnen.

»Zuerst entkommt uns Andi Topfer und dann verschwindet Jane. Ist das ein Zufall?«, fragte Drubovic ernst in die Runde.

»Du glaubst, die beiden Dinge hängen zusammen?«, bezweifelte Geigensauer.

»Warum nicht? In Panik hat sich Andi Topfer seiner Verhaftung durch Flucht entzogen. Da ist es doch durchaus möglich, dass er auch noch eine Geisel nimmt.«

»Andi Topfer ist uns mit einem Moped entkommen«, warf Timischl ein. »Er könnte den grünen Lieferwagen gestohlen haben.«

»Der Lieferwagen parkte schon bei der Nachbarin, als wir von hier wegfuhren«, erinnerte Geigensauer Drubovic.

»Richtig. Das hast du mir schon erzählt.«

»Außerdem haben wir das Gebiet um Oberpodgoria weiträumig

abgesperrt. Ich kann mir nicht vorstellen, dass er nach Güttenbach gelangen konnte«, sagte Timischl und schüttelte verneinend den Kopf.

»Andi Topfer könnte einen Komplizen haben. Das wäre noch eine Variante«, kam Geigensauer eine neue Idee.

»Es muss jedoch nicht Andi Topfer sein«, überlegte Drubovic. »Wir könnten den Täter schon mehr in Bedrängnis gebracht haben, als wir ahnen. Er wird versuchen Anton zu erpressen. Verwunderlich, dass er sich bisher nicht gemeldet hat.«

Geigensauer blickte auf sein Handy. Es gab keine eingegangenen Nachrichten oder Anrufe.

Die Melodie des »rosaroten Panthers« erklang und Timischl zückte sein Smartphone.

»Inspektor Timischl. Neuigkeiten … Das ist fein … Schieß los! Schade … Kann man nichts machen … Wunderbar. Wir kommen. Bis bald.«

»Zuerst die schlechte Nachricht«, wandte er sich den Freunden zu. »Kein grüner Lieferwagen ist in den Bezirken Oberwart, Güssing oder Jennersdorf gemeldet. Auch keiner unserer Verdächtigen ist Besitzer eines solchen Fahrzeuges. Eigenartig, wirklich eigenartig. Nun zur guten Nachricht. Janes Handy wurde geortet. Zwischen Güttenbach und St. Michael, ungefähr dort, wo die Bundesstraße über den Güttenbach führt. Die Kollegen sind schon unterwegs.«

Während der nächtlichen Fahrt durch den Moschendorfer Wald nach Strem wurde Ute von Rainburg das Treffen mit Karl Muss immer unheimlicher. War es eine Falle? Sollte sie wie Nermin Said umgebracht werden? Sie hatte einen Pfefferspray in der Handtasche und sie war durchaus eine mutige Frau, doch was half das gegen die Pistole eines Mörders. Beim Kreisverkehr, wo die Straße nach Heiligenbrunn abzweigte, wollte sie schon umkehren, tat es dann jedoch nicht, denn Karls E-Mail und der heutige Anruf hatten durchaus vernünftig geklungen. Ein gutes Projekt konnte die anderen Besitzer des Bikeresorts vielleicht überzeugen. Rein theoretisch könnten Fahrradtouristen von einem zum anderen Hotel fahren, dort übernachten und wieder zurückkehren. Es gab genug wunderbare Routen zwischen Stremtal und Pinkatal. Sie fuhr weiter vorbei an Strem und bog dann nach Urbersdorf ab. Noch einmal war sie nahe daran umzukehren. Sie bog aber doch in das kleine Straßenstück ein, das zum Teich führt, verriegelte alle Wagentüren von innen und schloss die Fenster.

In langsamer, holpriger Fahrt erreichte sie den Platz vor dem Teich. Der ganze Wildpark war in seinem jetzigen Zustand keine Attraktion für das Südburgenland. Immer wieder wurden Gäste dadurch, dass der Park in allen Landkarten eingezeichnet war, verleitet hierher zu kommen, um enttäuscht wieder abzufahren. Die Parkplätze waren verwachsen, die Schilder vergilbt und die Wege meterhoch mit Unkraut überwuchert. Langsam lenkte sie den Wagen in einem Kreis, wie wenn sie nur umkehren wollte, doch bald erfasste der Lichtkegel ihrer Scheinwerfer einen Wagen mit der Aufschrift Bikeresort Bocksdorf. Sie hielt an und wartete.

Ein Mann stieg aus und blieb neben dem Wagen stehen. Geblendet vom Licht der Scheinwerfer hielt er sich die rechte Hand vor das Gesicht. Langsam fuhr sie näher und brachte ihren Wagen neben der Gestalt zum Stehen. Die Situation war ihr so unheimlich, dass sie den Motor laufen und den Gang eingelegt ließ.Die Gestalt trat von links heran und klopfte mit der linken Hand gegen das Fenster. Sie öffnete es.

Der Mann stand so dicht am Wagen, dass sie seinen Kopf nicht sehen konnte, und sagte: »Sie können Ihr Auto ruhig hier abstellen. Es ist niemand in der Nähe. Wir können uns dann in meinen Wagen setzen und alles in Ruhe besprechen.«

Sie wollte ihren Kopf zum Fenster hinausstrecken, um das Gesicht des Mannes erkennen zu können. Dabei senkte sie ihren Blick zunächst nach unten und das Weiß des Einweghandschuhes fiel ihr auf, der seine rechte Hand umhüllte, eine rechte Hand, die eine Pistole umfasste. Sie drückte das Gaspedal voll durch und ließ die Kupplung aus. Die Reifen drehten kurzfristig durch, Schotter wurde nach hinten weggeschleudert, dann machte der Wagen einen Satz nach vorne und mit einem in den höchsten Tönen aufheulenden Motor fuhr sie mit fast vierzig Stundenkilometer im ersten Gang Richtung Ausfahrt. Dabei hätte sie beinahe die Stange eines Schildes gerammt. Im letzten Augenblick konnte sie noch den Wagen verreißen. Erst jetzt wechselte sie in den zweiten Gang und raste zum Fahrradweg zurück. Dort bog sie nach rechts ab.

Ein Blick in den Rückspiegel zeigte nur Dunkelheit. Trotzdem fuhr sie mit mehr als überhöhter Geschwindigkeit bis zur Bundesstraße, und erst als sie die Häuser von Güssing erreicht hatte, fühlte sie sich wieder einigermaßen sicher. Sie lenkte den Wagen in die Stadt hinein, um bei der Polizeidienststelle um Hilfe zu bitten.

Die Straße war gesperrt worden und der Verkehr von St. Michael nach Großpetersdorf wurde über Güttenbach umgeleitet. Mehrere Scheinwerfer, die mit Notstromaggregaten betrieben wurden, erhellten die Umgebung der Brücke, die über den Güttenbach führte. Einige Schaulustige standen bei den Absperrungen und beobachteten die Arbeit der Polizei. Geigensauer, Timischl und Drubovic wurden vorbeigelotst, blieben mit dem Auto direkt auf der Brücke stehen und kletterten die Böschung hinunter zum Öko-Energieland-Radweg, der hier neben dem Bach unter der Bundesstraße hindurchführte. Geigensauer nahm sein Handy und wählte Janes Nummer. Kein Läuten war in der näheren Umgebung zu hören.

»Das haben die Kollegen schon probiert«, meinte Timischl, von einem kurzen Gespräch mit einem der Beamten zurückkehrend. »Janes Handy muss auf lautlos gestellt sein. Der Huflattich neben dem Weg ist unter der Brücke niedergedrückt. Es könnten die Reifen eines Wagens gewesen sein. Von Jane und ihrem Fahrrad fehlt jede Spur.«

Einer der Beamten, der direkt unter der Brücke den Weg absuchte, rief sie herbei. Er beleuchtete mit seiner Taschenlampe einen der Steine, die den Wegrand zum Bach abgrenzten.

»Der Fleck sieht nach eingetrocknetem Blut aus«, beschrieb er seinen Fund. Geigensauer bückte sich, um den Stein näher zu betrachten. Im verkrusteten Blut klebten mehrere Haare. Druck und Beklemmung in seiner Brust stiegen wieder sprunghaft an und nahmen ihm fast den Atem. Was war mit Jane geschehen? Lebte sie überhaupt noch?

»Wir sollten diese Haare mit denen in Janes Haarbürste vergleichen«, schlug er Timischl vor, wobei ihm die Stimme beinahe versagte.

»Werde ich veranlassen. Du glaubst, sie ist hier gestürzt?«

Timischl legte Geigensauer die Hand beruhigend auf die Schulter.

»Ich befürchte, man hat sie umgestoßen. Wenn sie in der Mitte des Weges gefahren ist, könnte sich das vom Abstand her ausgehen. Sie hat ihr Handy immer in der Rückentasche ihres Fahrradtrikots. Dann könnte es beim Fallen vielleicht herausgeglitten sein.«

Aufgeregt stieg Geigensauer zum Bachbett hinab. Wegen der langen Trockenheit floss nur ein kleines Rinnsal. Daneben wucherte das Unkraut zum Teil fast meterhoch. Geigensauer begann, die Umgebung des blutbefleckten Steines genau zu untersuchen. Vorsichtig bog er die Unkrautstauden zur Seite, sodass er mit seiner Taschenlampe bis zum Boden leuchten konnte. Leicht konnte man hier etwas übersehen. Als er ein großes Huflattichblatt zur Seite bog, sah er Janes Handy direkt vor sich am Boden liegen. Rührung ergriff ihn, als ob er sie selbst gefunden hätte. Es dauerte, bis er seine Gefühle wieder unter Kontrolle hatte. Erst dann kletterte er wieder hinauf auf den Weg, hielt das Handy empor und rief: »Ich habe es gefunden.«

War Jane durch einen Lärm ganz munter geworden oder hatte sie nur davon geträumt? Auf jeden Fall war sie aus dem Dämmerzustand, in dem sie einige Zeit gelegen war, abrupt erwacht. Angestrengt lauschte sie in die Nacht hinaus. Außer dem Gesang eines Vogels drang kein Laut an ihr Ohr. Sie richtete sich auf. Ihr Zustand hatte sich etwas gebessert. Erst jetzt fiel ihr auf, dass sie sich beim Sturz vom Rad auch die Knie und einen Ellbogen aufgeschlagen hatte. Plötzlich hörte sie in der Nähe ein Knirschen. Es hörte sich an wie Schritte auf einem Schotterweg. Kam ihr Entführer? Sie nahm das Messer wieder fest in ihre Hand. Das Knirschen entfernte sich. Vielleicht war es gar nicht der Mann, der sie niedergeschlagen hatte. Es könnte ein Jäger sein, der zufällig auf seiner Pirsch vorbeikam.

Sie eilte, so rasch sie konnte, zum Fenster und rief: »Hilfe, Hilfe! Ich werde hier gefangen gehalten.«

Gespannt wartete sie auf eine Reaktion. Es blieb totenstill. Sogar die Vogelstimme war verstummt. Enttäuscht setzte sie sich wieder. Anton, Timischl, Drubovic, die Polizei, alle würden sicher schon nach ihr suchen. Sie konnte sich gut vorstellen, wie verzweifelt Anton war. Sobald es hell wurde, musste sie einen Weg finden, ihr Gefängnis zu verlassen. Das Geräusch, das sie nun deutlich vernehmen konnte, war nicht zu verwechseln. Gar nicht weit entfernt startete jemand sein Moped und fuhr davon.

Einige Augenblicke später war es wieder völlig still. War das ihr Entführer gewesen? Es roch sehr eigenartig im Raum. Wo hatte sie diesen Geruch schon einmal wahrgenommen? Sie konnte sich nicht erinnern. War der Entführer hier bei ihr gewesen und sie hatte es in ihrem Halbschlaf nicht bemerkt? Vielleicht war es auch nur ein Jäger, der ihre Hilferufe einfach nicht gehört hatte. Das Knirschen konnte natürlich von einem Reh oder Wildschwein stammen, das sich vor dem Haus aufgehalten hatte. Sie verspürte Durst. Noch einmal begann sie darüber nachzudenken, was in den letzten Tagen geschehen war. Vor allem ihren Besuch am Portiunkula-Kirtag ließ sie immer wieder vor ihrem geistigen Auge ablaufen. Wer konnte ein Interesse daran haben, sie zu entführen? Sie konnte keine befriedigende Antwort finden. Wer hatte gewusst, dass sie eine Radtour unternehmen wollte? Das waren doch einige Personen.

»Und, was machen wir jetzt?«, fragte Geigensauer sehr beunruhigt. »Ich halte diese Ungewissheit nicht mehr aus.«

Geigensauer, Timischl und Drubovic waren wieder nach Güttenbach zurückgekehrt. Sie saßen in der Küche um den Tisch, auf dem Janes Handy lag. Geigensauer wollte nicht aussprechen, was er befürchtete, und seine beiden Freunde taten es auch nicht.

»Vielleicht hat die Sache mit dem Mordfall Nermin Said gar nichts zu tun und irgendein Verrückter hat Jane überfallen?«, brach Drubovic schließlich das Schweigen.

»Wenn Jane von so einem Verrückten getötet worden ist, warum hat er dann die Leiche und das Fahrrad nicht am Bach liegen gelassen«, sprach Timischl aus, was alle dachten.

»Wir lassen die ganze Umgebung der Brücke von den Beamten absuchen«, sagte Drubovic.

»Du meinst, Jane und ihr Fahrrad liegen dort irgendwo hinter einem Gebüsch?«, sagte Geigensauer ziemlich empört.

»Ich meine gar nichts.«

Der Zustand von Geigensauer machte Drubovic tief betroffen. Wie sollte er seinem Freund helfen? Er wusste nur zu gut, wie lange es dauern konnte, bis in derartigen Fällen eine Leiche gefunden wurde.

»Er kann Jane, tot oder lebend, zusammen mit ihrem Fahrrad in seinem grünen Kastenwagen irgendwohin mitgenommen haben. Ich hätte ihr niemals erlauben dürfen, alleine eine Fahrradtour zu machen«, bedauerte Geigensauer.

»Ich denke, Jane lebt noch«, versicherte Timischl. »Du wirst sehen, der Entführer wird sich bald bei dir melden.«

»Warum hat er das noch nicht getan? Es war Zeit genug dafür. Du willst mich nur beruhigen. Du glaubst ja selbst nicht mehr an eine Entführung«, fuhr Geigensauer Timischl an, stand auf und ging in der Küche auf und ab. Niemand sagte mehr etwas.

»Entschuldigung«, sagte Geigensauer nach einer Weile. »Diese Ungewissheit macht mich noch verrückt. Ich weiß, dass ihr mir und Jane nur helfen wollt. Tut mir leid.«

»Vergiss es«, erwiderte Timischl. »Das ginge uns nicht anders. Ich glaube jedoch wirklich, dass man Jane entführt hat.«

»Hoffentlich.«

»Es hat mit dem Mord an Nermin Said zu tun. Da bin ich mir sicher. Wenn ich nur wüsste, wie?«

Drubovic nahm Janes Handy in seine Hände, um ihnen eine Beschäftigung zu geben, da erklang die Melodie des »rosaroten Panthers« aus Timischls Hosensack. Er stand auf und wollte hinausgehen, doch Geigensauer hielt ihn auf, indem er sagte: »Bleib hier. Ich halte es aus.«

Timischl nahm das Gespräch an.

»Inspektor Timischl … ja …hm…ja…aha…«

Timischl lauschte offensichtlich einem längeren Bericht. Das Gespräch dauerte nicht viel länger als vielleicht drei Minuten, doch für Geigensauer waren es Ewigkeiten, denn aus Timischls ›hm‹ und ›aha‹ und ›ja, ja‹ konnte er nicht entnehmen, worum es ging.

»Danke. Ich gratuliere«, schloss Timischl das Gespräch und wandte sich seinen Freunden zu. »Sie haben Andi Topfer gefunden. Er hat sich widerstandslos festnehmen lassen. Er war unbewaffnet.«

»Wohin ist er denn geflüchtet?«, interessierte sich Drubovic.

»Fast schon in Gipfelhöhe des Günser Gebirges hatte er sein Zelt aufgeschlagen.«

»Ein Zelt?«

»Ja, tatsächlich ein Zelt. Schon am Tag nach der Ermordung von Nermin Said und Nina Leitner hat er dieses mitten im Wald fast auf Gipfelhöhe aufgestellt und einen Lebensmittelvorrat angelegt. Die Flucht durch die Tür im Schrankraum zu seinem im Wald abgestellten Moped war schon lange geplant.«

»Wie konnten ihn die Suchmannschaften so schnell finden? Sie können doch nicht in den wenigen Stunden das ganze Günser Gebirge abgesucht haben?«, wunderte sich Drubovic.

»Nein, es hat ihn auch nicht die Polizei gefunden, sondern ein Urlauber, der auf dem Weitwanderweg vom Hochwechsel zum Geschriebenstein und weiter nach Ungarn unterwegs war«, erklärte Timischl. «Der Mann war vom Weg abgekommen und eine Zeit lang orientierungslos durch die Wälder geirrt. Als es dämmrig wurde und er sich schon entschlossen hatte, einen Notruf über sein Handy abzugeben, stieß er auf das Zelt von Andi Topfer.«

»Du bist auf einer harmlosen Wanderung, verirrst dich und landest beim Zelt eines Mannes, der geflohen ist, weil er eines Doppelmordes verdächtigt wird. So ein Pech muss man einmal haben.«

Drubovic konnte ein Lächeln nicht verbergen.

»Was geschah dann?«

»Andi Topfer flehte den Urlauber an, ihn nicht zu verraten. Er hatte tatsächlich Angst, unschuldig lebenslang hinter Gitter zu landen. Andi Topfer war nahe an einem Nervenzusammenbruch. Jetzt kommt aber das Interessanteste. Der Urlauber ist Staatsanwalt. In einem stundenlangen Gespräch hat er Andi Topfer zunächst beruhigt und dann überzeugen können, dass man Polizei und Justiz in der Regel vertrauen kann. Schließlich war Andi Topfer bereit, sich der Polizei zu stellen. Die beiden ließen das Zelt stehen, fanden mit Mühe in der Finsternis zu dem Weg, wo das Moped versteckt war, und fuhren talwärts, wo sie auf die suchenden Beamten stießen.«

»Andi Topfer ist also vermutlich nicht der Mörder.«

»Nein, der wandernde Staatsanwalt ist fest davon überzeugt und hat seinen Kollegen überredet, Andi Topfers Haftbefehl aufzuheben.«

Das im Vorraum befindliche Festnetztelefon läutete.

»Der Entführer?«, fragte Geigensauer in die Runde, eilte hinaus und schloss die Tür hinter sich. Dieses Gespräch wollte er alleine führen.

»Ich bin gespannt, was der Gauner erpressen will«, sagte Drubovic, um die im Raum liegende Anspannung etwas zu mindern. Timischl antwortete nicht, sondern zuckte nur mit den Achseln. Es vergingen mehrere Minuten, ohne dass Geigensauer zurückkehrte.

»Das ist der erste Entführer, der ganze Märchen erzählt«, meinte Timischl ungeduldig. Da trat Geigensauer wieder ein und sagte sofort: »Kein Entführer. Fehlalarm. Der Polizeiposten in Güssing. Sie können dich auf deinem Handy nicht erreichen.«

Timischl nahm sein Smartphone zur Hand.

»Blödsinn. Statt nur aufzulegen, habe ich es ausgeschaltet. Diese Technik. Was wollen sie von mir?«

»Unser Mordfall nimmt wieder Fahrt auf. Ute von Rainburg sitzt am Posten in Güssing«, begann Geigensauer zu erzählen. »Karl Muss hat sie heute Nachmittag angerufen. Er hat ihr eine Kooperation zwischen ihren Hotels vorgeschlagen und wollte ihr das in einem Vieraugengespräch darlegen. An den Ufern des Teiches im Wildpark Güssing um 23 Uhr.«

»Entlegener geht es nicht mehr«, kommentierte Timischl den Treffpunkt. »Sie ist tatsächlich hingefahren?«

»Ja, eine mutige Frau.«

»Eher übermütig. Und war Karl Muss dort?«, war Drubovic sehr neugierig.

»Er wartete schon auf sie. Kaum war sie stehen geblieben, trat er an ihr Auto heran.«

»Und schoss auf sie«, wollte Timischl Geigensauer das Wort aus dem Mund nehmen.

»Nein, wollte er vielleicht. Er stand so nahe am Wagen, dass Ute von Rainburg nur seine rechte Hand sehen konnte. Diese steckte in einem weißen Einweghandschuh und hielt eine Pistole. Sie ist sofort geflohen. Die Fahndung läuft. Unter seiner Handynummer ist er nicht erreichbar.«

»Karl Muss, der Mörder von Nermin Said?«, fragte Drubovic sich und die anderen.

»Sieht stark danach aus«, bestätigte Timischl.

»In den Wildpark zum Teich zu fahren, hat wohl keinen Sinn«, dachte Drubovic laut nach. »Ihr solltet nach Güssing fahren und persönlich mit Ute von Rainburg sprechen.«

»Ich habe uns schon angekündigt. Ute von Rainburg wartet auf uns«, versicherte Geigensauer.

»Willst du vielleicht hierbleiben, falls der Entführer anrufen sollte. Dann fahre ich mit Timischl«, schlug Drubovic Geigensauer vor.

Dieser zögerte einen Augenblick und meinte dann: »Ich glaube, das Warten auf einen möglichen Anruf wird mir unerträglich werden. Bleibst du statt mir hier?«

»Natürlich. Ich bleibe.«

»Sie sind sich sicher, dass er eine Pistole in der Hand hatte?«, fragte Timischl Ute von Rainburg, nachdem sie ihnen in Kürze berichtet hatte, was vorgefallen war.

»Ganz sicher. Er hatte einen Einweghandschuh über die rechte Hand gezogen. Nein, nein er trug die Waffe nicht, um sich selbst zu schützen. Er wollte mich töten.«

Ihre Hände zitterten und sie wirkte noch immer geschockt.

»Hat er bei Ihrer Flucht auf Sie geschossen?«

»Gehört habe ich nichts. Ich wollte nur weg. Ein Glück, dass ich in dieser Panik nicht irgendwo hineingefahren bin.«

Tränen flossen aus ihren Augen, die sie mit der Hand wegwischte.

»Verzeihung, aber ich bin noch völlig fertig.«

»Hatten Sie keine Angst, sich mit ihm in dieser Einsamkeit mitten in der Nacht zu treffen?«

»Es war mir schon etwas unheimlich. Es klang alles so vernünftig, die Zusammenarbeit, ein Vieraugengespräch. Ich war neugierig.«

»Und übermütig.«

»Stimmt. Es war nicht sehr klug von mir.«

Sie richtete sich ihre Haare mit den Händen, zog aus ihrer Handtasche einen Spiegel und betrachtete ihr Gesicht.

»Ich erkenne mich noch und die Haare sind nicht grau geworden. Hat Karl Muss Nermin und die junge Frau getötet?«

Ute von Rainburg blickte die Ermittler fragend an.

»Die Wahrscheinlichkeit dafür steigt. Sicherheit wird es erst geben, wenn wir ihn gefunden haben. Ist Ihnen am Teich noch irgendetwas Besonderes aufgefallen.«

»Ich war so aufgeregt. Ich glaube nicht.«

»Es wurde nämlich heute am Nachmittag eine Frau entführt. Es könnte einen Zusammenhang geben. Einen grünen Lieferwagen haben Sie beim Teich nicht gesehen?«

»Nein, sicher nicht. Es war ein weißer Wagen mit der Aufschrift Bikeresort Bocksdorf. Da bin ich ganz sicher.«

»Gut, wir benötigen Sie momentan nicht mehr. Mit dem Auto sollten Sie in diesem Zustand nicht heimfahren. Zwei Beamte werden Sie heimgeleiten und heute Nacht bewachen«, schlug Timischl vor.

Ute von Rainburg nickte zustimmend.

Es war bereits beträchtlich nach Mitternacht, als Geigensauer und Timischl in Bocksdorf beim Bikeresort eintrafen. Letzte Gäste saßen in dieser lauen Nacht noch im Gastgarten. Ihre Stimmen und ihr Lachen waren deutlich zu hören. Der Empfangsbereich war unbesetzt. Durch eine offenstehende Tür drangen aus dem Zimmer hinter der Rezeption die Geräusche einer Fernsehsendung. Als auch ein sehr lautes »Guten Abend« zu keinem Erfolg führte, ging Timischl in den Raum hinein. Dort saß der Nachtportier vor einem Fernseher und war eingenickt. Ein leichter Stups konnte ihn aufwecken.

»Polizei. Wir müssen dringend mit Karl, Otto oder Martha Muss sprechen.«

Timischl zeigte seinen Ausweis.

»Es ist mitten in der Nacht«, meinte der Nachtportier schläfrig und erhob sich mühsam.

»Darauf können wir leider keine Rücksicht nehmen«, lächelte ihn Geigensauer freundlich an.

»Ich gebe mein Bestes«, meinte der Portier schließlich und wankte mit unsicheren Schritten zum Aufzug.

»Warten Sie hier«, sagte er noch, bevor er einstieg.

Als er zurückkehrte, folgte ihm Martha Muss in einen Schlafrock gehüllt.

»Ist etwas passiert?«, fragte sie beunruhigt.

»Ihr Mann hat sich heute Abend mit einer Frau verabredet …«, begann Timischl.

Da der Portier neben Martha stehen blieb und keine Anstalten machte, sich in seinen Raum zurückzuziehen, unterbrach sie ihn sofort.

»Gehen wir ins Büro.«

Geigensauer und Timischl folgten ihr in den ersten Stock. Sie sperrte auf, führte die beiden Ermittler hinein und bot ihnen einen Platz an. Sie selbst lehnte sich gegen den Schreibtisch und verschränkte die Arme vor der Brust.

»Wen hat er denn getroffen?«, frage sie scharf, als ob sie die Ermittler verhören wollte.

»Ute von Rainburg. Er hat sich heute Abend mit ihr beim Teich im Wildpark Güssing verabredet«, gab Timischl gelassen Auskunft.

»Ute von Rainburg, diese dralle Person, die Besitzerin vom Bikepoint Pinkatal?«, wurde ihre Stimme laut.

»Ja, genau diese.«

Das hört sich wie Eifersucht an, dachte Geigensauer.

»Diesmal ist Schluss. Ich lasse mich scheiden. Ich habe seine Seitensprünge endgültig satt. Ich habe es ihm gesagt. Dann wird das Hotel eben verkauft. Mir gehört mehr als die Hälfte. Es reicht«, schrie sie, bevor Geigensauer oder Timischl überhaupt erklären konnten, worum es sich handelte. Zornig und mit hochrotem Kopf ging sie im Büro auf und ab.

»Deswegen kommen Sie zu mir?«, wollte sie dann verärgert wissen.

»Ute von Rainburg gab an, dass Karl Muss eine Pistole in der rechten Hand hielt, als er zu ihrem Auto trat«, wollte Geigensauer das Gespräch in die gewünschte Richtung lenken.

»Er wird alt. Bisher hatte er noch keine Pistole nötig, um seine Freundinnen ins Bett zu bringen«, sagte sie höhnisch. Offensichtlich hatte sie noch immer nicht verstanden, worum es ging.

»Ute von Rainburg gab an, dass sie befürchtete, von Karl Muss getötet zu werden. Es geht um kein Sex-Abenteuer«, wurde Timischl langsam ungeduldig.

»Was wollte sie dann dort von meinem Mann?«

»Er hat sie heute Nachmittag per Telefon zu einem geschäftlichen Treffen eingeladen.«

»Beim Teich im Wildpark?«

»Ihr Mann gab vor, eine Kooperation mit dem Bikepoint Pinkatal anzustreben, doch wir vermuten, dass das nur ein Vorwand war, um Ute von Rainburg töten zu können.«

»Das glaube ich nicht. Das halte ich für ganz unmöglich«, widersprach sie, schlagartig ruhig geworden.

»Haben Sie eine Ahnung, wo sich Ihr Mann momentan befinden könnte?«

»Ich weiß es nicht.«

Martha trat ans Fenster, blickte hinaus und sagte: »Sein Wagen steht nicht hier. Ich probiere ihn anzurufen.«

Sie trat zum Telefon und versuchte ihren Mann zu erreichen.

»Er hat sein Handy ausgeschaltet. Kann es nicht sein, dass Ihnen diese von Rainburg eine Lüge aufgetischt hat.«

»Auf uns hat ihr Bericht absolut vertrauenswürdig gewirkt. Falls Sie von Ihrem Mann hören sollten, rufen Sie uns an.«

Timischl stand auf und gab ihr seine Visitenkarte.

»Sie denken, er könnte Nermin Said ermordet haben?«

Ihre Stimme war bei diesen Worten ganz leise und kraftlos geworden.

»Er hat kein Alibi für die Tatzeit und ein Motiv. Die Konkurrenz ausschalten kann das eigene Überleben sichern«, antwortete Geigensauer im Aufstehen.

»Was ist denn passiert?«, sagte Otto Muss den Raum betretend. »Der Portier hat mich informiert, dass die Polizei nach Karl fragt?«

»Er soll versucht haben, Ute von Rainburg zu töten«, erklärte Martha Muss.

»Das stimmt sicher nicht«, erwiderte Otto Muss und machte ein ungläubiges Gesicht. »Das kann nur ein schlechter Witz sein. Wann soll denn das passiert sein?«

»Jetzt am Abend«, erwiderte Martha.

Otto Muss schüttelte seinen Kopf ungläubig und meinte: »Als er wegfuhr, sagte er zu mir, er würde sich in Fürstenfeld mit einem Brauereibesitzer aus Kärnten treffen. Er wollte das Bierangebot für unsere Gäste abrunden.«

»Er hat sich aber mit Ute von Rainburg beim Teich im Wildpark Güssing verabredet und wollte sie töten«, warf Timischl ein.

»Gibt es dafür andere Zeugen als Ute von Rainburg?«, fragte Otto Muss Timischl.

»Nein, aber ihre Aussage war sehr vertrauenswürdig. Daher wollen wir mit Karl sprechen.«

»Sein Auto steht nicht auf dem Parkplatz. Sein Handy ist ausgeschaltet«, sprach Martha zu Otto.

»Wie steht es eigentlich mit unseren Finanzen? Karl weicht mir immer aus, wenn ich ihn befrage.«

»Der letzte positive Monatsabschluss liegt schon einige Zeit zurück«, antwortete Otto.

»Die Polizei glaubt, Karl könnte Nermin Said ermordet haben, weil unsere geschäftliche Lage so schlecht ist.«

»Wenn jeder Firmenbesitzer, dessen Firma zeitweise Schwierigkeiten hat, seine Konkurrenten tötet, würde bald niemand mehr leben. Ich bleibe dabei, dass Ihnen Ute von Rainburg einen Bären aufgebunden hat. Nach dem Schwammerlsuchen war Karl noch bei unserer Mutter und hat ihr eine Fuhre Holz aus dem Wald gebracht. Ich war heute Abend bei ihr und habe etwas davon kleingehackt. Die rumänische Pflegerin ist uns für ein paar Tage ausgefallen. Jetzt müssen wir und das Hilfswerk einspringen.«

»Wann sind Sie heimgekehrt?«, interessierte sich Geigensauer, denn er hielt es nicht für ausgeschlossen, dass die Brüder vielleicht unter einer Decke steckten.

»Ach so, ich stehe ja auch unter Verdacht. Das habe ich ganz vergessen. Erst kurz nach zwölf bin ich hier eingetroffen. Ich war nach dem Holzhacken müde und habe mich mit meiner Mutter zum Fernseher gesetzt. Dabei sind wir dann beide eingenickt. Der Schlaf beim Fernsehen ist der beste und schadet der Quote nicht.«

Er lachte über seine eigenen Worte.

Nachdem die Ermittler gegangen waren, blieb es für ein, zwei Minuten still im Büro. Dann brach Martha Muss das Schweigen: »Kannst du dir vorstellen, dass Karl Nermin Said und Nina Leitner ermordet hat?«

»Ich weiß gar nichts mehr. Vielleicht hat er das«, meinte Otto Muss kalt.

»Wenn ich mir vorstelle, er war der Mörder, er hat Ute von Rainburg töten wollen und irrt jetzt auf der Flucht irgendwo in Angst und Panik in der Nacht umher, dann tut er mir fast leid.«

Martha zündete sich eine Zigarette an.

»Hoffentlich tut er dir nicht wirklich leid. Vergiss nicht, er hat dich nur des Geldes wegen geheiratet. Danach hat er dich x-mal betrogen, dieses Schwein.«

Otto Muss trat an sie heran. Er wollte ihre Hände fassen, doch er wagte es nicht.

»Eigenartig«, fuhr sie fort. »Ich hasse ihn und dennoch bin ich besorgt um ihn. Ich würde ihm gerne helfen, so wie ich jedem gerne helfen würde. Andererseits wäre es eine Erleichterung, wenn er nicht mehr da wäre.«

»Warum hast du dich eigentlich nicht scheiden lassen? Das wollte ich dich schon immer fragen.«

»Ich habe ihm mein Ja-Wort für ein ganzes Leben gegeben.«

»So katholisch könnte ich nicht sein. Ich hätte ihn längst verlassen.«

Er nahm nun doch ihre rechte Hand in die seine, doch sie wurde ihm gleich entzogen

»Ein paar Mal war ich knapp daran zu gehen. Wohin wird er flüchten, wenn überall die Polizei auf ihn wartet?«

»Keine Ahnung, vielleicht stellt er sich.«

»Du bist sehr überzeugt, dass er es getan hat«, wunderte sich Martha.

»Es sieht doch stark danach aus.«

»Warum hast du dann vor der Polizei so getan, als wenn du das für unmöglich halten würdest.«

»Weil es eigenartig aussieht, wenn ich meinem Bruder nicht die Stange halten würde.«

»Hoffentlich tut sich Karl nichts an. Wir sollten das verhindern.«

»Wie? Wir wissen gar nicht, wo er ist. Der Tod kann besser sein als lebenslange Haft.«

»Du bist so hart. Liebst du ihn gar nicht?«

»Nein, leider nicht.«

Gegen zwei Uhr in der Nacht verließen Drubovic und Timischl Geigensauer. Bis dahin gab es kein Lebenszeichen von Jane, kein Entführer hatte sich gemeldet und auch die Fahndung nach Karl Muss war ergebnislos geblieben. Gleich, nachdem die Freunde abgefahren waren, ließ Geigensauer seiner Verzweiflung freien Lauf. Jetzt musste er sich nicht mehr beherrschen. Er musste die Bilder, die seine Angst schuf, nicht länger verdrängen. Vielleicht lebte Jane gar nicht mehr. Er sah ihren Leichnam irgendwo in einem Waldstück unter einem Laubhaufen versteckt. Vielleicht lag sie verletzt in einem Straßengraben, wo man sie hineingeworfen hatte, und wartete vergeblich auf Hilfe.

Das Schlimmste war, dass er nichts tun konnte, außer zu warten. Angenommen Karl Muss hatte Nermin Said und Nina Leitner ermordet. Könnte er da nicht auch Jane entführt haben, um von sich abzulenken oder notfalls die Polizei erpressen zu können? Möglicherweise hatte er sich unterdessen schon irgendwo mit Jane zusammen verschanzt, nachdem sein Mordanschlag auf Ute von Rainburg fehlgeschlagen war.

Nachdem sich seine aufgestauten Gefühle entladen hatten, begann er, an Schlaf war ohnehin nicht zu denken, alle Fakten abzuwägen. Wenn der Mann im grünen Lieferwagen gegenüber dem Haus auf Jane gewartet hatte, dann hatte er vermutlich gewusst, dass Jane vorhatte, am Nachmittag eine Radtour zu machen. Es gab aber nicht sehr viele Personen, mit denen Jane darüber gesprochen hatte. Abgesehen von ihm selbst, Timischl und Drubovic kamen nach ihrer Erzählung über den Besuch beim Portiunkula-Kirtag in Güssing nur drei Personen in Frage: Andi Topfer, Karl und Otto Muss. Wobei Andi Topfer nach der jüngsten Entwicklung als Entführer nicht mehr zu berücksichtigen war. Jane könnte natürlich auch von einer Begegnung nicht alles oder gar nichts berichtet haben. Der Mann könnte auch ein Sexualverbrecher sein, der seine Opfer ganz zufällig auswählt und überfällt. Er hält dort seine Mittagspause, sieht Jane mit dem Fahrrad wegfahren und folgt ihr einfach, um seine perversen Gefühle zu befriedigen. War es wirklich klug, wenn Karl Muss Jane entführte? Auf Dauer konnte er damit die Polizei nicht abhalten, ihn zu verhaften. Angenommen Karl Muss saß wirklich in dem grünen Lieferwagen. Woher hatte er ihn, wenn kein solcher Wagen auf ihn zugelassen war? In aller Eile gestohlen? Niemand hatte einen solchen Diebstahl gemeldet. Wo war der Wagen jetzt? Die Wahrscheinlichkeit bei der ganzen Aktion entdeckt zu werden, war relativ hoch. Ein solches Risiko geht man nur ein, wenn man in Bedrängnis ist, in

Bedrängnis als Mörder verhaftet zu werden. Vielleicht hatte Jane etwas beobachtet, was den Mörder hätte überführen können? Warum hatte sie nichts davon erzählt?

Jane musste etwas gesehen oder gehört haben, was sie selbst für unwichtig hielt, aus dem man aber auf den Mörder schließen könnte. Was konnte das sein? Deshalb hatte er sie entführt? Viel wahrscheinlicher war, dass er sie umgebracht hatte. Es war zum Verzweifeln. Dieser Mörder musste geschnappt werden. Geigensauer dachte nach, aber es fiel ihm nichts ein. Immer wieder ging er alles durch, was Jane über ihren Besuch beim Portiunkula-Kirtag berichtet hatte. Es war nichts zu finden, was für Jane banal und für den Mörder gefährlich gewesen sein könnte. Er marterte sein Gehirn, doch es half nichts.

Er hielt es in der Küche im Sitzen nicht mehr aus. Er öffnete alle Fenster und das Eingangstor und ließ die Kühle der späten Nachtstunden hereinziehen. Er schritt auf und ab. So war das Warten leichter zu ertragen. Es ging bereits gegen vier Uhr. Bald würde die Dämmerung einsetzen. Was könnte Jane gesehen oder gehört haben, was dem Mörder hätte gefährlich werden können? Er stellte sich auf dem Boden den Stadtplan von Güssing vor. Wie Jane schritt er vom Parkplatz zum Zentrum und spazierte zwischen den Verkaufsständen am Hauptplatz umher, um schließlich zum Parkplatz zurückzukehren. Wieder und wieder ging er die Runde in Gedanken ab. Plötzlich fiel ihm etwas auf, es war nur eine Kleinigkeit, aber sie war doch seltsam. Man konnte dafür durchaus Erklärungen finden, aber es blieb eigenartig.

Als es dämmerte, begann Jane den Raum, in dem sie eingesperrt war, genauer zu untersuchen. Sie hatte jedes Mal, wenn sie in der Nacht aufgewacht war, darüber nachgedacht, wer sie entführt haben könnte. Eigentlich kamen nur Andi Topfer und Karl und Otto Muss in Frage. Nur diese Personen hatten gewusst, dass sie eine Fahrradtour unternehmen wollte. Der Grund blieb ihr unklar. Wollte man Anton erpressen? Wollte man sie aus dem Weg räumen? Warum? Inwiefern konnte sie jemandem gefährlich werden. Vielleicht zwanzig Mal war sie ihre Erlebnisse am Portiunkula-Kirtag durchgegangen. Nichts von dem, was sie gesehen und gehört hatte, schien irgendwie mit dem Mordfall Nermin Said zu tun zu haben. Bis auf einen kleinen Vorfall, den sie lange gar nicht bemerkt hatte. Es gab eine Kleinigkeit, die eigenartig war. Die Sache war durchaus seltsam, auch wenn ihr dafür einfache Erklärungen einfielen.

Die Tür des Raumes war sehr massiv, die Wände aus dicken Balken und das Fenster gut vergittert. Hier würde ihr Messer keinen Fluchtweg schaffen können. Während sie das Zimmer genau absuchte, fiel ihr Blick auf einen Kübel neben dem Ofen. Da war doch tatsächlich der Griff eines Fuchsschwanzes zu sehen. Eine Säge war schon ein anderes Werkzeug als ein Messer. Ein Blick zur Decke ließ einen Hoffnungsschimmer in ihr aufleuchten. Die Bretter dort oben schienen höchstens zwei oder drei Zentimeter dick zu sein. Die könnte man schon durchsägen. Nur musste sie zunächst erst einmal Platz für das Sägeblatt schaffen.

An einer Stelle der Decke war, dadurch, dass die verwendeten Bretter keine perfekten Rechtecke waren, ein größerer Spalt, noch zu klein, um das Sägeblatt querstellen zu können, aber so viel, dass man schräg in das angrenzende Brett hineinsägen konnte. Genau das machte Jane. Sie schob den Tisch hin, stellte sich darauf und begann.

Die Arbeit über Kopf war verdammt anstrengend. Immer wieder musste sie Pausen einlegen. Dadurch, dass die Schnittlinie schräg verlief, war sie natürlich viel länger, als die Bretter breit waren. Jane gab nicht auf. Sie musste fertig werden, bevor der Entführer zurückkam. Es war mehr als wahrscheinlich, dass er sich heute einmal blicken lassen würde. Die Freude war groß, als das Brett durchgeschnitten war. Doch was nun? Ob sie die Kraft für einen zweiten solchen Schnitt hatte? Dann musste sie noch mindestens zwei weitere Bretter normal durchschneiden, um sich durchzwängen zu können. Sie war völlig fertig.

Draußen waren die ersten Sonnenstrahlen im Wald zu sehen. Der Entführer konnte jederzeit erscheinen. Sie legte sich schon einen Plan zurecht, wie sie den Raum rasch wieder so einrichten könnte, dass dem Entführer nichts auffiele. Er würde ja wohl nicht gleich die Decke auf durchgeschnittene Bretter untersuchen.

Irgendwann hatte sich Geigensauer dann doch wieder beim Küchentisch niedergelassen und war eingeschlafen, denn als das Festnetztelefon läutete, saß er dort und sein Kopf lag auf seinen verschränkten Armen. Für einen Augenblick wusste er nicht, wo er sich befand. Dann fand er allzu schnell in seine Sorge um Jane zurück. Die Sonne stand schon deutlich über dem östlichen Horizont und schien unverschämt freundlich in die Küche herein. Regen wäre passender gewesen. War das der Entführer, der Erpresser? Aufgeregt eilte er zum Telefon.

»Anton Geigensauer.«

»Timischl, einen guten Morgen. Was ist mit deinem Handy los? Ich kann dich nicht erreichen.«

Geigensauer zog es aus seiner Hosentasche. Es hatte sich ausgeschaltet. Der Akku war leer. In der Aufregung der letzten Tage hatte er vergessen aufzuladen.

»Der Akku ist leer. Gibt es etwas Neues?«

»So ist es«, klang die Stimme von Timischl freudig erregt. »Der Wagen von Karl Muss steht noch am Ufer des Teiches. Ich hatte gleich in der Früh ein paar Kollegen hingeschickt, um nach eventuellen Spuren der Flucht von Ute von Rainburg zu suchen. Spuren durchdrehender Räder könnten in dem erdigen und kiesigen Gelände deutlich zu sehen sein. Ich komme in ein paar Minuten bei dir vorbei.«

Mehrere Schaulustige standen an der Einfahrt zu dem großen Platz vor dem Teich und wurden von einem Beamten aufgehalten. Links im Wald befand sich ein schon etwas verfallenes Holzhaus. Rechts neben einer Tafel, die praktisch alles verbot außer zu atmen, glitzerte der weiße Wagen mit der Aufschrift »Bikeresort Bocksdorf« in der prallen Sonne. Daneben parkte ein Einsatzwagen der Polizei.

»Irgendeine Spur von Karl Muss?«, fragte Timischl einen Beamten der Spurensicherung.

»Wir haben die weitere Umgebung noch nicht abgesucht«, antwortete dieser und zeigte in das Fahrzeug. »Am Beifahrersitz liegt eine Pistole auf einem Blatt Papier.«

»Er ließ seine Waffe zurück«, dachte Timischl laut. »Ist der Wagen abgesperrt?«

Der Beamte nickte.

»Bitte, öffnen.«

Geigensauer verblüffte es immer wieder aufs Neue, wie schnell ein Profi einen Wagen aufbrechen konnte. Timischl beugte sich in den Wagen und betrachtete die Pistole genau, ohne sie zu berühren.

»Das ist die Waffe, die Karl Muss gehört. Jetzt werden wir bald wissen, ob die tödlichen Schüsse auf Nermin Said und Nina Leitner mit ihr abgegeben wurden«, triumphierte Timischl. Die Spurensicherung nahm die Pistole in Verwahrung.

»Auf der Rückseite des Blattes steht eine Nachricht«, teilte einer der Beamten mit und las: »Wer Allah beleidigt, muss sterben und seine Freundin auch. Nermin und Ute fahrt zur Hölle! Der schwarze Säbel.«

Geigensauer und Timischl sahen einander an und dachten beide dasselbe. Karl Muss wollte offensichtlich, nachdem er Ute getötet hatte, einer erfundenen Terrorgruppe den Mord in die Schuhe schieben und so von sich ablenken. Der Kofferraum war mit verschiedenen Dingen halb gefüllt. Ordnung dürfte nicht die Stärke von Karl Muss sein. Auf der Rücksitzbank lagen zwischen ein paar Zeitungen eine Packung Windeln für Erwachsene und mehrere leere Mineralwasserflaschen.

»Und hier sieht man deutlich die Spuren eines Wagens, der mit durchdrehenden Rädern weggefahren ist.«

Der Beamte zeigte ihnen zwei tiefere, reifenbreite Rillen gleich neben dem Wagen von Karl Muss.

»Die ganze Umgebung muss abgesucht werden«, befahl Timischl, und zu Geigensauer meinte er: »Ich verstehe überhaupt nicht, warum er nach dem missglückten Anschlag auf Ute von Rainburg nicht mit seinem Auto geflohen ist?«

»Er könnte aus Angst vor der Fahndung durch die Polizei zu Fuß unterwegs sein«, dachte Geigensauer mit.

»Wohin?«

»Vielleicht hat er sich hier irgendwo in der Nähe verschanzt. Vielleicht dort, wo er Jane gefangen hält.«

»Du glaubst, er ist der Entführer? Das wird immer wahrscheinlicher. Ich gebe dir Recht. Warum sollte er dann seine Waffe zurücklassen?«

»Es könnte ihn aber auch jemand von hier oder von einer in der Nähe liegenden Stelle mit einem Wagen mitgenommen haben.«

»Wer und wohin? Es wäre auf jeden Fall unklug, den Wagen mit der Waffe hier zurückzulassen.«

»Das passt alles nicht zusammen. Schauen auch wir uns ein bisschen um. Beginnen wir bei dem verfallenen Haus dort drüben.«

Während Jane rastete, kam ihr eine Idee, wie sie ihre Arbeit vielleicht abkürzen könnte. Sie bog das längere Ende des zerschnittenen Brettes mithilfe des Messers so weit nach unten, dass sie es mit beiden Händen anfassen konnte. Dann zog sie ihre Beine in die Höhe, sodass ihr gesamtes Gewicht an dem Holz hing. Das Brett verbog sich gewaltig, doch es brach nicht aus seiner Verankerung. Es blieb Jane also nichts anderes übrig, als einen zweiten Schnitt zu machen. Trotz der Pause ließen ihre Kräfte schnell nach. Ihre Arme waren für eine solche Anstrengung über Kopf nicht geübt. Immer öfter musste sie kurz rasten, immer weniger ging voran. Das Sägeblatt war sicher auch nicht das schärfste. Als sie den Schnitt zur Hälfte durchgeführt hatte, probierte sie es erneut. Wieder bog sie das Holz mit ihrer ganzen Körperlast. Mit einem lauten Bersten brach das Stück ab und Jane fiel unsanft auf den Tisch, wo sie erschöpft liegen blieb. Sie spürte deutlich, dass diese erneute Erschütterung und die Anstrengung für ihren verletzten Kopf nicht gut waren. Stolz und zuversichtlich blickte sie durch die entstandene Lücke in den Dachraum hinauf. Da erschrak sie. Der Lärm eines nahenden Autos war zu hören. In rasender Eile versteckte sie das abgebrochene Stück Holz und die Säge hinter dem Kasten, schob den Tisch an die alte Stelle zurück und stellte den Sessel davor. So gut es ging, wischte sie die Sägespäne von der Tischplatte und legte sich mit dem Messer in der Hand auf die Bank. Sie war bereit für die Freiheit zu kämpfen.

Weder vor dem halb verfallenen Holzhaus am südwestlichen Eck des Teiches noch dahinter konnten Geigensauer und Timischl irgendetwas Auffälliges bemerken. Die Türen waren verschlossen und es war nicht anzunehmen, dass Karl Muss Schlüssel dafür besaß. Daher gingen sie ein Stück dem westlichen Ufer entlang.

»Er könnte natürlich durch den Wald Richtung Ludwigshof geflohen sein.«

Timischl zeigte in den Wald hinein.

»Das ist nicht weit von hier. In Kürze kommen die Hunde, dann werden wir sehen, wohin er sich wandte.«

»Ich glaube, sie haben etwas gefunden«, machte Geigensauer auf einen Beamten aufmerksam, der dem Ufer entlang auf sie zugelaufen kam. Die anderen Mitarbeiter des Spurendienstes hatten sich auf der Krone des Dammes, der den Teich aufstaute, etwa in seiner Mitte versammelt.

»Wir haben ihn gefunden«, rief der Beamte schon von weitem ganz außer Atem. »Seine Leiche schwimmt beim Wehr im Ausflussbereich des Teiches. Er muss dort hineingesprungen und ertrunken sein. Es sieht nach Selbstmord aus.«

Aus der Stärke des Motorenlärmes schloss Jane, dass der Wagen das Haus erreicht hatte. Es klang nach einem Traktor. Sie war auf das Höchste angespannt. Einen Augenblick war sie sich nicht sicher, aber der Lärm nahm wieder ab. Das Fahrzeug war nicht stehen geblieben, sondern vorbeigefahren. Es war nicht ihr Entführer, sondern irgendein Bauer, der durch den Wald fuhr, um Holz zu holen. Sie eilte zum Fenster und schrie. Es war zu spät. Ihre Hilferufe wurden nicht gehört. Nur ganz kurz war Jane enttäuscht. Dann setzte sie ihre Arbeit fort und begann das nächste Brett zu zersägen.

Der Körper von Karl Muss schwamm im Ausflussbereich. Es war kein schöner Anblick, der sich den Ermittlern bot.

»Kein angenehmer Tod«, formte Timischl seine Eindrücke in Worte.

»Warum hat er sich nicht erschossen?«, fragte Geigensauer sich und Timischl.

»Keine Ahnung.«

Die Freiwillige Feuerwehr traf ein. Zwei Feuerwehrmänner, die mit Seilen vom Ufer aus gesichert wurden, stiegen in das Wasser hinab und brachten den leblosen Körper an Land. Unterdessen war der Arzt geholt worden und begann mit seiner Untersuchung. Timischl und Geigensauer traten etwas zur Seite, um ungestört miteinander reden zu können.

»Nehmen wir an, die Projektile, mit denen Nermin Said und Nina Leitner ermordet wurden, stammen aus dieser Pistole, dann ist wohl Karl Muss unser Täter«, begann Timischl zu überlegen. »Wen von den beiden hat er zuerst ermordet?«

»Nina Leitner«, erwiderte Geigensauer sofort.

»Sicher?«

»Ganz sicher.«

»Erstens können wir nun der Erzählung von Andi Topfer glauben. Nina Leitner ist mit ihrem Wagen schon gestanden, bevor Nermin Said eingetroffen ist. Zweitens die Beobachtungen des Jägers Ewald Tusk. Er hat nur drei Schüsse gehört, die Schüsse auf Nermin Said. Der Schuss auf Nina Leitner hat ihn nur geweckt.

Drittens, ich bin mir sicher, dass die Genanalyse Karl Muss als Vater von Ninas Kind ausweisen wird. Wenn er schon so ein Typ Mann war, der gerne einen Seitensprung machte, warum sollte er da die junge, hübsche Kellnerin ausgelassen haben?«

»Nur, ein Kind wollte er natürlich nicht von ihr«, ergänzte Timischl.

»Vielleicht hat ihm Nina gedroht, alles seiner Frau zu sagen. Vielleicht wollte sie, dass er sich als Vater zu dem Kind bekennt.«

»Das gibt ein schönes Mordmotiv«, stimmte Timischl zu. »Wir werden sehen, was die gentechnische Untersuchung ans Licht bringen.«

»Ein Detail stört mich«, fuhr Geigensauer fort. »Nach der Erzählung von Andi Topfer ist der Liebhaber von Nina Leitner doch abgefahren. Wir gehen davon aus, dass dieser Liebhaber Karl Muss war.«

»So denke ich auch«, war Timischl gleicher Meinung. »Vielleicht ist er noch einmal stehen geblieben, zurückgekommen, hat gesehen, wie Andi Topfer Nina bedroht und herumschreit, und hat die Gelegenheit genützt, ihm den Mord in die Schuhe zu schieben.«

»Könnte sein«, war Geigensauer nicht wirklich zufrieden.

»Und, wie ging es weiter?«, wollte Timischl wissen.

»Nermin Said kommt durch die Nacht gefahren und ...«, wollte Geigensauer weitersprechen, doch Timischl unterbrach ihn.

»Und er tötet seinen Konkurrenten, denn nach einem Mord, kommt es auf einen zweiten Mord auch nicht mehr an.«

»Glaube ich nicht«, widersprach Geigensauer. Ich denke, er hat ihn gar nicht erkannt. Er hat sich ja vermutlich auf den Boden gelegt, um die Ankommenden zum Aussteigen zu zwingen. Die Scheinwerfer von Nermin Saids Auto blieben eingeschaltet. In diesem Gegenlicht hat Karl Muss höchstens die Umrisse von Nermin Said erkennen können. Nein, ich denke, er hat erst bemerkt, wen er da erschossen hat, als Nermin Said schon tot vor ihm lag. Am nächsten Tag kommt für Karl Muss die unglaubliche Erleichterung.«

»Die ganze Welt denkt, der Doppelmord ist von einem Terrorkommando durchgeführt worden, doch dann verschlechtert sich die Lage für ihn zusehends.«

Während Timischl dies sagte, huschte ein zufriedenes Lächeln über sein Gesicht.

»Das Terrorkommando löst sich in Luft auf«, setzte Geigensauer fort. »Seine Konkurrenz mit Ute von Rainburg taucht als Motiv auf und er hat kein brauchbares Alibi.«

»Es kommt noch schlimmer«, fuhr Timischl fort. »Ninas Schwagerschaft wird bekannt. Er fühlt sich zunehmend in die Enge getrieben. In der Früh fährt er uns einfach davon, um einem Gespräch zu entgehen. Am späten Nachmittag verdächtigen wir ihn der Vaterschaft und sein Bruder zwingt ihn zum Gentest. Nun ist er sicher, dass er in Kürze in den Brennpunkt der Ermittlungen geraten wird. Er hat noch Hoffnung. Wir haben die Waffe nicht und es hat ihn niemand am Tatort gesehen. Vielleicht setzt er auch darauf, dem großen unbekannten Liebhaber von Nina Leitner die Tat in die Schuhe schieben zu können und dann …«

Timischl stockte.

»… will er Ute von Rainburg töten«, dachte Geigensauer laut weiter. »Das wären dann zwei Fliegen auf einen Schlag. Die Konkurrenz ist ausgeschaltet und die Terrorgruppe ist wieder ins Spiel gebracht.«

Timischl nickte. Der Mann ist nicht dumm. Das ist mir gleich aufgefallen.

»Zuerst dachte ich, er sei ein hohes Risiko eingegangen, als er Ute von Rainburg anrief. Sie hätte jemand zur Verstärkung mitnehmen können.«

»Dann hätte er tatsächlich mit ihr verhandelt«, vermutete Geigensauer.

»Und, wenn sie jemandem erzählt hätte, wer sie angerufen hat und wohin sie fährt?«

»Dann hätte er behauptet, dass die Terrorgruppe den Anruf fingiert hat.«

»Ungefähr so könnte alles abgelaufen sein.«

»Bleibt nur die Frage, was mit Jane geschehen ist?«, sagte Geigensauer mit einem tiefen Seufzer. »Karl Muss kann uns nicht mehr sagen, wo sie ist.«

»Du glaubst auch, dass er der Entführer ist?«

»Hoffentlich hat er sie entführt und nicht ...«

»Wir werden sie lebend finden«, unterbrach Timischl und legte in den Tonfall seiner Worte so viel Zuversicht, wie ihm möglich war.

Der Arzt stellte fest, dass Karl Muss eine Kopfverletzung erlitten hatte, bevor er ertrunken war. Beim Sprung vom Damm in den Schacht dürfte er mit dem Kopf gegen die Wand geschlagen und beim Eintauchen ins Wasser schon bewusstlos gewesen sein. Der Zeitpunkt, zu dem sein Tod eingetreten war, lag zwischen 22 Uhr und 24 Uhr.

Mitten im Sägen wurde Jane plötzlich schwarz vor den Augen, gerade noch rechtzeitig vor dem drohenden Kreislaufkollaps kletterte sie vom Tisch und legte sich auf den Boden. Ihr war sauschlecht und sie musste erbrechen. Schweiß drang ihr aus allen Poren und mit seiner kühlenden Wirkung erholte sich auch ihr Kreislauf wieder. Viel hätte sie für ein Glas kaltes Wasser gegeben. Sie blickte nach oben. Zehn Zentimeter waren noch zu schneiden. Es musste schon mitten am Vormittag sein und von ihrem Entführer fehlte jede Spur. Wollte er sie hier einfach ihrem Schicksal überlassen? Auch die Hoffnung, dass öfters Fahrzeuge an dieser Hütte vorbeikamen, hatte sich nicht erfüllt. Seit dem Traktor am Morgen war niemand mehr vorbeigefahren. Sie beschloss, kurz liegen zu bleiben, um für den restlichen Schnitt Kräfte zu sammeln.

Es war heiß geworden und Geigensauer hatte sich im Schatten der Bäume ans Ufer gesetzt, während Timischl die weiteren Arbeiten leitete. Schon bald wurde der Leichnam in die Gerichtsmedizin geführt und auch die Spurensicherung schloss ihre Tätigkeiten ab. Nichts, was zur weiteren Aufklärung des Falles hätte dienen können, wurde gefunden.

Drubovic meldete sich. Bisher hatte kein Entführer bei ihm angerufen und auch von Jane fehlte nach wie vor jede Spur. Geigensauer hatte Zeit, noch einmal über alles nachzudenken.

»Karl Muss war angeblich gestern, nachdem er Pilze gesucht hatte, noch bei seiner Mutter, um aus dem Wald Holz zu holen«, sagte er zu Timischl, als sie aufbrechen wollten. »Ich würde gerne seine Mutter dazu befragen.«

»Übereinstimmung«, erwiderte Timischl. »Den Hof wollte ich mir ohnehin ansehen. Die Mutter ist alt und gehbehindert, die Pflegerin ist in den letzten Tagen durch Krankheit ausgefallen. Er könnte Jane auch dort versteckt halten.«

»Woher hat er den grünen Lieferwagen gehabt?«

»Keine Ahnung.«

Timischl zuckte mit seinen Schultern.

»Komm, fahren wir!«

Erschrocken wachte Jane auf. Sie musste eingeschlafen sein. Sie hatte jedoch nichts versäumt. In der Hütte war es heiß geworden und von draußen hörte sie das Brummen von Wespen und Hummeln, die vor der Hütte umherflogen.

Sie fühlte sich wieder besser und begann von neuem die restlichen Zentimeter zu durchtrennen. Durst quälte sie. Den Stress, dass ihr Entführer jeden Augenblick vorbeikommen könnte, hatte sie verloren. Sie war sich sicher, dass er nicht mehr erscheinen würde. Sie sägte nun langsamer, um sich nicht wieder zu überanstrengen. Sie wusste, wenn sie einmal im Dachboden wäre, dann würde die Freiheit sehr nahe sein.

Endlich hatte sie auch das zweite Brett durchschnitten, doch auch dieses ließ sich nicht dadurch abbrechen, dass sie sich daran hochzog. So musste sie noch einen Schnitt etwa bis zur Hälfte durchführen. Es ging schon gegen Mittag, als sie diesmal vorsichtiger probierte ein Stück des zweiten Brettes abzubrechen. Trotzdem wäre sie beinahe wieder vom Sessel gefallen, als es mit einem Ruck nachgab. Jane triumphierte. Die Öffnung in den Dachboden hinauf war geschaffen. Sie versuchte sich hochzuziehen, um durch die Lücke den Dachboden zu erreichen, doch die Enttäuschung war groß, denn sie war zu schwach. Sie konnte zwar ihren Kopf soweit hinaufbringen, dass sie sich im Dachboden umschauen konnte. Doch mehr erreichte sie nicht. Das Dach war mit Ziegeln bedeckt und es war sicher kein Problem diese zu entfernen. Sie musste nur hinaufgelangen. Der zweite Sessel ließ sich leider nicht auf den ersten stellen. Die Beine standen so weit auseinander, dass sie nicht auf der Sitzfläche des ersten Sessels Platz fanden. Der Kasten war so schwer, dass sie ihn nicht von der Stelle schieben konnte.

So versuchte sie etwas anderes. Sie postierte den zweiten Sessel mit seiner Sitzfläche so auf den Sessel, der schon auf dem Tisch stand, dass die Beine nach oben zeigten. Dann kletterte sie auf den wackeligen Sesselturm hinauf, hielt sich mit den Händen an den Rändern der Lücke fest und stieg vorsichtig zuerst mit dem einen, dann mit dem anderen Fuß auf je ein Ende eines Stuhlbeines. Jetzt ragte ihr Oberkörper schon mit dem Brustkorb in den Dachboden hinein. Mit einem Ruck stieß sie sich ab, um den Rest des Körpers hinauf zu hieven. Krachend fiel der Sesselturm um und ihre Beine baumelten in der Luft, denn leider hatte sie nicht genug Schwung genommen und die Kante der Lücke drückte genau in ihren Bauch. Sie streckte den rechten Arm nach vorne aus und versuchte irgendwo mit den Fingern einen Halt zu finden. Nur im Spalt zwischen zwei Brettern konnte sie sich verkrallen, ausreichend, um nicht durch die Lücke nach unten zu fallen, zu wenig um sich weiter hinaufziehen zu können. Lange würde sie sich in dieser Position nicht halten können, dann würde sie unsanft nach unten fallen.

Sie nahm mit den Beinen etwas Schwung und konnte das linke so hoch emporheben, dass sie mit dem Schuh gegen die Kante der

Lücke drücken konnte und mit einem kräftigen Druck schob sie den Oberkörper auf den Dachboden. Sie hätte vor Freude laut aufschreien können, doch sie verhielt sich ganz ruhig, denn erst jetzt bemerkte sie die riesengroße, graue Traube eines Wespennestes, das knapp über ihr hing und von Dutzenden Tieren umflogen wurde. Vorsichtig kroch sie möglichst weit weg. Die Dachziegel waren nur aufgelegt und es war kein Problem sie zu entfernen. Mit einem Mal stand sie im grellen Licht dieses Hochsommertages. Der Dachlattenabstand war nicht sehr groß. Schlank, wie sie war, konnte sie sich hindurchzwängen und schon bald stand sie am Rande des Daches, etwa drei Meter über dem Erdboden.

Sie befand sich auf der Rückseite der Hütte. Diese lag tatsächlich mitten im Wald an der Kreuzung zweier Forststraßen. In wenigen Augenblicken würde sie ihrem Entführer entkommen sein. Da hörte sie Autolärm. Freund oder Feind, das war hier die Frage. Sie musste weg. Von hier oben zu springen war viel zu hoch. Sich an der untersten Dachlatte anhaltend, ließ sie den Körper nach unten gleiten, um die Fallhöhe zu verkleinern.

Der näherkommende Motorenlärm verhinderte jedes Zaudern und Jane ließ sich fallen. Ein Stich im Knöchel war die Folge der unsanften Landung zwischen riesigen Disteln, Brennnesseln und Huflattich. Sie blieb liegen und betastete ihren schmerzenden Fuß. Sie hatte sich offensichtlich überknöchelt. Da hielt der Wagen vor der Hütte. Sie stand auf und wollte in den Wald hinein humpeln. Der Fuß tat höllisch weh und außerdem konnte sie jedes Geräusch verraten. Ein Versteck, sie benötigte ein gutes Versteck!

Der Hof von Frau Muss lag außerhalb von St. Kathrein am Waldrand Richtung Harmisch. Ein ebenerdiges Haus mit vier Fenstern war von drei größeren Schuppen umgeben. Der Wagen von Otto Muss parkte auf dem Platz zwischen den Gebäuden, als Geigensauer und Timischl eintrafen. Sie waren noch nicht ausgestiegen, da trat Otto Muss schon aus dem Gebäude. Nachdem Timischl und Geigensauer ihm ihr Beileid ausgesprochen hatten, meinte

Otto Muss ernst: »Ich habe Karl gestern am Abend nichts angemerkt. Er redete mit mir über sein Treffen mit dem Brauereibesitzer, als ob es nichts Besonderes gäbe. Niemand konnte auch nur ahnen, dass er vorhatte, Ute von Rainburg zu töten. Er muss sehr verzweifelt gewesen sein; dass er sich selbst richtete. Ich kann es noch gar nicht fassen.«

Tränen standen ihm in den Augen.

»Oft wissen wir nicht, was in den Köpfen derjenigen vorgeht, die uns eigentlich nahe stehen«, sagte Geigensauer.

»Die anderen beiden Morde …?«, fragte Otto Muss ängstlich blickend.

»Vermutlich hat auch er sie begangen. Die Analyse der Waffe und der Vaterschaftstest stehen noch aus. Vielleicht hat ihn Nina Leitner mit dem Kind erpresst. Wie geht es Martha?«, erkundigte sich Timischl.

»Sie will mit niemandem sprechen, auch nicht mit den Mitarbeitern vom Kriseninterventionsteam. Sie hat sich in ihr Zimmer eingeschlossen. Ich bin sofort hierher gefahren. Es war nicht einfach, Mutter das Ganze irgendwie zu erklären.«

Er deutete zum Haus.

»Ich bin mir auch gar nicht sicher, ob sie alles verstanden hat, ob sie das alles überhaupt verstehen will. Ich habe es versucht. Brauchen Sie etwas von mir?«

»Nun, gestern am Nachmittag ist meine Frau entführt worden«, begann Geigensauer.

»Sie denken, Karl könnte damit etwas zu tun haben?«

»Vielleicht. Sie war auf einer Radtour. In der Nähe von St. Michael wurde sie niedergeschlagen. Ihr Handy und Blutspuren haben wir gefunden, wo die Bundesstraße den Güttenbach überquert. Sind Sie sicher, dass Ihr Bruder gestern hier war, um für Ihre Mutter Holz aus dem Wald zu holen?«

»Ich denke schon. Holz war im Schuppen, als ich am Abend herkam, um etwas davon zu hacken. Er könnte es auch schon früher einmal gebracht haben. Sollen wir meine Mutter fragen?«

»Vor meinem Haus und in der Nähe des Tatortes ist ein alter, grüner Lieferwagen gesehen worden«, erzählte Geigensauer weiter.

»Wir haben hier einen alten, grünen Kastenwagen im Schuppen stehen. Er ist nicht angemeldet. Wir fahren ohnehin nur in den Wald um Holz zu laden und zurück. Da zahlt sich das nicht aus.«

Er ging voraus und öffnete die Tür zu einem der Schuppen und da stand tatsächlich ein alter, grüner, schon ziemlich verrosteter Kastenwagen. Geigensauer öffnete die Hecktür und war nicht überrascht. Da lag das Fahrrad von Jane und daneben eine Eisenstange.

»Das ist das Fahrrad meiner Frau.«

Dabei versagte ihm von seinen Gefühlen überwältigt fast die Stimme. Geigensauer trat einige Schritte beiseite, um seine Beherrschung wieder zu finden. Fassungslos meinte Otto Muss: »Warum hat er das getan? Ist er völlig verrückt geworden?«

»Möglicherweise wollte er die Polizei erpressen. Könnte Karl die Frau hier irgendwo auf dem Hof versteckt haben?«, fragte Timischl.

»Kommt nur der kleine Keller in Frage«, antwortete Otto und führte Timischl hinter das Haus, wo er eine kleine Tür öffnete. Auch Geigensauer war ihnen gefolgt und zu dritt stiegen sie hinab. Außer ein paar Kisten mit Weinflaschen, Kartoffeln und Zwiebeln war der Raum leer.

»Fragen wir meine Mutter, ob Karl mit dem Wagen weggefahren ist«, schlug Otto Muss vor und führte sie in das Haus hinein. In der schmalen Küche auf einer Bank saß eine sehr kleine, alte, zarte Frau.

»Die Herren sind von der Polizei«, sagte Otto sehr laut. Zunächst schien sie auf seine Worte gar nicht zu reagieren, dann hob sie jedoch den Kopf und ihr Blick war erfüllt von einer großen Traurigkeit.

»Grüß Gott. Das ist alles nur wegen des blöden Hotels. Hätte er Martha nur nie geheiratet«, sagte sie mit hoher, leiser Stimme.

»Ist Karl gestern hier gewesen, dir mit dem Wagen Holz bringen?«, schrie Otto ihr ins Ohr.

»Ja, er hatte es so eilig, dass er gar nicht hereingeschaut hat. Er rief nur irgendetwas vom Hof aus – ich höre sehr schlecht – und dann ist er mit unserem Grünen weggefahren. Ich habe mich dann hingelegt. Ich habe gar nicht mitbekommen, wann er zurückgekehrt ist. Hätte er doch nur mit mir gesprochen!«

Timischl sprach ihr sein Beileid aus, ging wieder hinaus und Otto folgte ihm.

Geigensauer aber hatte noch eine Frage. »Erinnern Sie sich noch an die junge Dame, die Sie mit Otto auf dem Parkplatz in Güssing getroffen haben, als sie zum Portiunkula-Kirtag unterwegs waren.«

Sie überlegte einen Augenblick.

»Otto hatte Ihren Schirm gerade in das Auto zurückgebracht«, half Geigensauer nach.

»Ich erinnere mich. Eine sehr hübsche Dame. Ich war auch einmal so hübsch. Dieser Otto, immer muss er mich blamieren. Ich habe mich sehr geärgert. Das war nicht mein Schirm. Ich weiß gar nicht, was in dieser Tasche war. Bei der Hitze braucht man doch keinen Schirm.«

»Danke. Mein Beileid. Auf Wiedersehen.«

Geigensauer folgte den anderen auf den Hof.

»Mir ist gerade etwas eingefallen«, sagte Otto zu ihm. »Wir besitzen eine kleine Holzfällerhütte nördlich vom Wildpark Güssing. Vielleicht hat er Ihre Frau dorthin gebracht. Jetzt traue ich ihm schon alles zu.«

»Dann führen Sie uns doch bitte dorthin«, forderte Timischl. Otto Muss stieg zu ihm und Geigensauer in Timischls Auto und sie fuhren ein Stück Richtung Punitz. Bald zweigten sie aber nach Süden ab und gelangten in das riesige Waldgebiet, das sich bis Güssing erstreckte. Schließlich erreichten sie an einer Kreuzung eine kleine Holzhütte. Sie stiegen aus und schweigend folgten sie Otto Muss, der die massive Tür aufsperrte.

»Sie ist ja gar nicht da«, sagte er beim Eintreten und erschrocken fügte er hinzu. »Wo soll er sie denn sonst versteckt haben? Ich wüsste nicht, wo.«

»Ich glaube, sie ist über das Dach entflohen«, rief Geigensauer erfreut, als er die ausgeschnittene Lücke in der Decke sah.

»Anton, Anton, ich bin hier«, hörte Geigensauer Jane unter sich rufen.

»Wo bist du denn?«, rief er überglücklich zurück.

»Ich habe mich unter dem Haus versteckt. Ich dachte, mein Entführer komme zurück. Warte, ich komme schon.«

Geigensauer eilte hinaus. Das Blockhaus war auf vier großen Steinen aufgestellt worden, vermutlich um das Holz vor Feuchtigkeit zu schützen. Aus dem Spalt zwischen Erdboden und Hütte kroch ihm Jane entgegen. Freudig umarmten sie einander.

»Wie siehst du denn aus?«, fragte Geigensauer entsetzt, als er ihre blutverschmierten Haare sah. »Du hast ja eine riesige Platzwunde auf dem Kopf. Wer war denn das?«

»Keine Ahnung«, sagte Jane. »Es kam so plötzlich von hinten. Ich war sofort weg und bin erst hier wieder zu Bewusstsein gekommen. Der Entführer hat sich nie blicken lassen. Ich habe alles daran gesetzt zu entkommen.«

Stolz deutete sie auf das Loch im Dach der Hütte.

Jane wurde sofort ins Spital gebracht. Zum Glück stellte sich heraus, dass ihr Kopf bis auf die Platzwunde und eine Gehirnerschütterung heil war. Die Verletzung am Fuß war eine harmlose Verstauchung. Sie konnte gleich wieder entlassen werden. Nach einigen Tagen Schonung würde sie wieder vollständig gesund sein.

Anfänglich hatte Jane strikt abgelehnt, sich mitten am Nachmittag niederzulegen und auszuruhen. Geigensauer konnte sie jedoch überreden und es dauerte gar nicht lange und sie schlief ein.

Er saß nicht lange alleine mit seinem Kaffee in der Küche. Zunächst traf Timischl ein und wenig später Drubovic.

»Der Fall ist gelöst. Alles ist vorbei«, sagte Drubovic mit wenig Überzeugung, und als er keine Antwort bekam, fuhr er fort: »Wenn Karl Muss sich nicht umgebracht hätte, könnte er mehr Klarheit in den Fall bringen. Da gibt es einiges, was ich nicht begreife.«

»Nicht nur du«, meinte Timischl.

»Karl wollte Nina an diesem Abend töten, weil sie ihn mit dem Kind erpresste«, stellte Geigensauer fest. »Können wir davon ausgehen?«

»Ich denke, er hat es nur in Erwägung gezogen«, widersprach Timischl. »Denn er hat zwar die Pistole bei sich, doch er fährt zunächst weg. Andi Topfer beobachtet das. Kurze Zeit später kehrt er zurück. Wir wissen nicht, warum. Er sieht, wie Andi Topfer Nina bedroht, und nützt die Gelegenheit, Andi den Mord in die Schuhe zu schieben. Danach tötet er Nermin Said. Als er bemerkt, dass er seinen Konkurrenten erschossen hat, tut es ihm vermutlich nicht sehr leid.«

»Warum nimmt er die Waffe mit nach Hause, anstatt sie irgendwo unauffindbar zu entsorgen?«, fragte Drubovic.

»Keine Ahnung«, antwortet Timischl. »Er muss sich sehr sicher gefühlt haben. Mit einer Hausdurchsuchung hatte er offensichtlich nicht gerechnet.«

»Warum auch?«, meinte Geigensauer. »Zunächst gingen die Ermittlungen von Terroristen als Täter aus. Dann verdächtigten wir Alois Oberlugger und Andi Topfer. Karl konnte sich durchaus sicher fühlen. Als wir jedoch zum zweiten Mal in Bocksdorf erschienen, wurde er nervös und fuhr einfach zum Portiunkula-Kirtag davon.«

»Warum hat er Jane entführt? Das verstehe ich gar nicht«, sagte Drubovic bestimmt und schüttelte seinen Kopf.

»Weil Jane gesehen hat, dass er den Schafkäse von Oberlugger als griechisch ausgibt«, antwortete Timischl mit einem Lächeln.

»Vielleicht war kein Schafkäse in seiner Tasche?«, schlug Geigensauer vor.

»Du glaubst, er hat bei Alois Oberlugger Gras gekauft?«, zweifelte Drubovic.

»Nein, eigentlich nicht«, verneinte Geigensauer. »Vielleicht wollte Karl mich wirklich erpressen und ist nicht mehr dazugekommen es durchzuführen. Wir werden es wohl nie erfahren.«

»Er gibt also vor, Schwammerln zu suchen«, fasste Timischl zusammen. »Er fährt aber zu seiner Mutter. Dort sagt er, Holz aus dem Wald zu holen. Er montiert vermutlich auf den grünen Lieferwagen die Nummerntafel seines Wagens, fährt nach Güttenbach und entführt Jane. Den grünen Lieferwagen bringt er zurück und fährt dann nach Bocksdorf. Dann muss er uns seinen Speichel abgeben. Er weiß, dass er in Kürze als Vater des Kindes feststehen wird.«

»Völlig in die Enge getrieben, entwickelt er einen neuen Plan«, setzte Drubovic fort. »Er lockt Ute von Rainburg in den Clusisus Wildpark. Dort will er sie töten und die Tat einer erfundenen Terrorgruppe unterjubeln. Die Suche nach den Terroristen soll wieder beginnen und von ihm ablenken. Ute von Rainburg entkommt jedoch. Er sieht keinen Ausweg mehr, springt in das Wehr und stirbt.«

»Warum flüchtet er nicht zu Jane und verbarrikadiert sich mit ihr im Holzhaus?«, wollte Timischl wissen.

»Warum erschießt er sich nicht?«, dachte Geigensauer. Er sagte es aber nicht mehr, denn Jane war eingetreten. Sie sollte auf keinen Fall mit den letzten Unklarheiten des Falles belastet werden.

Geigensauer und Jane hatten zusammen mit Timischl und Drubovic einen wunderbaren Abend verbracht. Es war vollendetes Glück, als die beiden im finsteren Schlafzimmer nebeneinander im Bett lagen.

Ein kühler, nächtlicher Windstoß kam über die Felder und bewegte die Vorhänge der offenen Fenster. Eine Weile lagen sie stumm nebeneinander und Geigensauer fuhr Jane mit den Fingern durch ihr Haar.

»Als ich in der Hütte verletzt auf dem Boden lag, habe ich darüber nachgedacht, warum und wer mich entführt haben könnte«, sagte Jane leise. »Außer dir, Drubovic und Timischl wussten nur drei Menschen davon, dass ich vorhatte, eine Radtour zu unternehmen. Andi Topfer, Karl und Otto Muss.«

»Da liegst du völlig richtig«, lobte Geigensauer.

»Ich fragte mich natürlich auch, was ich mit dem Fall Nermin Said zu tun hatte«, fuhr sie fort.

»Karl wollte uns vielleicht erpressen«, meinte Geigensauer.

»Nein, der Täter hatte Angst. Ich glaube, er wollte mich töten. Ich fuhr langsam mit dem Fahrrad an dem grünen Kastenwagen vorbei. Ich schlenkerte etwas nach rechts und so hat mich der Schlag nicht voll getroffen, sondern nur gestreift. Nein, er wollte mich töten.«

»Spielt eigentlich keine große Rolle mehr. Karl Muss ist tot.«

»Ich denke, er war es gar nicht«, sagte Jane.

Geigensauer antwortete nicht sofort, denn auch er hatte Zweifel an der Auflösung des Falles. Eigentlich wollte er Jane in ihrem Zustand damit nicht belasten. Mit Timischl hätte er morgen oder übermorgen darüber weiterreden wollen.

»Du denkst, mich hätten die Vorfälle etwas verwirrt.«

»Nein, nein überhaupt nicht. Ich habe immer wieder überlegt, ob es nicht Otto und Karl gemeinsam waren?«

»Ich verdächtige Otto Muss«, sagte Jane bestimmt.

»Warum ihn?

»Ich kann sein Parfum nicht leiden. In der Nacht habe ich einmal fester geschlafen. Ich bilde mir ein, ich bin vom Abschließen der Hüttentüre geweckt worden. Sicher weiß ich es aber nicht. Es roch so eigenartig im Raum. Ich konnte mich nicht erinnern, mit wem ich diesen Geruch verband. Ich habe dann Schritte gehört, die sich von der Hütte entfernt haben und dann ist ein Moped weggefahren. Als ihr mich befreien kamt, saß ich dann neben Otto im Auto und roch sein Parfum. Als ich ihn auf dem Parkplatz beim Portiunkula-Kirtag traf, nahm ich diesen Geruch das erste Mal wahr. Vielleicht bilde ich mir alles nur ein, aber es roch in der Hütte nach Otto Muss.«

»Für eine Anklage wird es nicht reichen«, meinte Geigensauer. »Du hast ein Moped wegfahren gehört?«

Jane nickte. Geigensauer dachte sofort an den nächtlichen Mopedfahrer, der den Jäger Ewald Tusk gestört hatte.

»Und dann gibt es noch eine Ungereimtheit«, fuhr Jane fort. »Du wirst mich wahrscheinlich auslachen, wenn ich dir das erzähle.«

»Sicher nicht.«

»Wenn mich jemand beseitigen wollte, dann müsste ich für ihn eine Gefahr darstellen. Lange habe ich darüber nachgedacht, was ich am Portiunkula-Kirtag für den Mörder so Gefährliches gesehen haben könnte. Und es fiel mir Folgendes auf. Von der Stelle, wo ich geparkt habe, als ich zum Portiunkula-Kirtag wollte, ging ich ein paar Meter Richtung Schulstraße. Dort begegnete ich Otto Muss und seiner Mutter. Bei meiner Rückkehr kam ich aber von der entgegengesetzten Seite zum Parkplatz zurück.«

»Dort stiegen Otto Muss und seine Mutter in einen Wagen ein, der auf der anderen Seite von deinem Parkplatz stand«, fiel ihr Geigensauer ins Wort.

»Dir ist das auch aufgefallen?«

»Ich habe mindestens so lange dafür gebraucht wie du. Ich versuchte auch dahinterzukommen, was du in Güssing gesehen hast, was dir nicht einmal auffiel, aber den Täter bedrohte. Es war das einzige seltsame Detail in deiner Erzählung.«

»Es gibt dafür natürlich harmlose Erklärungen. Otto Muss könnte den Wagen mit Karl Muss getauscht haben. Er könnte den Schirm seiner Mutter bei Karl hineingeschmissen haben, weil er zu faul war, zu seinem Wagen zurückzukehren.«

»Es war kein Schirm in der Tasche. Ich habe heute am Vormittag seine Mutter befragt. Sie hat sich sofort erinnert, weil er sie so damit blamiert hatte.«

»Was war dann der Inhalt?«

»Keine Ahnung. Wir werden morgen mit Timischl darüber sprechen. Jetzt sollten wir schlafen. Du hast es dringend nötig.«

Während Jane tatsächlich bald tief und fest schlief, lief vor den Augen von Geigensauer ein Film ab. Sein Hauptdarsteller war Otto Muss. Vor vielen Jahren, so überlegte Geigensauer, wachsen Otto und Karl wohl in ärmlichen Verhältnissen auf dem Hof in St. Kathrein auf. Die Tochter eines Gastwirtes zu heiraten, ist sicher ein sozialer Aufstieg. Karl macht das Rennen, Otto ist der Verlierer. Ein gutes Verhältnis zwischen Brüdern ist danach nur schwer möglich. Trotzdem wird Otto eines Tages in den Betrieb integriert. Er muss die Seitensprünge von Karl und die damit verbundene Demütigung von Martha, die er noch immer liebt, mitansehen.

Mit einem gewaltigen Zeitsprung setzt sich die Handlung an dem Abend fort, an dem Otto versucht sich ein Alibi zu verschaffen. Er begibt sich auf den Eisenberg zum Kellergassenfest und parkt seinen Wagen so, dass jeder bezeugen wird, dass er den ganzen Abend dort gewesen ist. Er wandert von Keller zu Keller. Wem würde es auffallen, wenn er einmal für zwei Stunden verschwindet. Er muss irgendwo in der Nähe des Eisenberges ein zweites Fahrzeug geparkt haben, vielleicht ein Moped. Otto entfernt sich vom Kellergassenfest und fährt über Badersdorf nach Kirchfidisch und dort durch den Wald zum Plätzchen, wo Karl und Nina einander treffen. Während der Fahrt verscheucht er dem Jäger Ewald Tusk das Wild. Er hat jedoch nicht mit Andi Topfer gerechnet. Otto muss feststellen, dass noch jemand Karl und Nina beobachtet. Vielleicht denkt er zunächst an einen Privatdetektiv, den Martha beauftragt haben könnte. Er wartet ab, was der fremde Beobachter tun wird. Dann fährt Karl heim und gleich darauf sieht Otto, wie Andi Topfer Nina aufhält und bedroht. Kaum ist dieser abgefahren – Nina ist noch immer ganz geschockt von dessen Auftritt – tritt Otto an ihr Auto heran und tötet sie mit der Pistole seines Bruders.

Der Film blieb stehen. Geigensauer war verwirrt. Otto hatte doch höchstens ein Motiv Karl zu töten - oder? Will er den Mord an Nina Karl in die Schuhe schieben? Der Film läuft weiter. Mit dem Schuss auf Nina reißt Otto den Jäger Ewald Tusk aus dem Schlaf. Wenige Augenblicke später nähert sich Nermin Said. Otto ist so überrascht, dass er gar nicht an Flucht denkt. Er legt sich, als wäre er verletzt, vor Ninas Auto. Nermin Said muss stehen bleiben und steigt aus um zu helfen. Otto tötet ihn mit drei Schüssen, die Ewald Tusk deutlich hört. Wahrscheinlich sieht Otto sich noch sein Opfer an, bevor er flüchtet. Wenig später ist er wieder beim Kellergassenfest am Eisenberg. Einige Minuten danach fährt der Kleinbus mit den Schleppern am Tatort vorbei und begegnet Peter Drezits.

Am nächsten Morgen hört Otto vom Terroranschlag auf Nermin Said und fühlt sich doppelt abgesichert. Wer würde ihn verdächtigen, wo Nermin so viele Feinde hatte, und auch noch Andi Topfer am Tatort war, der Nina hasste.

Er versteckt die Pistole und wartet ab. Vielleicht kann er die Waffe noch verwenden, um Karl im geeigneten Moment zu belasten. Zunächst ist ihm sonnenklar, dass allein schon das Verschwinden der Waffe sowohl Andi Topfer als auch Karl Muss verdächtig macht. Daher berichtet er gerade dann vom vermeintlichen Verlust der Pistole, als Timischl und Geigensauer mit Karl sprechen. Schnell löst sich die Theorie vom Terroranschlag im Nichts auf.

Als Timischl und Geigensauer in der Früh nach Bocksdorf kommen, sieht Otto die beiden von seinem Fenster aus. Er hat Angst, eine Hausdurchsuchung könnte bevorstehen. Er nimmt die Waffe einfach in einer braunen Tragtasche mit. Geigensauer teilt ihm mit, dass sein Alibi nicht wirklich hält. Das versetzt Otto in Panik. Er muss die Waffe loswerden. Am besten wäre natürlich, er könnte damit seinen Bruder belasten.

Angespannt holt Otto seine Mutter ab und bringt sie nach Güssing zum Portiunkula-Kirtag. Beim Einparken sieht er das Auto seines Bruders. Sofort kommt ihm die Idee, die Waffe in den Kofferraum zu legen, denn er kennt die Unordnung, die dort herrscht. Sein Bruder würde die Waffe nicht gleich finden, die

Polizei schon. Vielleicht besitzt jeder der Brüder einen Schlüssel vom Auto des anderen.

Durch Janes Kommen überrascht, spricht er davon, einen Schirm seiner Mutter verwahrt zu haben, doch schon während des Gottesdienstes fällt ihm auf, dass er einen folgenschweren Fehler begangen hat. Angenommen die braune Tragtasche mit der Waffe wird von der Polizei bei Karl gefunden und Geigensauer erzählt Jane davon, sie würde sich sofort erinnern, wer sie dort abgelegt hatte. Jane ist zur Gefahr geworden. Dieser Fehler versetzt ihn in Panik.

Während des Gottesdienstes kommt ihm eine geniale Idee, wie er Jane unschädlich machen und seinen Bruder beseitigen kann. Es ist riskant. Er hat aber nichts zu verlieren. Dann sieht Jane auch noch, dass Otto mit seiner Mutter mit einem anderen Wagen wegfährt. Es besteht die zusätzliche Gefahr, dass ihr auffällt und seltsam vorkommt, dass er den Schirm in den Wagen von Karl gelegt hat, statt in seinen eigenen. Jane ist eine latente Gefahr. Sie muss aus dem Verkehr gezogen werden. Er beschließt, sie auf ihrer nachmittäglichen Radtour zu entführen.

Er legt die Entführung so an, dass der Verdacht auf Karl fallen sollte. Dieser geht am Nachmittag Schwammerl suchen. Damit hat er kein Alibi für den Nachmittag. Nach dem Essen fährt Otto wieder zu seiner Mutter. Er geht nicht zu ihr ins Haus, sondern schreit nur vom Hof aus: »Ich bin es, Karl. Ich werde Holz holen.« Schwerhörig, wie seine Mutter ist, kann sie nicht erkennen, ob Karl oder Otto gerufen hat. Auf den grünen Lieferwagen befestigt er die eigenen Nummerntafeln und fährt los. Nicht in den Wald, sondern nach Güttenbach und stellt sich vor dem Haus von Geigensauer auf.

Er riskiert viel, doch er will auch alles gewinnen. Er folgt Jane und sieht, welchen Weg sie einschlägt, fährt voraus und erwartet sie unter der Brücke. Er schlägt ihr mit der Eisenstange auf den Kopf, sie fällt vom Fahrrad und das Handy ins Wasser. Rasch legt er die bewusstlose Jane und ihr Fahrrad in den Lieferwagen, fährt in den Wald und sperrt Jane im Holzhaus ein. Otto nimmt noch etwas Holz mit und kehrt zur Mutter zurück. Er lässt sich nicht bei ihr im Haus blicken und fährt nach Bocksdorf.

Er ruft Ute von Rainburg an, die die Stimme von Karl nicht kennt, und lockt sie zum Stausee in den Wildpark. Dann treibt er Karl mit seinem Vorschlag eines Vaterschaftstestes natürlich absichtlich in die Enge. Er erzählt Karl, dass Ute von Rainburg angerufen hätte, um mit beiden am Stausee eine Kooperation zu vereinbaren. Karl ist froh, dass nun auch Otto mit ihr zusammenarbeiten will, und ist sofort bereit mit Ute von Rainburg zu verhandeln. Otto gibt vor, bei der Mutter noch etwas erledigen zu müssen. Er hackt ein bisschen Holz, und sobald die Mutter vor dem Fernseher eingenickt ist, nimmt er sein Moped und fährt zum Stausee, wo Karl schon wartet. Den Bruder betäubt er, vielleicht mit KO-Tropfen, und wirft ihn in das Wehr des Ausflusses, wo er ertrinkt. Wenig später kommt Ute von Rainburg. Otto nähert sich dem Wagen so, dass Ute sein Gesicht nicht erkennen kann.

Dann täuscht er vor, sie erschießen zu wollen und sie kann flüchten. Er legt die Pistole und das Papier mit dem fingierten Bekennerschreiben auf den Vordersitz. Dann fährt er vielleicht beim Holzhaus vorbei, weil ihn Janes Zustand interessiert. Vermutlich hat Otto jedoch nicht gewagt, hineinzugehen und von Jane erkannt zu werden. Möglicherweise hat sich Jane mit ihrem Geruch getäuscht. Gerne zeigt Otto den Ermittlern den grünen Lieferwagen, in dem sich Janes Fahrrad befindet und bereitwillig führt er sie auch zur Holzhütte. Dort verrät er sich beinahe durch seine Verwunderung darüber, dass Jane nicht mehr da ist.

Jane war beim Arzt, um ihre Kopfwunde kontrollieren zu lassen und so war Geigensauer allein zu Haus, als Timischl am Nachmittag des nächsten Tages auf einen Sprung bei ihm vorbeikam, um über die weiteren Ergebnisse der Ermittlungen zu berichten. Der Gentest hatte das erwartete Resultat geliefert. Karl Muss war der Vater des Kindes von Nina Leitner. Die tödlichen Kugeln, die auf

Nermin Said und Nina Leitner gefeuert worden waren, stammten aus seiner Pistole. Es gab also keine Überraschungen. Geigensauer erzählte Timischl von seinen nächtlichen Überlegungen. Dieser wurde nachdenklich.

»Alles gut durchdacht, doch vieles bleibt offen. Warum hat Otto Nina getötet? Warum hat er Jane nicht getötet? Wir haben weder auf der Pistole, noch auf dem fingierten Bekennerschreiben, noch auf dem Fahrrad von Jane Fingerabdrücke sicherstellen können. Alles gut abgewischt. Wie sollen wir ihn überführen, wenn wir nichts Handfestes vorweisen können.«

»Zunächst sollten wir einmal feststellen, ob auf Otto ein Moped angemeldet ist«, erwiderte Geigensauer.

»Das können wir leicht überprüfen«, meinte Timischl und griff nach seinem Handy. Tatsächlich war eines auf Otto angemeldet.

»Da hätten wir unseren nächtlichen Mopedfahrer«, freute sich Geigensauer. »Wenn Otto Karl mit KO-Tropfen betäubt hatte, bevor er ihn in das Wehr warf, kann man diese noch nachweisen.«

»KO-Tropfen sind nur bis zu zwölf Stunden nach ihrer Anwendung nachweisbar«, erklärte Timischl. »Um solche feststellen zu können, hätten wir die Leiche viel früher finden müssen. Es ist sonst bei der Untersuchung von Karl Muss nichts Außergewöhnliches festgestellt worden. Er ist vom Damm aus hineingesprungen, mit dem Kopf gegen die Wand gefallen und ertrunken. Der Geruchssinn von Jane mag hervorragend sein. Auch kann ich deinen Überlegungen durchaus viel abgewinnen. Wie sollen wir Otto aber überführen?«

»Vielleicht gibt es Spuren, Haare, Hautteilchen von Otto im grünen Lieferwagen, in der Holzhütte.«

»Beides wurde von Karl und Otto benützt. Das beweist leider gar nichts.«

»Und auf dem Fahrradgewand von Jane?«

Selbst wenn dort Spuren von Otto zu finden wären, könnten sie davon herrühren, dass Jane im grünen Lieferwagen gelegen hat.«

»Könnte man nachweisen, dass Karl Schwammerl suchen war?«

»Glaube ich nicht. Er hat keine Pilze gefunden und niemand hat ihn bei der Suche begleitet.«

»Vielleicht hat jemand sein Auto im Wald stehen gesehen.«

»Bis jetzt hat sich niemand gemeldet.«

»Jane hat Angst«, sagte Geigensauer mit Nachdruck. »Sie fürchtet sich vor Otto.«

»Das verstehe ich sehr gut, nachdem was ihr alles passiert ist. Ich werde mein Bestes tun und nochmals alles überdenken«, sicherte Timischl zu. »Jane soll niemandem von eurem Verdacht erzählen, denn sollte Otto Muss der Täter sein, dann ist es sicherer für euch und besser für die Ermittlungen, wenn er nichts davon weiß.«

Es war ein Traum von einem Sommerabend für eine Freiluftaufführung. Warm und wolkenlos ging dieser Samstag zu Ende. Geigensauer und Jane waren schon etwas früher angereist. Die Vorstellung würde erst in einer Stunde beginnen. Sie saßen direkt vor der Burg Güssing. Geigensauer blickte über die Zuschauertribünen und das Restaurant in die Ferne und beobachtete hin und wieder ankommende Zuschauer. Jane hatte sich an Geigensauer gelehnt, die Augen geschlossen und genoss die Abendsonne. Wieder war der Aufzug emporgefahren und einige Besucher strebten zu den Buden, die sich vor dem Eingang zum Aufführungsgelände befanden. Dort wurden Speis und Trank angeboten. In größeren Gruppen standen die Menschen beisammen und plauderten angeregt miteinander. Otto und Martha Muss waren die Letzten, die den Aufzug verlassen hatten. Geigensauer war überrascht, sie hier zu sehen. Er sagte nichts, um Jane nicht zu beunruhigen. Otto und Martha erkannten ihn natürlich, doch Geigensauer konnte nicht sagen, ob er den kurzen Blick und das kaum merkbare Zunicken mit dem Kopf als Gruß ansehen sollte, und eigentlich war er froh, nicht mit ihnen sprechen zu müssen. Es zeugte von einer gewissen Ehrlichkeit, wenn die beiden wenige Tage nach Karls Tod nicht mehr Trauer vorspielten, als sie empfanden.

Erst kurz vor Beginn der Vorstellung standen Geigensauer und Jane auf und begaben sich zur Sitzplatztribüne. Sie saßen in der letzten Reihe ganz links am Rand. Die meisten Besucher hatten bereits Platz genommen. Als sie die Stiege hinaufgingen, kamen sie direkt an Otto und Martha Muss vorbei, die ganz am Rand einer Reihe saßen.

Zielstrebig schritt Geigensauer an den beiden vorbei in der Hoffnung, dass Jane sie nicht sehen würde, doch kaum hatten sie ihre Plätze eingenommen, fragte Jane: »Hast du Otto Muss gesehen?«

»Natürlich.«

»Wer ist die Frau neben ihm?«

»Martha Muss, die Witwe von Karl.«

»Solange Otto frei herumläuft, werde ich nicht ruhig schlafen können«, sagte Jane besorgt.

»Ich weiß. Timischl und ich geben unser Bestes.«

»Manchmal habe ich das Gefühl, für Timischl ist der Fall schon abgeschlossen.«

»Ich denke, da tust du ihm Unrecht. Wir müssen nur unsere Vermutungen auch beweisen können. Es wird uns schon etwas einfallen.«

Die Vorstellung des Stückes »Ein Floh im Ohr« begann und sogleich fesselte die Darbietung die Zuschauer. In der Pause, während Jane das WC aufsuchte, beobachtete Geigensauer Otto und Martha. Sie waren zu den Ständen mit den Erfrischungen gegangen, tranken dort und gingen dann auf die Wiese hinter den Buden, wo auch vereinzelte Gruppen von Besuchern standen.

Plötzlich drehte sich Martha zur Seite, als wollte sie weggehen, doch Otto erfasste ihren Arm und hielt sie zurück. Sie befreite ihren Arm aus seinem Griff, blieb aber stehen und hörte ihm wieder zu.

»Was siehst du?«, fragte Jane, die zurückgekehrt war.

»Otto und Martha. Sie stehen dort hinten.«

»Vielleicht stecken die beiden unter einer Decke.«

»Das glaube ich nicht.«

Die Pause ging zu Ende, die Zuschauer kehrten zu ihren Plätzen zurück. Eine sehr vornehm gekleidete Dame nahm erst kurz vor Ende der Pause ihren Platz wieder ein. Sie trug zum schwarzen, schulterfreien Abendkleid lange schwarze Handschuhe. Geigensauer hatte seine Gedanken gerade wieder auf den Abend fokussiert, an dem Karl Muss verstorben war. Handschuhe war das Wort, das ihn an den Bericht von Ute von Rainburg erinnerte.

Sie hatte geschildert, dass die Hand von Karl Muss, welche die Pistole umfasste, in einem weißen Einweghandschuh steckte. Wohin war dieser verschwunden? Weder bei Karl selbst, noch in seinem Wagen, noch in der Umgebung hatten die Beamten einen gefunden. Die Erklärung war einfach. Otto Muss hatte den Handschuh getragen und ihn mitgenommen, als er vom Stausee mit seinem Moped wegfuhr. War damit ein erster handfester Hinweis auf Otto Muss gefunden?

Rasch waren die Besucher wieder in die Handlung des Stückes vertieft. Irgendwann blickte Geigensauer in die Zuschauertribüne. Die Plätze von Otto und Martha waren leer geblieben. Die beiden waren nach der Pause nicht zur Vorstellung zurückgekehrt. Warum auch immer? Mit anhaltendem Applaus belohnte das Publikum am Ende der Vorstellung die hervorragende Leistung der Darsteller.

Da Jane und Geigensauer ganz oben saßen, blieben sie sitzen und ließen die Massen einfach einmal abwandern. Als sich die Reihen gelichtet hatten, machten sich auch die beiden langsam auf den Heimweg. Stockfinster und uneben ging es durch einen Torbogen der Burg hinunter. Langsam tastete sich Jane mit ihren Stöckelschuhen an der Hand von Geigensauer nach unten. Dann ging es in eine steile Kurve. Als sich die Sicht nach links öffnete, sah Geigensauer ein Stück weiter unten eine Ansammlung von Menschen stehen. Als sie herangekommen waren, wurde nicht klar, wovon die Leute aufgehalten wurden.

Jemand neben ihnen rief: »Was ist denn los? Bitte weitergehen!«

Von weiter vorne wurde zurückgerufen: »Es ist jemand gestürzt.«

Während sie warten mussten, blickte Geigensauer auf das nächtliche Güssing hinunter. Plötzlich war das Blaulicht von Einsatzfahrzeugen zu sehen und man hörte aus der Ferne ein Folgetonhorn, dessen Lautstärke sich rasch verstärkte. Offensichtlich kamen die Einsatzfahrzeuge die Burgauffahrt hinaufgefahren. Tatsächlich konnte Geigensauer über die Köpfe der Menschen hinweg einen Einsatzwagen der Polizei und die Rettung sehen, die eingetroffen waren. Bald danach begann sich die Menschenansammlung langsam aufzulösen. Die Einsatzwägen hatten sich so positioniert, dass man den Unglücksort, um den Sanitäter und Polizisten standen, nicht gut sehen konnte. Mit neugierigen Blicken gingen die Menschen langsam vorbei. Geigensauer und Jane waren unter den Letzten.

»Sie muss von dort oben hinabgestürzt sein«, schnappte Geigensauer einen Gesprächsfetzen zwischen einem Polizisten und einem Sanitäter auf. Dabei deutete der Sanitäter die steile Mauer zur Burg hinauf. Die Einsatzkräfte traten kurz zur Seite und Geigensauer konnte ein weißes Tuch sehen, das einen am Boden liegenden Körper bedeckte. Offensichtlich war die verunglückte Person tot. Ein weiteres Fahrzeug kam die Burgauffahrt herauf. Geigensauer erkannte es sofort. Es war der Wagen von Timischl. Konzentriert auf seinen Einsatz hätte er Geigensauer und Jane sicher nicht erkannt, wenn sich dieser nicht in seinen Weg gestellt hätte.

»Hallo, ich habe ganz vergessen, dass ihr heute in der Vorstellung gewesen seid«, meinte Timischl überrascht.

»Was ist denn passiert?«, interessierte sich Geigensauer.

»Eine Frau soll von dort oben herabgestürzt sein. Ich kann mir gar nicht vorstellen, wie das passiert sein kann, wo doch das Gelände gut abgesichert ist.«

»Bleib kurz hier«, forderte Geigensauer Jane auf und er begleitete Timischl zum Unglücksort.

»Guten Abend, Inspektor«, empfing sie der Arzt. »Die Frau war auf der Stelle tot. Es sieht nicht schön aus. Vermutlich von dort oben herabgestürzt.«

»Zeitpunkt?«

»Muss auf jeden Fall mehr als eine halbe Stunde und höchstens zwei Stunden her sein. Vermutlich während der Vorstellung. Sie wurde erst gefunden, als die ersten Besucher nach Hause gingen.«

Ein Polizist brachte eine kleine, schwarze Frauenhandtasche.

»Nach dem Ausweis zu schließen handelt es ich um eine Martha Muss, wohnhaft in Bocksdorf. Ich glaube, sie ist die Frau von Karl Muss, der vor wenigen Tagen Selbstmord begangen hat«, erklärte der Beamte. »Ob sie ihm nachgefolgt ist?«

Timischl ließ das weiße Tuch entfernen. Es war Martha Muss. Trotz ihrer Verletzungen bestand kein Zweifel.

»Sie war mit Otto in der Vorstellung«, flüsterte Geigensauer zu Timischl. »In der Pause habe ich die beiden zum letzten Mal gesehen. Sie standen hinter den Holzhütten, bei denen Speis und Trank angeboten werden. Nach der Pause sind sie nicht mehr in die Vorstellung zurückgekehrt.«

»Otto Muss«, Timischl strich sich mit der Hand über den Mund. »Wir müssen ihn unbedingt finden. Ich werde eine Großfahndung einleiten. Du kannst mit Jane nach Hause fahren. Wenn es Neuigkeiten gibt, melde ich mich.«

Geigensauer kehrte zu Jane zurück.

»Und?«, erwartete sie ihn neugierig.

»Die verunglückte Frau ist Martha Muss. Sie muss von dort oben herabgestürzt sein. Sie war auf der Stelle tot.«

»Otto hat sie hinuntergestoßen«, schloss Jane sofort. »Wo ist er jetzt?«

»Keine Ahnung. Es wird nach ihm gefahndet.«

Noch in der Nacht wurde der Wagen von Otto Muss vor dem Holzhaus gefunden, aus dem Jane geflüchtet war. Von ihm selbst fehlte jede Spur. Da am Hof seiner Mutter sowohl der grüne Lieferwagen als auch sein Moped sichergestellt werden konnten, musste man annehmen, dass er entweder zu Fuß oder mit einem unbekannten Fahrzeug unterwegs war. Im Morgengrauen trafen Hunde ein und nahmen seine Spur auf, die durch den Wald nach Norden verlief. Gegen Mittag verlor sich seine Spur im Punitzer Gemeindewald.

Die »Dugava«, die kroatische Theatergruppe von Güttenbach, spielte an diesem Sonntagnachmittag eine dramatisierte Version von »Tom Sawyer«. Die Freiluftaufführung fand im direkt am Güttenbach gelegenen Öko-Park statt. Drubovic hatte Geigensauer und Jane eingeladen, mit ihm hinzugehen.

Ein warmer Sommernachmittag hatte mehrere hundert Menschen zur Vorstellung gelockt. Während die Zuschauer unter zwei großen Zelten sicher gegen Sonne und Regen untergebracht waren, wurde das restliche Gelände vollständig als Bühne genützt. Alle Schauspieler waren Kinder oder Jugendliche aus Güttenbach, was der Sache einen zusätzlichen Reiz verlieh. Eine Sprecherin schilderte den Inhalt der Szenen in deutscher Sprache, sodass auch Geigensauer und Jane, die des Burgenlandkroatischen nicht mächtig waren, leicht der Handlung folgen konnten.

Kurz vor der Pause erreichte die Handlung ihren ersten Höhepunkt, als Tom und sein Freund Huck um Mitternacht auf den Friedhof schlichen, um mithilfe einer toten Katze eine Beschwörung gegen Warzen durchzuführen. Ein paar schlichte Holzkreuze unter einem Baum am Ufer des Güttenbaches stellten die Gräber dar. Erschrocken mussten Tom und Huck feststellen, dass sie dort nicht alleine waren. Doktor Robinson, Muff Potter und Indianer Joe kamen, um die Leiche eines jüngst verstorbenen Mannes auszugraben. Der Doktor wollte den toten Körper für seine Anatomiestudien verwenden. Mit Schaufeln bewaffnet täuschten die Schauspieler vor ein Grab auszuheben und zogen dann zur Überraschung des Publikums einen echten Sarg mühevoll das steile

Ufer des Baches empor, sodass es aussah, als ob er aus einem Grab auftauchen würde. Dabei wäre den beiden Burschen der Sarg beinahe wieder hinuntergerutscht, nur mit größter Anstrengung konnten sie ihn heraufziehen.

Dann kam es im Stück zum Streit und Indianer Joe erstach den Doktor. Kurz danach ging es mit riesigem Applaus in die Pause. Auch im zweiten Teil kam das Publikum voll auf seine Rechnung. Als Tom und seine Freunde als Piraten auf einer Insel wohnten, sah Geigensauer einen Streifenwagen der Polizei vor dem Lebensmittelgeschäft gegenüber dem Park halten. Wenig später erblickte Tom durch ein Fenster, wie Tante Polly über seinen vermeintlichen Tod trauerte.

Da sah Geigensauer, wie ein Einsatzwagen der Polizei vom Friedhof kommend auf der Brücke über den Güttenbach haltmachte. Vermutlich hatten sie am Sonntag nicht viel zu tun, wenn sie zu viert kamen, um den Verkehr nach der Vorstellung zu regeln, dachte Geigensauer. Am Ende des Stückes wurden die Schauspieler und ihr Regisseur zu Recht gefeiert. Als Geigensauer aufstand und sich umsah, bemerkte er zwei weitere Polizisten auf der Brücke, die zum Altenwohnheim führte. Noch ein Streifenwagen stand auf der Hauptstraße in Richtung Kirche. Irgendetwas war nicht in Ordnung. Auch der eine oder andere Zuschauer blickte im Weggehen verwundert auf die Beamten.

»Ein bisschen viele Polizisten für eine solche Veranstaltung«, meinte Drubovic befremdet, nachdem er sich beim Buffet mit einem weiteren kühlen Bier eingedeckt hatte. »Ich muss einmal nachfragen, was da los ist. Ich komme gleich wieder.«

Damit verließ er Jane und Geigensauer. Kaum war er gegangen, trat wie aus dem Nichts kommend Timischl zu ihnen.

»Wir sind Otto Muss auf den Fersen«, flüsterte er möglichst unauffällig. »Er muss hier irgendwo in der Nähe sein.«

»Nur keine Panik in dieser Menschenmasse«, meinte Drubovic betont ruhig, als er zurückkam. »Lassen wir die Zuschauer einmal in Ruhe nach Hause gehen.«

»Zu Mittag ist eine verdächtige Person beim Flughafen Punitz gesichtet worden«, erzählte Timischl. »Vor einer halben Stunde haben wir einen Anruf erhalten, dass jemand in Güttenbach bei der Veranstaltungshalle ein geparktes Fahrzeug aufbrechen wollte. Er wurde von einem nahegelegenen Haus aus gesehen. Die Beschreibung passte auf den flüchtigen Otto Muss. Als der alarmierte Streifenwagen, von St. Michael kommend, eintraf, ist der Mann zum Güttenbach gerannt und im Bachbett Richtung Ortszentrum geflohen. Wir haben sofort den ganzen Bereich hier abgeriegelt. Irgendwo in der Nähe muss er sich versteckt haben. Wir durchkämmen gerade den Friedhof und den Wald oberhalb. Eine Gruppe von Beamten durchsuchte die Umgebung ausgehend von der Brücke vor dem Gasthof Kappel bachabwärts. Sie müssen schon auf der Höhe des Gemeindeamtes sein. Das Netz zieht sich zusammen.«

Von allen Seiten kommend trafen immer mehr Beamte beim Öko-Park ein. Die meisten Zuschauer waren schon gegangen und die Schauspieler begannen die Utensilien wegzutragen, denn für die Nacht war Regen angesagt. Nur Otto Muss tauchte nicht auf.

»In Kürze werden wir ihn dingfest machen«, war Timischl überzeugt.

»Wenn er nicht durch eine Masche des Netzes entwischt ist«, war Jane nicht so überzeugt. »Er ist unglaublich raffiniert.«

Geigensauer sah, wie zwei junge Schauspieler sich vergeblich abmühten, den Sarg emporzuheben. Er lief hin, um ihnen zu helfen, und Drubovic kam auch. Sie hoben den Sarg hoch.

»Der ist wirklich verdammt schwer«, stellte Drubovic fest.

»Ist ja auch eine Leiche drinnen«, lachte Geigensauer und er fragte die jungen Burschen keuchend: »Wo kommt denn der Sarg hin?«

»Drüben in die Garage.«

Langsam marschierten Geigensauer und Drubovic mit der schweren Last los. Sie kamen aber nicht weit, denn Drubovic stolperte über eines der vielen Kabel, die zur Beleuchtung verlegt worden waren. Der Holzsarg fiel schräg zu Boden, sein Deckel öffnete sich, eine Gestalt rollte heraus und wollte vor den verdutzten Augen von Geigensauer und Drubovic fliehen. Doch Otto Muss kam nicht weit. Mehrere Polizisten konnten ihn noch innerhalb des Parks überwältigen.

»Warum ich Nina getötet habe«, wiederholte Otto die Frage fast verwundert. Er saß gegenüber von Geigensauer und Timischl an einem Holztisch, der das einzige Möbelstück des kleinen Raumes war.

»Ich habe dieses Luder gehasst. Schon als ich sie bei uns angestellt habe, hat sie mir schöne Augen gemacht. Als Karl mir Martha weggeschnappt hatte, nahm ich mir vor, keine andere Frau begehren zu wollen. Ich wollte meine Liebe zu ihr bewahren. Mehr als ein Jahrzehnt habe ich diesen Schwur eingehalten, doch dann kam Nina und umgarnte mich. Ich habe mit ihr geschlafen. Viel zu spät bemerkte ich, dass ihr das gar nichts bedeutete. Denn sobald sie bemerkte, dass Karl der Chef im Hause war, machte sie sich an ihn heran. Ich bemerkte zunächst gar nichts. Mit der Zeit bekam ich aber mit, dass sie einander immer in der Nacht heimlich trafen, und beobachtete sie dabei. Der Hass auf die beiden machte mich fast verrückt. Ich beschloss, sie zu töten. Nina hatte meine Liebe zu Martha zerstört und Karl hatte mir zum zweiten Mal die Geliebte ausgespannt. Eines Tages hörte ich zufällig, wie die beiden miteinander stritten. Sie wollte, dass Karl sich scheiden ließe und sie heiratete. Er wollte, dass sie das Kind abtrieb. Sie drohte alles Martha zu sagen. Es war ein böser Streit. Ich plante, Nina mit Karls Waffe zu erschießen. Er sollte den Mord ansehen müssen. Anschließend wollte ich ihn mit KO-Tropfen betäuben, ihm die Waffe in die Hand geben und abdrücken, sodass es nach Selbstmord aussehen würde. Es war ein genialer Plan. Ich würde sie beide auf einmal vernichten und danach Martha heiraten. Niemand würde mich verdächtigen, alle würden von einem Beziehungsdrama sprechen. Vorsichtshalber ging ich aber auf das

Kellergassenfest, um mir für den Notfall ein Alibi zu besorgen. Ich hatte mein Moped in der Nähe im Wald versteckt und fuhr mit ihm zum Tatort.«

Ottos Augen leuchteten vor teuflischer Freude, als er sich erinnerte.

»Dann kam jedoch Andi Topfer dazwischen«, warf Timischl ein.

»Zunächst dachte ich, dass Martha einen Privatdetektiv auf die beiden angesetzt hatte. All meine Pläne schienen gescheitert, als Karl wegfuhr. Ich wollte auch schon gehen, da bekam ich mit, was der vertrottelte Dichter für eine Show mit Nina aufzog. Rasch disponierte ich um. Kaum war er abgefahren, erschoss ich die noch unter Schock stehende Nina. Leider hat sie die Situation gar nicht richtig wahrgenommen. Ihr Blick, als sie mich sah, war mehr voller Verwunderung als voller Angst. Ich hätte mit meinem Schuss ein bisschen warten sollen.«

»Oder auch nicht«, unterbrach Geigensauer. »Schließlich näherte sich ja ein Auto von St. Kathrein kommend.«

»Ich hätte fliehen können, ich hätte mich verstecken können. Ich denke, es war der Wille Gottes, dass ich blieb und der widerliche Ägypter gerade jetzt von seiner Freundin nach Hause fuhr. Zwei Fliegen auf einen Schlag. Gerade erst hatte ich ihm einen netten Drohbrief geschrieben.«

Mit jedem seiner Worte wurde Geigensauer deutlicher, dass diese Persönlichkeit weit außerhalb des Rahmens der Normalität lag.

»Sie legten sich vor Ninas Wagen auf den Boden?«, fragte Timischl.

»Genau das machte ich. Der Wagen blieb stehen und der Idiot stieg tatsächlich aus, um mir zu helfen. Im Licht der Scheinwerfer erkannte ich zunächst nicht, auf wen ich geschossen hatte. Dann sah ich Nermin Said auf dem Boden liegen und ich spürte, dass ich die Unterstützung höherer Mächte hatte. Ich würde Martha heiraten und das Bikeresort zum Erfolg führen.«

»Danach fuhren Sie mit dem Moped zum Kellergassenfest zurück.«

Otto Muss nickte.
»Die Waffe haben Sie behalten.«
«Sicherlich. Karl sollte mir nicht entkommen.«
»Und warum haben Sie Jane entführt?«, konnte sich Geigensauer nicht mehr zurückhalten zu fragen.
»Ich bin schwach geworden«, meinte Otto bedrückt. »Als ich euch in der Früh von meinem Fenster aus ankommen sah, fürchtete ich, dass eine Hausdurchsuchung bevorstünde. Ich nahm die Waffe in einer braunen Tragtasche zu mir und in mein Auto. Ich holte meine Mutter ab und fuhr mit ihr zum Portiunkula-Kirtag. Am Parkplatz sah ich den Wagen von Karl. Er hatte einen Schlüssel von meinem Wagen, ich von seinem. Ich beschloss sofort, die Waffe in seinen Kofferraum zu legen, um ihn zu belasten. Ich blickte mich um und meinte niemanden zu sehen. Ihre Frau muss ich aber zwischen den Autos übersehen haben. Sie ist recht klein. Nachdem ich die Tasche in den Kofferraum gelegt hatte, drehte ich mich um und da kam Jane vorbei. Mir fiel nichts Besseres ein, als zu erzählen, dass ich den Schirm meiner Mutter in den Wagen gelegt hätte.«
»Das war ein Fehler«, stellte Timischl fest.
»Bald kehrte meine Stärke zurück und ich erkannte, dass Jane mich belasten könnte. Ich musste die Waffe wieder aus dem Auto holen. Karl war aber bereits heimgefahren, als ich mit Mutter zum Parkplatz zurückkehrte.«
»Dann sah Jane auch noch, dass Sie den Schirm nicht in den Wagen gegeben hatten, mit dem Sie nun heimfuhren«, ergänzte Geigensauer.
Otto schwieg einen Augenblick und meinte dann: »Das ist mir gar nicht aufgefallen. Ich brachte Mutter heim und raste nach Bocksdorf, doch Karl war schon zum Schwammerlsuchen aufgebrochen. Die Waffe war in seinem Kofferraum. Wenn die Polizei die Waffe finden würde, würde sich Jane bestimmt erinnern, wer die braune Tragtasche in das Auto gelegt hatte. Ich musste sie aus dem Weg räumen. Ich fuhr zu meiner Mutter und täuschte ihr vor,

dass ich Karl wäre, der für sie Holz holen will. Bestückt mit den Nummerntafeln meines Wagens lenkte ich den grünen Kastenwagen nicht in den Wald, sondern nach Güttenbach.«

»Sie warteten vor dem Nachbarhaus, folgten Jane, fuhren voraus und parkten den Wagen unter der Brücke?«, wollte Timischl ungeduldig wissen.

»So war es. Einen Schuss am helllichten Tag wollte ich nicht riskieren. So nahm ich eine Eisenstange aus dem Kofferraum und schlug von hinten auf Jane ein. Ich traf sie nicht voll. Es war nicht Gottes Wille, dass sie durch mich sterben sollte. Ich packte sie und ihr Fahrrad in den Lieferwagen, fuhr zur Holzhütte und sperrte sie dort ein. Gott sollte entscheiden, was mit ihr geschehen würde. Nur verraten durfte sie mich nicht. Dann brachte ich den Lieferwagen zurück und fuhr heim nach Bocksdorf.«

»Sie hätte dort sterben können«, entfuhr es Geigensauer.

»Nicht durch mich«, erwiderte Otto. »Ich hatte mich auf Karl zu konzentrieren.«

»Sie haben bei Ute von Rainburg angerufen?«, fragte Timischl.

»Es war ein weitere geniale Idee von mir. Es war gar nicht schwer beide zu überzeugen, zum Clusius Naturpark zu kommen. Karl bestellte ich für zehn Uhr und Ute für elf Uhr.«

»Karl war also schon tot, als Ute zum Teich kam?«, interessierte sich Timischl.

»Er schwamm schon eine gute halbe Stunde im dunklen Wasser. Er wartete schon auf mich und Ute, als ich mit dem Moped eintraf.«

»Wunderte Karl sich nicht, dass Sie nicht mit dem Auto gekommen waren?«

»Nein, er wusste, dass ich im Sommer gerne einmal mit dem Moped durch den Wald fuhr. Er war so durstig und trank das angebotene Bier auf einen Sitz. Er bemerkte den Geschmack der KO-Tropfen gar nicht. Leicht war es nicht, ihn dort hineinzuwerfen. Viel schwieriger war es zu verhindern, dass Ute nicht mein Gesicht, sondern nur die Pistole sah. Es gelang mir aber.«

»Den weißen Einweghandschuh hätten Sie zurücklassen müssen«, unterbrach Geigensauer.

»Ist mir später auch aufgefallen. Nobody ist perfekt.«

Otto lachte.

»Sie waren dann in der Hütte bei Jane?«

»Ich wollte hineingehen und nachsehen, ob sie noch am Leben war. Vor der Tür stehend habe ich es mir anders überlegt. Es war nicht klug, von ihr gesehen zu werden, falls sie noch lebte.«

»Warum musste Martha sterben?«

»Mein Ziel war erreicht. Ich wollte sie nun heiraten. In der Pause des Theaterstückes habe ich ihr einen Antrag gemacht. Sie hat abgelehnt. Zutiefst enttäuscht habe ich ihr erzählt, was ich alles für sie getan hatte. Sie aber konnte weder den Tod von Nina noch den Tod von Karl schätzen. Sie verschmähte mich nicht nur, nein sie drohte, alles der Polizei zu sagen. Wir standen an der hölzernen Absperrung, die vor einem Absturz von den Mauern der Burg schützen sollten. Ich war so wütend, dass ich sie einfach emporhob und über den Zaun hinunter warf. Martha kollerte den Abhang hinunter, blieb aber an der Kante der Burgmauer liegen und begann zu schreien. Zum Glück war das Stück so laut, dass sie niemand hörte. Ich eilte zu ihr und schleuderte sie endgültig in die Tiefe. Sie hat es nicht anders verdient.«

Thomas Hi

Tod in Pannonien

Im kleinen südburgenländischen Ort Güttenbach werden zwei Ausländer ermordet: Trotz intensiver Recherche finden die Kriminalisten keine Anhaltspunkte, um den Täter zu fassen. So wird ein junger Beamter des Innenministeriums, Anton Geigensauer, auf den Fall angesetzt. Er soll sich in Güttenbach ansiedeln und getarnt als Angestellter der Wetterstation ermitteln. Als Geigensauer beginnt, sich in Güttenbach heimisch zu fühlen, geschieht ein weiterer Mord.

ISBN: 978-3-9502560-6-2
www.federfrei.at

Tod am Güttenbach

Im burgenländischen Güssing tagt der ICSE, der Internationale Kongress für Solarenergie. Linda Bäumler wittert die Gelegenheit, geheime Firmenunterlagen ihres Mannes für viel Geld zu verkaufen, um mit ihrem Geliebten ein sorgenloses Leben zu genießen. Doch die Übergabe am Güttenbach läuft nicht nach Plan, ein Mord geschieht. Anton Geigensauer, ein junger Beamter des Innenministeriums, wird in die Ermittlungen einbezogen.

ISBN 978-3-902784-07-0
www.federfrei.at

nmelbauer

Tod im Gymnasium

Als Prof. Dirkbacher am Ende des Elternsprechtages nochmals ins Gymnasium zurückkehrt, entdeckt er in der Garderobe die Leiche seiner Kollegin Prof. Ringelstein. Jemand hatte ihr in den Kopf geschossen. Noch bevor er die Polizei verständigen kann, hört er Schritte im Stiegenhaus: Der Mörder ist noch im Gebäude! Als die Beamten ihre Ermittlungen starten, finden sie bald heraus, dass sich zum Zeitpunkt der Tat nicht nur der Mörder und Prof. Dirkbacher im Schulgebäude aufhielten.

ISBN: 978-3-902784-00-1
www.federfrei.at

Tod auf der Weißwandhütte

Im Grenzgebiet zwischen Österreich und Italien sucht eine Wandergruppe in der Weißwandhütte Schutz vor einer herannahenden Schlechtwetterfront. Während draußen heftige Unwetter toben, machen sie in der Küche einen grausigen Fund.: Der Hüttenwirt liegt ermordet am Boden. Von der Umwelt abgeschnitten müssen sie die Nacht auf der Hütte verbringen. Doch sie sind nicht so allein, wie sie glauben..

ISBN: 978-3-902784-25-4
www.federfrei.at